折射集
prisma

照亮存在之遮蔽

Nanon

George Sand

法国文学经典译丛

许钧 主编

娜侬

［法］乔治·桑 著

刘云虹 译

Nanon

George Sand

南京大学出版社

阅读参与创造　翻译成就经典

Chers lecteurs, j'aimerais bien vous présenter les chefs-d'œuvre traduits de la littérature française, une collection de traductions dirigée par mon ami, le professeur Xu.
Ces grandes œuvres, dépassant le temps et l'espace, vous sont ouvertes et attendent votre lecture, par laquelle vous contribuerez à la recréation et à la renaissance de ces œuvres dans votre grand pays

[signature]

le
15 septembre
2016

诺贝尔文学奖得主、法国作家勒克莱齐奥致中国读者（原文）

亲爱的读者，我很乐意向你们推荐我的好友许钧教授主编的《法国文学经典译丛》。这一部一部伟大的作品超越时间与空间，向你们敞开，期盼你们阅读，而通过阅读，你们参与了再创造，有助于这些经典之作在你们伟大的国家获得新的生命。

勒克莱齐奥 二〇一六年九月十五日题

许钧译

诺贝尔文学奖得主、法国作家勒克莱齐奥致中国读者（译文）

经典的阅读、理解与阐释
——《法国文学经典译丛》代总序

今年五月二十六日，勒克莱齐奥与莫言在浙江大学谈文学，勒克莱齐奥的一句话深刻地留在了我的记忆中：文学比石头筑成的长城更不朽。

当今的时代，仿佛一切都已经在以市场为导向的规则掌控之下。去中心化和去权威化的直接结果，在文学的领域，就是对经典的解构。然而，在我看来，在“广告决定了谁将决定一切”（布朗肖语）的今天，文学的生命和灵魂并没有泯灭。相反，当我们在这个焦躁、失魂的年代中感到困惑、彷徨时，读过的一些伟大之作会在不经意中涌现在我们的脑海，流淌于我们的心底，起着抚慰、启迪和激励的作用，让浮躁的心绪变得安宁，让灰暗的心境变得明亮起来。

这些伟大的作品，我们可以称之为“经典”。对“经典”的定义和阐释有许许多多，我认为其中最重要，也最具区别性特征的一点，就是经典之作能超越时间与空间。伟大的作品不求永恒，但“在它身上维持自身流动的现实，潺潺不断生存的过程”（布朗肖语），在你阅读的时刻，它能生成并内化为你的生命之流，与你的灵魂“建立起联系”（“小王子”语），成为你的“生命之书”（朗西埃语）。

经典不应该是供奉在文学殿堂里的“圣经”，而应在阅读、理解与阐释中敞开生命之源。勒克莱齐奥说“文学比石头筑成的长城更不朽”，也许他本意所强调的是，大写的书的重要生命价值在于，经由阅读，意义不断生成：“生成”或许就是大写的书的意义，意义或许又在循环地生成（布朗肖语）。乔佛瓦说，文学“不仅仅是一种艺术，而是艺术的翻译”，此说中的翻译，就是一种实质性的阅读、理解与生成过程。阅读经典，在这个意义上说，就是“翻译”，就是参与伟大之书的生成，就是拓展并丰富经典的生命，一如勒克莱齐奥寄语中国读者时所说的，经由阅读，中国读者参与再创造，有助于这些作品在中国获得新的生命。

在《翻译论》中，我曾说，一部作品，其独特的价值呼唤着人们去阅读，去阐释，其生命的不朽，就在于不断的阅读与生成过程。王蒙就这样评价《红楼梦》的不朽：“《红楼梦》对于我这个读者，是唯一的一部永远读不完、永远可以读，从哪里翻开书页读都可以的书。同样，当然是一部读后想不完回味不完评不完的书。”《红楼梦》对于王蒙而言，“是一部超越时间和空间的挖掘不尽的书”，是“唯一”，是建立在其生命意义上的一种独特关系。对于广大读者而言，《追忆似水年华》《尤利西斯》也许没有《红楼梦》之于王蒙那样的“唯一”，但可以肯定的是，每个读者都有属于自己的唯一，都有永远镌刻在心底的经典。《小王子》如此，《一个孤独漫步者的遐想》如此，《魔沼》亦如此。

正是在这样的认识之下，我们选编了这套开放性的《法国文学经典译丛》。借用朗西埃的观点，我们选编这套译丛，不是为了供奉经典，而是希望通过我们的译介与阐释，让伟大的作品涌动生命，汇入永恒的生成过程。这些作家，不仅创造了法国的“文学”，同时也创造了法兰西的文化，让我们像歌德所赞美的那样，去采摘这一朵朵具有独特生命的法兰西文化之鲜花，通过我们的阅读、理解与阐释，让它们的芬芳更浓郁，生命更奔放。

许钧

2016年10月27日

译序：牧歌·传奇·爱情

谈及乔治·桑，人们首先想到的恐怕是《印第安娜》、《安吉堡的磨工》和《魔沼》等几部创作于十九世纪三四十年代的代表作。实际上，乔治·桑一生总共写过百卷以上的文艺作品、二十卷回忆录、大量的书简和有关政治社会问题的论文，晚年隐居诺昂乡间后仍笔耕不辍，《娜侬》便是她将近七十岁高龄时的力作。

无论是情感小说、社会小说，还是田园小说，乔治·桑的名字从来都是与浪漫主义联系在一起的，然而，她对浪漫主义的诠释既不是拉马丁式的忧郁伤感，也不是雨果式的波澜壮阔，而是一种质朴纯真的理想主义。如果说巴尔扎克等现实主义作家是"以严肃的目光注视着自己周围的一切，力图描绘卑劣的现实或苦难"，那么，乔治·桑则坚持要用"对理想的现实的追求"来取代对实在的现实的揭露。在她的眼中，美好、善良与丑恶、凶残同样真实，她宁愿用大部分的笔墨来描绘和展现人类善良、伟大、仁慈的心灵。

这部小说正是体现了作者一贯的创作风格和理念，主人公们高尚的思想、真挚的感情，乡村农民保守、纯朴的心灵，山林间美妙的自然风光，以及男女主角从相识、相知到相恋、相守的过程中的蒙冤入狱、营救、逃亡、隐居、分离、等待、重逢等一系列不平凡的经历共同吟唱了一曲质朴纯真的人间牧歌，谱写了一段理想主义的人间传奇，更在这曲牧歌与传奇中演绎了一幕至真至美的爱情故事。

小说中浓厚的理想主义色彩首先体现在人物的塑造上，无论女主人公娜侬——一个父母双亡、由舅公抚养的孤儿，还是男主人公埃米里昂——一个被家庭抛弃、寄养在修道院的贵族子弟，或是娜侬的舅公——一个守旧的山区农民，或是迪蒙——一直跟随埃米里昂的老家仆，以及那个让孩子们讨厌、又胖又凶的弗吕克蒂欧神父，都被赋予了高尚的品格，他们诚实正直、善良仁慈，虽然生活在贫困中却随时随地愿意帮助别人，即使面对困境也永远充满信心和希望。男女主人公之间更是充满了真挚的感情，埃米里昂“为了幸福，宁可不要辉煌的前程，为了爱情，选择了放弃荣耀”，而娜侬则把埃米里昂视为生命的全部——“如果埃米里昂不在了，那么不久我也会伤心而死”、“只要您不再遭受病痛的折磨，我就再也没有忧伤了，假如您可以毫无痛苦地失去这只胳膊，那我就要为能比过去更多地照顾您而感到高兴了”。

乔治·桑虽然和巴尔扎克有着深厚的友谊，但她却公开表明过对现实主义的异议："小说就不得不把存在着的一切，把当代芸芸众生和万事万物的冷酷现实记录下来吗？……我却是从完全不同的角度看待人生现象的。"正如她自己所说的那样，乔治·桑一直以理想主义的目光去观察世界，无论对作品的构思，还是作品中的描写，都力图展现自己对于世界和人生的理想。这一特点在这部小说的情节安排和结局设置上表现得尤为突出。男主人公埃米里昂是贵族子弟，成年后还得到了继承爵位的机会，而女主人公娜侬却出生卑微，是一个贫苦农民家的孤儿，他们之间的爱情即使在一心一意热爱着埃米里昂哥哥的娜侬眼里也是不可想象的："他好像跟我说过，他宁愿不结婚，也不愿意做一个令我难过或者让我离开他的选择，但娶我，我？一个农家女？他可是侯爵的儿子呀。不，这从来没有过，也不可能发生。"于是，为了能让这一对不同阶级、地位悬殊的男女能够平等相爱，作者安排了一系列曲折的经历：埃米里昂因为受到诬陷而被捕入狱，娜侬和老家仆迪蒙冒着生命危险，在正直的共和派律师科斯特如先生的帮助下，救出了埃米里昂，随后，三人在法得岛的一块山间荒野之地开始了一段隐居生活；而重获自由的日子即将来临时，埃米里昂出于对祖国的责任毅然决定去参军，娜侬独自回到家乡；从此两人开始了一段痛苦的分离与等待，然而在这一段漫长的时间中，娜侬凭借聪明的头脑和独到的眼光，通过购买修道院的田产、经营生意而获得了令人惊叹的收益，积攒了数目可观的财富；最后，战争结束，埃米里昂终于回到娜侬身边——他带回了英勇作战的荣誉，却因受伤而失去了一只胳膊。通过如此种种的变故，娜侬不仅救回了埃米里昂的性命，并且获得了相当高的经济地位，而埃米里昂虽然继承了侯爵的头衔，却身体残废了，于是他们最终得以平等地相爱、结合。透过男女主人公这一段段艰难曲折、感人至深的人生与爱情经历，我们所领略的正是一幕花好月圆的理想主义人间传奇，尽管这传奇一直是以艰辛与磨难作为注解的。

除去早期的作品之外，乔治·桑的大部分小说都充满了田园的诗情画意，在这部小说中，贝里地区的乡野风光在她特有的细腻笔触下随处可见，这些质朴的风景并非单纯是描绘性的，而更多的是一种回忆性的，像一幅幅玲珑别致的画卷随着主人公的目光和足迹展现在我们眼前，又好似一汩汩清新、甘甜的泉水流淌于心间："我们经常来这里散步，已经在岩石间走出了一条蜿蜒的小径，小径两旁有垂着常青藤般绿叶的美丽的风铃草，还有梅华草、睡菜、毛毡草和埃米里昂教我辨别过、我们都非常喜爱的各种小花草。溪水经常消失在石块底下，我们只能听见脚下沙沙的水流声，却看不见它。在这小岛的边缘地带，一片橡树林茂密成荫，这里，陡坡突然抬升，形成一个隐蔽的小山沟。"凹凸不平的长着节子的千年栗树、爬到大树躯干上的漂亮的蕨类植物、树干上长长的常青藤和暗绿的苔藓，以及那新鲜的青草、粉红的欧石楠、紫色的洋地黄、开着花的染料木，神秘而美丽的巴苏尔树林里这一片片"一望无际的绿得发蓝、蓝得幽黑的景色"直入眼帘，自然界的诗意与"法得魔岛"关于凯尔特人的古老神话交融在一起，那和谐的声音宛如一曲悠扬的乡村歌谣，和风吟唱，婉约动人。

乔治·桑在晚年写给福楼拜的信中曾这样说："我们写什么呢？你呀，不必说，一定要写伤人心的东西，我呢，要写安慰人的东西。"这正是她一生的创作原则。也许，乔治·桑只是怀着一颗爱心写作，她的作品并不追求情节的曲折、主题上的标新立异，也不着意于语言和风格上的创新，就连男女主人公之间的爱情也丝毫不张扬，仿佛一支悠扬、绵长而深情的乐曲久久萦绕在心间，或者正如埃米里昂向娜侬诉说的那样，好似"一湾永远深不见底的泉水”，纯净温暖、永不枯竭。正因为如此，那些清新、温婉的文字才更值得我们用心去感受、去体味，那是真、是善、是美。

刘云虹

2016 年 7 月 3 日

目 录

第一章

一八五〇年，我年事已高，决定动笔写一写年轻时代的故事。

我不是让别人对我感兴趣，而是想为我的孩子以及他们的孩子保留一份关于我丈夫的珍贵而神圣的记忆。

我不知道是否能用文字叙述出我的故事，到十二岁时我还一字不识。我将尽我所能。

我要把往事大致想一想，尽可能找到儿时最初的记忆。它们非常模糊，就好像智力还没有受到教育开发的孩子们的记忆。我只知道自己一七七五年出生，五岁时父母就去世了，我甚至记不清是否见过他们。我的父母都死于天花，我也差点儿因为得天花和他们一起死去。那时，我们家乡还没有疫苗接种。我由年迈的舅公抚养长大，他老伴儿去世了，只有两个孙子，年龄比我稍大一些，和我一样都是孤儿。

我们是村里最可怜的农民。我们从不乞求施舍。舅公还在打短工，两个孙子也开始挣钱谋生了；可是，我们没有属于自己的土地，哪怕是巴掌大的一块。一间破茅草屋和一个小园子的租金让我们不堪重负，而那小园子被邻居家的栗树笼罩在阴影里，几乎寸草不生。幸好，我们只不过稍微帮了点忙，栗子就都落在了我们这边。邻居也不好说什么，栗树的主干本来就伸到了我们这边，何况正因为这些栗树的枝叶，我们的萝卜才长不好。

穷归穷，可我的舅公，大家叫他让·勒比克，是个非常正直的人。他只要发现两个孙子跑到别人的田里偷东西，就立刻把他们抓回来，狠狠地训斥一通。他常常说，他更喜欢我，因为我不是天生的小偷和破坏狂。他要我诚实地对待每一个人，还教我诵读经文。舅公很严厉，但也很和蔼可亲，他星期天待在家里的时候，有时会抚摸我。

懂事以前的事情，我能记得的只有这些。后来，因为一件事，我的小脑袋一下子自己开了窍。这件事，别人肯定会觉得很幼稚，可对我来说却是件大事，甚至可以算是我生命的起点。

一天，让老爹把我夹在他的两腿之间，在我脸颊上打了一巴掌，然后对我说：

“小娜奈特，好好听着，我马上对你说的话，你要用心记住。别哭，我打你，不是因为生你的气，相反，是为了你好。”

我擦了擦眼泪，忍住啜泣，听他说话。

“好了，”舅公接着说，“你已经十一岁了，可还没在外面干过活。这不能怪你，我们也没什么活儿好干的，再说你也不够结实，还不能去打短工。别的孩子有牲口可以照看，可以牵着它们在镇子的小路上溜达，我们一直都没办法弄到几头牲口，不过，我现在总算存了点儿钱，打算今天去集市买只绵羊。你必须以上帝的名义向我发誓，一定要好好照料它。如果你能让它吃得好，别把它弄丢了，再把羊圈收拾得干干净净，它就会长得很结实，等明年它给我们赚了钱，我就用那笔钱再买两只羊给你，后年再买四只。到时候，你会感到非常自豪，就可以跟那些有骄傲资本、为家里挣钱的孩子平起平坐了。你听见我说的话了吗？你愿意按我说的去做吗？”

我太激动了，简直没办法回答他，好在舅公明白了我很乐意这么做。他立刻动身去集市，告诉我说他在太阳落山以前回来。

我第一次觉得白天如此漫长，也第一次体会到自己做的事情有了某种意义。我好像已经能做点事情了，我会扫地、收拾屋子，还会煮栗子，可是我总是机械地去做这些事情，从没意识到自己正在做事，也不知道是谁教会了我做这些事儿。那天，拉玛里奥特来了，她是我们的邻居，生活比我们宽裕，可能还照料过我。我每天都见她到我们家来，却从没想过她为什么要来照料我和我们可怜的家。我一边把让老爹对我说的话讲给她听，一边向她提了这个问题。这下我明白了，她来帮我们料理家务，是因为舅公为她的园子干活，还替她的草坪割草。这是一个和蔼、正直的女人，她很早就开始教导我，告诉我该怎么做事，以前我都是盲目地听她的话，可现在，她的话开始打动我了。

"你舅公，"她对我说，"他终于下决心买牲口了！我早就劝过他。等你有了羊，就会有羊毛，到时候我教你怎么除油脂，怎么纺毛，怎么把羊毛染成蓝色或黑色。以后，和其他牧羊的小姑娘一起去田野放羊的时候，你还要学编织，我保证，等你学会了给让老爹织长袜，你一定会特别自豪。可怜的好人，大冬天还几乎光着腿，裤子上的补丁缝得那么不像样，我又没时间什么都照顾到。如果你能有一头奶牛，那牛奶就有了。你已经看我做过奶酪了，以后你自己也可以做。好好干吧，任何时候都不要泄气。你是个爱整洁、懂事的姑娘，连身上穿的旧衣衫都很爱惜。你要帮让老爹摆脱困苦。你应该这样待他，为了负担你，他可多吃了不少苦呀。"

拉玛里奥特的称赞和鼓励深深触动了我。我心中第一次感受到自尊，仿佛一下子长大了许多。

那是一个星期六，只有星期六的晚餐和星期天的午餐，我们才吃面包，一周的其他日子里，我们和马尔什地区的所有可怜人一样，都是靠吃栗子和荞麦面糊过活。我跟你们讲的是很久以前的事了，我想，应该是一七八七年。那时候，很多家庭过得并不比我们好。现在，可怜的人们吃得稍微好了一点。大家有办法能换到食物，用栗子也能换点儿小麦。

每逢星期六晚上，舅公总会从集市带回来一个黑麦面包和一小块黄油。我决心自己动手为他做一份汤，我仔细想了想拉玛里奥特是怎么做汤的。我去园子里拔了些蔬菜，再用我那把蹩脚的小刀把菜削得干干净净。拉玛里奥特见我变得这么灵巧，就把她的刀借给了我，这可是第一次，以前她从来不肯把刀给我用，生怕我弄伤了自己。

我的堂兄雅克比舅公先从集市回来，他带回了面包、黄油和盐。拉玛里奥特回家了，我开始动手做汤。雅克见我劲头十足，想自己做汤，大大嘲笑我了一番，非说我做出来的汤一定糟糕透了。可没想到我的汤有滋有味，赢得了一致称赞，我心里好得意。

“你现在已经是大人了，”舅公一边津津有味地品尝着汤，一边对我说，“我要为你做点什么，让你高兴高兴。跟我来，一起去接你的堂兄皮埃尔，我让他把绵羊牵回来，他就快到家了。”

这只让我盼了好久的羊是只雌绵羊，很可能就是那种最丑的羊，因为它只值三镑的价钱。不过，这笔钱对我来说已经相当可观了，所以这只雌绵羊在我眼中也显得那么漂亮。出生以来，我已经亲眼见过不少可以比较的东西，但是，我从没想过把牲口与它的同类做比较，我太喜欢我的羊了，简直以为得到了世界上最美丽的动物。它的模样随时出现在我眼前，仿佛正友好地看着我呢。当它来吃我手里的树叶和我专为它留的菜叶时，我忍不住开心得叫出声来。

“啊！舅公，”我忽然想到一件事，立即说道，“这真是一只漂亮的绵羊，可我们还没有羊圈给它住呢！”

“我们明天就给它搭一个，”舅公回答说，“暂时先让它睡在房间的角落里吧，今晚它不会太饿，倒是走了段路，应该累了。明天一早，你带它到下面那条路上去，那儿有草，让它吃个饱。”

还要过一夜才能领着萝赛特（我已经给羊起了个名字）去吃草，等待的时间对我来说真漫长。舅公同意我天黑以前去篱笆墙下捡些树叶。我手里拿着小榆树枝和野榛树枝，围裙的口袋里还塞满了嫩绿的叶子。天黑了，我继续在荆棘丛里采着叶子，手被扎出了血也全然不顾，我从来没有在太阳落山以后还一个人待在外面，可那天我却一点儿都不觉得害怕。

我回到家的时候，家里人都睡了，只有萝赛特还咩咩地叫着，它可能不喜欢独自待着，也可能是想念过去的伙伴了。它认生，我们这儿的人喜欢这么说，也就是不习惯的意思。它不吃也不喝。我既担心又难过。第二天，我带它去外面吃新鲜青草，它这才显出高兴的样子。我盼着舅公赶快给它弄个安身之处，让它能睡在干草上。一做完弥撒，我立刻跑到镇子的小路上割蕨草，大家都去弄，那儿的草几乎快没有了。幸好，一只羊也要不了多少草。

舅公已经不像过去那么身手灵活了，刚刚才开始搭羊圈，我还得帮他搅拌泥土。终于，傍晚的时候，雅克弄来了扁平的大石块，还有树枝、草皮块和不少染料木。羊圈差不多搭起来了，顶也加了上去，可是门又矮又小，只有我一个人能进去，还得猫着腰才行。

“你瞧，”让老爹对我说，“这家伙注定归你了，除了你，谁也别想进它的屋子。如果你忘了给它收拾床铺，白天不给它草吃，夜里又忘了给它水喝，它就会生病、没精神，那时，你可要后悔了。”

"绝对不可能发生那样的事!"我骄傲地回答。从这一刻起,我觉得自己是个举足轻重的人了。我觉得自己和别人不一样了。我有一项工作、一种义务、一份责任、一份财产、一个目标,还有,对一只羊的母爱吗?

可以肯定的是,我生来就是为了照顾,也就是侍候和保护某个人、某样东西,哪怕只是一只可怜的小动物,而我的生活在对另一个生命的关注中开始了。看到萝赛特有地方住,我高兴极了,可是没多久,我听说树林里出没的狼常常会跑到我们屋子附近转来转去,这让我无法入睡,好像总听见狼群在萝赛特可怜的小窝外面又抓又咬。舅公取笑我,说狼根本不敢这样。在我的坚持下,舅公用更大的石块加固了小羊圈,又用更粗、更密的树枝保护好顶棚。

为这只绵羊,我忙碌了整个秋天。冬天到了,外面有时会冷得上冻,必须把羊牵进屋里过夜。那个年代,农民们很乐意让自己的牲口待在身边,甚至是猪,让老爹却不是这样,他很爱整洁,讨厌牲口身上难闻的气味,不能容忍它们待在鼻子底下。不过,我尽我所能把萝赛特收拾得很干净,连它垫的褥草也是新鲜的,让老爹这才顺从了我小小的意愿。我不仅精心照料萝赛特,对其他要做的事儿也格外用心。我一心想让舅公和堂兄满意,这样一来,我再为萝赛特提什么要求的话,他们就不忍心拒绝了。我一个人包揽了所有的家务活儿，还要准备一日三餐。除了干重活，拉玛里奥特已经不来帮我了。我很快学会了洗衣服和缝补衣物。我经常把活儿带到田里去干，这让我养成了同时做两件事情的习惯，因为我一边要缝衣服，一边还要照看萝赛特。不管从哪方面来说，我都是个出色的牧羊女。为了让萝赛特有好胃口，我从不让它在一个地方停留很长时间，不等它把一处的草吃光，我就牵着它慢慢往前走，替它在路边再挑选一小块草地。绵羊从来辨别不出草的好坏，它们待在哪儿就吃哪儿的草，一直吃到地上只剩下泥土时才会走开。人们平时说的目光短浅指的就是绵羊，它们几乎连看都懒得去看。回家的时候，我从来不催它，因为那条路上牲口群来来往往，会扬起很多灰尘。我曾看见萝赛特被灰尘呛得咳嗽了，我知道绵羊的肺可嫩着呢。我还小心地不让它的褥草中混进有害的草，比如野麦草，这种草成熟了以后，种子会钻入牲畜的鼻孔或扎进眼睛里导致浮肿或创伤。因为同样的原因，我每天都给萝赛特洗脸，于是我明白了要每天洗漱，把自己弄得干干净净的。没人教过我这样做，但我想，人和牲畜一样，必须保持清洁才能有好身体。我干劲十足，觉得自己非常重要，要是生了病可不成，所以，表面看起来瘦瘦小小的我很快就变得十分健壮，还几乎不知疲倦。

你们可别以为我已经讲完了我的绵羊。对它的友情注定将决定我以后的生活。不过，为了让你们更好地理解以后所发生的事情，我要先跟你们说一说我们的村庄和它的居民们。

村里住着不到两百人，也就是说，方圆半里的地方分散着五十户人家，沿着狭窄的谷地居住在山间。谷地的中部扩展开来，形成一个美丽的山谷，山谷上是瓦尔科修道院和一些附属建筑。这座修道院非常大，建造得很牢固，四周高墙上嵌着拱形门，旁边还有塔楼防护。教堂又旧又小，不过很高，内部装饰相当华丽。穿过大院进去，院子两旁和顶头各有几座漂亮的建筑物，有食堂、教士会议厅，还有十二名修士住的宿舍，以及马厩、牲口棚、谷仓和工具库等。整个村庄几乎都归修道士所有，他们把土地分给别人耕种，再通过劳役坐享其成。农民们住的房子也要向修道院交租金，虽然租金很低，但总归要花钱。所有的房屋都是属于修道士的。

尽管拥有这么一笔巨大的财富，可瓦尔科修道士们的生活非常拮据。真奇怪，这些没有家庭的人竟不知道如何好好利用他们的财产。我见过几个年老的修士，他们一辈子紧衣缩食，攒了一笔钱，临死的时候却没想到要留一份遗嘱，好像他们从来没爱过自己，也没爱过其他人。还有一些人，他们眼看着自己的财产被偷也不闻不问，不过，这只是为了图清静，而不是行善做好事。这样的修道士，我见的可多了，我敢肯定，他们没有一点儿管理意识，从不考虑家庭，他们压根儿就没有家，也从不为修道院的前途着想，他们丝毫不把这放在心上。他们也不关心收成好坏，不知道好好照看土地。他们就像野营的旅行者似的过一天算一天，在一处耕种得过分，另一处却耕种得不够，耗尽了他们中意的田地的肥力，却忽视了他们无法或不懂得料理的土地。地势平坦的地方有几个大的水塘，他们完全可以排干塘里的水，再播上种子，可是他们却认为反正封斋期要用鱼，出去买倒不如从自己的鱼塘里捞来方便。他们简直是懒到极点，只肯给附近的树木修剪枝叶，其余的就任由它们毁坏。农民偷了修道院不少东西，修道士本该帮助这些可怜的人，教他们学会诚实，对他们的懒惰不姑息，因为懒人才会变成小偷。可不知是太麻木还是太胆怯，修道士们竟然什么也不说。

应该说，那个年代，修道士要想赢得尊敬，已经不是那么容易的事儿了。我们家乡的人倒没什么可抱怨他们的，绝大多数修道士虽说不好，但也不坏，他们一心想做善事，只是不知道如何行善罢了。就这样，不管他们多温和，人们还是埋怨他们不乐善好施，不愿意再支持他们、尊重他们，甚至开始轻视起他们来。乡村的习俗就是这样，那些管不好自己事的人，是得不到农民尊敬的。农民如何看问题，我知道得一清二楚，我就是个农家女。农民对赖以生存的那片土地崇拜极了，那崇拜劲儿无与伦比，从土地中得到的一点点东西对他来说就是生命的一半，而不属于他的那另一半，他永远渴望着，不管能否得到都尊敬它。因为，那永远是土地，只有在土地之上，上帝的恩惠才看得见、摸得着。我年轻的时候，农民对钱并不很在乎，也不知道怎么花。算计着有多少钱、拼命地赚更多钱，这是有产者的学问。我们这些只交换实物的人，就知道干活儿换取食物，钱倒不是什么梦寐以求的东西。钱见得那么少，也用得那么少，所以就丝毫不会去考虑它了。农民们只想着拥有一块草地、一片树林、一个园子，他们总是说：

“干活的人和生孩子的人应该有权拥有这些。”

只有农民还心存对宗教的虔诚，有产者已经不相信宗教了，贵族更是早就把虔诚信教当作笑柄。修道院再也得不到捐赠、礼物和遗赠了。除了特殊情况，有名望的大家族也不再把家里最小的孩子送进修道院。这么一来，修道院就没有了资金来源，原有的财产也渐渐耗尽。对教堂付出的宗教信仰已经不时兴了，人们更愿意做个从国家获取的天主教徒。

瓦尔科修道院也不例外，原来的十二个修道士只剩下六个，后来，到教会被解散时，仅仅剩下三个。

言归正传吧，不过我不想再回头说我们的那些绵羊[①]，因为我只有一只绵羊，我只想说，再来谈谈我亲爱的萝赛特吧。夏天到了，青草却少得可怜，即使水沟的内侧也没有草，我真想不出还能有什么东西可以弄来给萝赛特吃。我不得不跑到很远的山里去，可狼实在让我害怕。我难过极了，雨一滴也没下，萝赛特渐渐瘦了。让老爹见我这么伤心，不忍心责备我，可是他很不高兴，花了自己三镑钱买来的东西，让人费神不说，收益也少得可怜。

一天，我沿着一小块草地往前走，草地是修道院的，一条小溪穿流而过，有了溪水的滋润，草长得又绿又密。萝赛特在栅栏前停下，咩咩地叫起来，叫得那么可怜，我听了又难过又心疼，简直要发疯了。草地的栅栏门没关，虽然已经被推到木桩旁，但并没有关死，萝赛特已经把头伸进去，接着是身子，最后整个儿钻了进去。

眼看它进了这块围起来的草地，我却不能跟着进去，只好呆呆地站在外面，我是个人，我懂道理，知道它不应该

---

① 法语中"言归正传"一词为"revenons à nos moutons"，直译就是"再回头说我们的那些绵羊"。——译注

做现在正在做的这事儿，可怜又无知的小家伙！我开始感觉到自己问心无愧，为自己从没偷过东西而自豪，因为这一点，舅公总是夸奖我，堂兄们也很敬重我，虽然他们并不像我那样严格要求自己。我想，萝赛特不懂事，可我应该懂事呀。于是我叫了它一声，可它装作听不见。它尽情地吃着，别提多开心了！

过了一会儿，好一会儿，我才又叫它，必须承认，这一次喊它，是因为我瞥见栅栏的另一边，一个年轻温和的修士正笑着看我呢。

第二章

我感到很羞愧，这个男孩肯定在嘲笑我，要知道我这人自尊心很强，一羞愧，心里就很难过，忍不住哭了。

这下，年轻的修道士倒觉得奇怪了，对我说：

“小姑娘，你哭了？有什么伤心事吗？”他说话的声音和他的脸庞一样温和。

“是因为我的绵羊跑到您的牧场里去了。”我回答道。

“噢，那它可丢不掉。有东西吃，它不是很高兴吗？”

“它很高兴，这我知道。可是，我很生气，因为它在偷吃。”

“偷吃是什么意思？”

“它在吃别人的东西。”

“别人的东西！你不知道你在说些什么，小姑娘。修道士的财产是属于大家的。”

“啊！这财产不再属于修道士了吗？我不知道。”

“你不信教吗?”

“信,我会念经文。”

“那么,你每天早晨都向上帝祈求食物,而教士们,他们很富有,应该帮助那些以上帝名义祈祷的人们。如果教堂不用来传播慈爱的话,那它就毫无用处。”

我睁大眼睛,一点儿也不明白,因为瓦尔科的修道士虽算不上太恶毒,可也总是防卫森严以防被偷窃,而且还有弗吕克蒂欧神甫负责总管,他总是大声又严厉地吓唬那些被发现正在干坏事的牧童。他拿着小棒在他们后面追赶,其实也追不了多远,他太胖了,实在跑不动。不过,他还是挺吓人的,大家都说他很凶,虽然他连一只猫都没打过。

我问年轻的男孩,弗吕克蒂欧神甫是否会同意我的绵羊吃他的青草。

“这个我完全不知道,”他回答说,“但我知道草根本不属于他。”

“那么这草归谁呢?”

“它属于上帝,上帝让草儿生长,为了所有的牲畜。你不相信我吗?”

“天哪!我不知道。不过,您对我说的这些,对我很有用呢!如果干旱的时候,我可怜的小萝赛特能在您这儿吃饱肚子，我向您保证，我绝不会因此而偷懒。等山上的草一长起来，我就带它去那儿，我说的都是真话。”

“好吧，就让它待在这儿吧，晚上再来带它回去。”

“晚上？哦，不！如果修道士看见它，肯定会把它带回去，丢在失物招领处，那我舅公就得去领，还要忍受他们的指责，而我呢，就要被舅公责骂，他会说我跟其他孩子一样，是淘气鬼，那会让我很难过的。”

“我看，你是一个很有教养的孩子。你的舅公，他住在哪儿？”

“在那上面，山谷中最小的那间房子。您看见了吗？在三棵大栗树后面。”

“好的，等你的羊吃饱了，我把它送回去。”

“可是，如果修道士责怪您呢？”

“他们不会说我的。我要向他们解释，这是他们应该做的。”

“那么您是他们的头儿吗？”

“我？根本不是。我只是个学生，被托付在他们那里接受教育，准备等年龄到了，就当修道士。”

“要到什么时候呢？”

“两三年之后吧。我快满十六岁了。”

“这么说，您是见习修道士，就像大伙儿说的那样？”

"还不是,我到这儿刚刚两天。"

"怪不得我从来没有见过您呢,您是什么地方的人?"

"我就是本地人,你听说过弗兰克维尔家族和城堡吗?"

"喔,不,没听说过。我只知道瓦尔科这地方。您的父母因为穷,才要把您送来和修道士们在一起吗?"

"我的父母很富有,但他们不愿把财产平分给三个孩子,要全部留给长子。妹妹和我,我们只能一次性得到一点财产,然后各自进一家修道院。"

"她多大了,您的妹妹?"

"十一岁,你呢?"

"我还没到十三岁。"

"噢,你的个儿真高,我妹妹整整比你矮一个头。"

"您是不是很喜欢她,您的小妹妹?"

"我只喜欢她。"

"啊,那您的父母呢?"

"我几乎不了解他们。"

"还有您的哥哥呢?"

"我更不了解他。"

"怎么会这样?"

"父母把妹妹和我丢在农村长大,很少来看我们,他们和长子一起生活，在巴黎。你肯定从来没听说过巴黎，你连弗兰克维尔都不知道。”

“国王就在巴黎，对吗？”

“对。”

“那么，您的父母就住在国王家里呀！”

“是的，他们在王宫里做事。”

“他们是国王的侍从吗？”

“他们是掌事的人，不过你根本不懂这些，也不会有兴趣的。说说你的羊吧。你叫它的时候，它听你的话吗？”

“它饿的时候不太听话，就像今天。”

“那我要送它到你那儿去的话，它不会听我的话啰？”

“很可能。我最好等一会儿，在您家，它会给您惹麻烦的。”

“在我家？我没有家，小姑娘，我永远也不会有家。我是被这样抚养长大的，什么都不可能属于我，你还有一只羊，你比我富有。”

“什么都没有，您伤心吗？”

“不，一点儿也不，我很高兴，这样就不用为暂时的财富而烦恼了。”

“暂时的？啊！是的，我的羊也会死的！”

“可活着，它不让你操心吗？”

“也许,但我喜欢它,照顾它心里才不觉得委屈呢。您呢? 什么都不喜欢吗?”

“我喜欢所有人。”

“就是不喜欢羊?”

“不喜欢,也不讨厌。”

“那可是些非常温顺的动物。您喜欢狗吗?”

“我曾经有一只很喜欢的狗。大人们不愿意它跟我到修道院来。”

“您觉得伤心吗? 孤单一个人,对别人来说,这可算是一种惩罚。”

他用一种吃惊的神情看着我,好像从未想过我对他说的这些,随后,他回答道:

“我不应该为任何事伤心。人们总是对我说:不要操心任何事情,不要专注于任何事情,要学会对所有事都无动于衷。这是您的职责,只有在履行职责的时候,您才会感到幸福。”

“这真可笑! 舅公也是这么跟我说的,不过他说,我的职责是照料一切,在家里做所有的家务,对所有的活儿都用心。也许,人们对穷人的孩子这样说,对有钱人的孩子就那样说了。”

“不! 他们对要进修道院的孩子都这么说。现在我该回去做晚课了。你什么时候愿意，就叫回你的羊，还有，如果明天你愿意再带它来的话……”

“哦！我可不敢了！”

“你可以再带它来，我跟管事说一声。”

“他能答应吗？”

“他非常好，不会拒绝我的。”

钟声响了，年轻人离开我，我看着他穿过花园，进了修道院。我让萝赛特又吃了会儿草，然后把它叫回来，带它回家了。从那天起，我一直清楚地记得我生命中突然发生的这一切。开始，我并没有仔细想过我和这个年轻修士之间的交谈。我心里只有一个令人愉快的念头：也许他能为我争取到让萝赛特时不时去那儿吃草的许可。我很容易满足。我生来就没有太多要求，舅公讲给我听的都是些要有礼貌和要节俭之类的例子。

我不善于讲故事，堂兄们总爱嘲笑人，从来不鼓励我，然而，允许萝赛特去吃草这件事总是萦绕在我头脑里，于是，那天晚上吃晚饭的时候，我把刚刚所说的一切都讲给了他们听，为了引起舅公的注意，我还描述得相当细致。

“啊，是这样的！”他说，“这位年轻的先生是星期一晚上被带到修道院来的，谁都还没见过他，他就是小弗兰克维尔！一位出身名门的小公子，大家是这么说的。你们知道弗兰克维尔吗，我的孩子们？一座美丽的城堡啊！”

“我去过一次，”最小的说，“那儿很远，离利穆赞的圣莱奥纳尔很远。”

“唔！十二里，”雅克笑着说，“并不怎么远！我也去过一次，就是瓦尔科修道院院长让我送封信去的那一次，为了节省时间，他还把修道院的母驴借给我，也许是很急的事情吧，因为他并不情愿把驴子借给我，那可是头会下仔的母驴！”

“真蠢！”舅公接过话说，“什么母驴?！那是头骡子。”

“都一样，爷爷！我见识了城堡里的厨房，还跟管事佩麦尔先生说了话。年轻的先生我也看见了，现在我明白了，那封信就是为了秘密策划把他送到修道院去。”

让老爹又说：

“这是从他一出世就开始密谋的事情。人们只是等着他到年龄，我嘛，我跟你们说，我那去世的侄女，就是这小姑娘的母亲，以前在那座城堡里照看过奶牛。那一家的事，我能说得清清楚楚。那家的土地地势好，收成又好，能值到二十万埃居呢。那可不像咱们这儿修道院的土地那样荒废着，还经常遭人偷。还有那个管事的，就是管家——他们都这么叫他——既精明又严厉，不过，要管那么多的事情，人也只能如此。”

皮埃尔认为，既然他们把三个孩子中的两个都撇在一边，就没有必要这么富有。那时候，新观念已经开始渗透到乡村的茅草屋，皮埃尔满脑子这些新观念，对某些贵族对待他们年幼子女的做法很不满。

舅公是老实、守旧的农民，完全拥护长子继承权，他说，如果没有这项权力，再多的财富也要被挥霍掉。

大家争论了一会儿。皮埃尔头脑灵活，跟爷爷大声争辩，最后对他说道：

“穷人们多幸福，他们没有任何东西要瓜分，你看，我非常爱我的哥哥，可是，如果我知道咱们家有笔财产，而我却一点儿也得不到的话，我就不得不讨厌他了。”

“你不知道你都说了些什么，”老爷爷说，“你这都是些无赖的观点。身为贵族，那些人看得更高，他们只看重如何捍卫荣誉，年轻人能为保卫家族的财产和名誉做出牺牲，那是一种光荣。”

我问“牺牲”是什么意思。

“你太小，不懂这些。”让老爹回答说。

他去睡觉了，嘴里叨念着他的经文。

我低低地重复着“牺牲”这个对我来说完全陌生的字眼，皮埃尔向来喜欢装作无所不通的样子，对我说：

“我知道爷爷想说什么。他为修道士辩护也白搭，修道士们再有钱、再逍遥自在也没用，大家都知道，再没有比他们更不幸的人了。”

“他们为什么不幸？”

“因为大伙儿看不起他们。”雅克耸了耸肩回答道。

说罢，他也去睡了。

我轻轻地收拾餐具，为了不把让老爹吵醒，他已经打起呼噜来了，收拾完以后，我又待了一小会儿。这时，皮埃尔已经把火熄灭了，那是屋里唯一的照明，于是我走到皮埃尔身旁，低声和他说话。我一直想知道，为什么修道士被人们瞧不起，为什么他们不幸福。

皮埃尔对我说：

“你也看到的，那些男人没有妻子也没有儿女，还不知道他们有没有父母、兄弟或者姐妹呢。一旦被送进修道院，他们就被家庭遗忘、抛弃了。他们连姓氏都失去了，好像是从月亮上掉下来似的。他们变得肥胖、丑陋，宽大的袍子里裹着肮脏的身体，虽然他们完全可以保持整洁。而且，每时每刻嘴里都咕哝着经文，这也让人厌烦。向上帝祷告当然好，可我认为上帝也并没有叫他们这样一个劲儿地祈祷，何况这些修道士的钟声和拉丁文已经把上帝搅得头昏脑涨了。说到底，他们这帮人毫无用处，应该把他们全都赶回家去，把土地分给那些知道怎么种田的人。”

我已经不是第一次听到这样的想法，不过，我仍不为所动。我对财富早已怀有一种敬意。对我来说，这种尊敬似乎不可能改变了，即使想改变也是徒劳。

“你说的都是傻话。”我对小皮埃尔说，“人们不能阻止有钱人有钱，不过，那个让我带萝赛特到修道院的草地上去吃草的年轻修士，你觉得他怎么样？修道士们会听他的吗？”

“不会的，”皮埃尔说，“他还是个不会拉犁的新手。如果看见你的羊在他们那儿，精明的老修道士们就会把它带走，年轻的新手会因为不听话而受到惩罚的。”

“哦！那我再也不去了。我不想让他受惩罚，他是那么善良和正直！”

“你可以趁早课的时候去。那几个小时里，弗吕克蒂欧神父不会离开教堂的。”

“不，不！”我叫道，“去偷吃，我才不要学呢！”

我忧心忡忡地睡着了。我已经不那么为萝赛特打算了，而是在想那个男孩，他心地那么善良，却遭受不幸和轻视、被人牺牲，就像舅公说的那样。夜里，下了一场大暴雨，闪电把夜空照得彻亮，隆隆的雷声令人毛骨悚然。至少舅公早晨是如此向我们描述的，家里就他一个人听到了声响，年轻人总是睡得很沉，哪怕在一间四面漏风的破房子里！我打开做窗户用的挡风板——那时我们还不知道使用玻璃窗——我看见地面全都被浸湿了，岩石周围的沙土被冲出千百道细小的沟壑，水还顺着上面缓缓地流淌。我向羊圈跑去，看它有没有被风刮走。它好好地在那儿呢，我很高兴，雨后过不了几天，草儿就会长起来。

将近中午时分，太阳出来了，我带着萝赛特去了一个很隐蔽的地方，在庞大的岩石中间，那里总能找到一点青草，其他牧羊人几乎从不去，因为那边的坡很陡，有些危险。我独自坐在浑浊的水边，水流很急，水面泛起了泡沫。我在那儿待了一会儿，忽然听到有人喊我名字。不一会儿，我看见那个年轻的修道士从谷坡上向我走来。他穿着一身干净的新袍子，看起来很高兴，大着胆子跳过一块又一块石头。我觉得他是世上最英俊的男孩。

其实他长得并不漂亮，我可怜又可爱的弗兰克维尔，但他的神情很能打动人，他有一双明亮的眼睛和一张温柔的脸庞，从不会让任何人感到不快或厌恶。

我非常吃惊，问道：

“您是怎么找到我的？谁告诉您我的名字的？”

“过一会儿再告诉你。”他回答道，“吃午饭吧，我饿死了。”

说着，他从长袍中拿出一只小篮子，里面有肉酱，还有一只瓶子，瓶里装着两样我从来没尝过的东西：肉和葡萄酒！我不知多少次祈祷能吃到一点儿肉，可对着这新东西，我又将信将疑，还有点儿不好意思，心里总感到别扭，可又觉得它味道不错，不过，葡萄酒真让人讨厌，我喝酒时的怪相把我的新朋友乐坏了。

我们一边吃着，他一边对我说，以后别再称他“先生”，也别叫他“弗兰克维尔”，从今以后，他就是埃米里昂哥哥了，埃米里昂是他的教名。他请求管事允许萝赛特来吃草，可让他吃惊的是，管事压根儿就不同意。弗吕克蒂欧神父罗列了各种各样令他无法理解的理由，不过，神父见他生气了，就允许他只要愿意随时都可以拿些食物给我吃。于是，没要神父再说第二遍，埃米里昂哥哥就把自己的晚饭装在篮子里，直奔昨晚我给他指过的那座房子。在我家，他一个人也没见到，不过他碰见了一位老妇人，大概给他指了一下我可能会在的地方，还告诉他，我叫娜奈特·苏容，埃米里昂哥哥向我描述了一番那位老妇人，我猜想一定是拉玛里奥特。他一路很顺当地走了过来，好像已经走惯了山路似的。总之，正如我后来得到的验证，他更像一个农民，而不是一位先生。大人们什么也没教给他，他都是自己学会的。他们从不允许他跟其他的贵族一起打猎，他只有在自己的领地上偷偷地打些山鹑和野兔，身手很是敏捷。可这对他来说也是不被允许的，于是他就把猎物送给农民，农民们则告诉他鸟兽躲在什么地方，还替他保守秘密。和他们在一起，埃米里昂学会了游泳、骑马、爬树，甚至还学着干农活，他虽然表面看起来瘦弱，但其实挺健壮的。

为了让你们了解埃米里昂的性格和处境，我将要说一说他这个人，可要知道，这些话我是不可能在那一天、那个地方说出来的。当时，我懂的还不及其中的四分之一，直到很多年以后，我才明白了我下面所说的这一切。

埃米里昂·德·弗兰克维尔天生聪颖、处事果断。为了阻止他对家族中的首要地位有任何非分之想，大人们竭力扼杀他的灵魂和思想。他的哥哥看上去并不像他那样有天赋，但他是长子，在这个弗兰克维尔家族，即使是年纪较小的孩子之间，也讲究长幼有序。这条法则从来没人违背，一直在父子间代代相传。大埃米里昂侯爵对此非常拥护，认为它比国家法律还管用。他常说这样可以简化遗产纠纷，那些插手处理这类纠纷的检察官总想让它诉诸法庭，又总能找到毁掉财产的办法。得到一笔财产，然后进修道院，这样的孩子就再也没有任何非分之想了。他不可能有后代，也就不会给将来留下任何打官司的隐患。这一切是不可改变的，小埃米里昂只是勉强地学些刻板的知识，人们只向他灌输，从来不让他提出异议。

可以想象，他有时也会反抗。可总是刚一反抗，就立刻被驯服了，很多事情似乎生来就与他无关，他到了十六岁还像其他孩子八岁时那样幼稚。充当他家庭教师的是个笨蛋，这家伙所有的才智就是明白要尽力把学生变得和他一样蠢。不过，他没能做到，埃米里昂天生有头脑、有理智，老师一边装模作样地教导他、督促他，一边却让他放任自流。这样，小埃米里昂进修道院时，也只是勉强会读读写写，然而他按照自己的意愿思考了许多问题，重建了一个属于自己的灵魂。

他把心交给了上帝，就好像那些只把上帝当作朋友和支柱的人。但是，老师越是要按照他的方式来解释上帝，学生就越是根据自己的方式去理解。他一点都不反抗教会。他只是把它看作世界上千千万万事物中的一件，认为没有必要把它抬得过高，如果它违背了上帝的意旨，也要受到指责和批判。第一天相见时跟我说的那番话，他思考了整整一生。教会，在他看来，只是用来引导人们热爱上帝，用来安慰痛苦和拯救不幸的。至于其他，他几乎不关心，也不争辩，由别人去说好了，而他只按照自己的意志行事。总之，由于总是被忽视、被抛弃、被排斥在一切之外，他就按照自己的梦想在一旁建造了另一个世界，也就喜欢上了这种孤僻和独立。他不反抗任何人，甚至，出于好意或厌恶，对一切事都做出让步。但是他从来不会被说服，一旦人们不再注意他，他便迅速地摆脱一切约束。常人想要的东西他得不到，于是他便蔑视人们所拒绝给他的一切东西。

第三章

我们吃完饭后，他躺在岩石上，岩石被太阳晒得热乎乎的。他睡了一会儿，醒来时，他问我，织衣物、照看绵羊时都想些什么。

我回答说：

“平时我想的事情可多了，过后就不记得了，但今天，您真让我吃惊，我正在想这事儿呢。您对修道士能想怎么样就怎么样吗？就像今天这样随心所欲地在您愿意待的地方度过一整天？”

“不知道修道士会不会因为这个来刁难我。”他回答我说，“我想不会的，如果我宣誓入会的话，会给他们带来一笔小小的财富，在得到这笔钱以前，他们绝不希望我对教会失去兴趣，这我已经看出来了。至于对我的教育，他们不会太在意。”

“那为什么呢？”

“原因很简单，因为他们几乎不比我懂得更多，如果不是想办法拖延着慢慢教我的话，很快就没什么可教的了。”

“您身边的那些修道士，您也看不起他们吗？”

“我没有看不起他们，我从不轻视任何人。我觉得他们很和气，只要不为难我，我也不会给他们惹麻烦的。”

“那您能常到田野里来看我吗？”

“再好不过了，我给你带你喜欢吃的东西。”

我气得脸都红了，对他说：

“我才不要您带东西给我吃呢，我家里什么都有，比起您的肉酱来，我更喜欢我们的栗子。”

“那你是因为想见到我才叫我来的啰？”

“是的。不过，如果您以为……”

“你说什么我都相信，你是个可爱的小姑娘，你让我想起我妹妹，我很高兴能再看到你。”

自从那天之后，我们常常见面。他对瓦尔科的修道士对待他的态度判断得非常准确，他们任他自由地支配时间，正如他料想的那样，只要求他去参加一些日课，这一点他是服从的。他很快结识了我的两个堂兄，一天，他给我们讲了一件可笑的事情：有一次，院长把他叫去，说考虑到他年纪还小，决定免去他的晨经课。

“你们信不信？”埃米里昂接着说，“我傻乎乎地对他表示感谢，还告诉他，我已经习惯了天一亮就起床，很乐意去上晨经课。院长坚持他的意见，我也一再表示愿意服从规定去上晨经课。那真是一场好戏。最后，庞菲勒师兄碰了碰我的胳膊，我跟着他走到院子里，在那儿，他对我说：'孩子，如果您真要去念晨经，那您就一个人去好了，早在十几年以前，我们就没有任何人去了。现在又要强迫我们去，院长会感到很为难的，当初就是他向我们提议取消这种毫无用处的苦修的。'我问他，那为什么还要敲上课的钟呢。他回答说，是为了让敲钟人能够活下去，那个可怜的本地人，什么其他的事都不会干。"

雅克非要说还有一个更好的理由，他说：

"修道士都是些伪君子，想让教民们以为他们在做祷告，其实那时候他们正躺在柔软的大床上睡懒觉呢。"

雅克抓住时机，对教士大加指责，还直言不讳地对埃米里昂说，他不该加入到这一群游手好闲的家伙中去。一听这话，舅公立刻叫他闭嘴，可小兄弟——我们是这么叫埃米里昂的——却对让老爹说：

"让他说下去，修道士也应该像其他人一样接受评判。我了解他们，我要想办法和他们一起生活下去。我不责怪他们，但也没有必要为他们辩护。他们这一行之所以毫无用处，完全是他们的错。"

我们一家人在一起的时候，几乎总是谈起小兄弟。我们可怜的生活缺少变化，有这么一位新客人常来串门，和我们一起待上几个小时，这对我们来说不能不算是件大事了。小皮埃尔打心底里喜欢他，总是为他说话，因为雅克对他很不以为然。在这点上雅克和舅公是一致的，舅公也常常指责埃米里昂不知道维护自己的身份，忘记了他是弗兰克维尔家族的一员，再说，作为一个未来的修道士也该沉稳些。

"这个年轻人太轻率了，"舅公说，"这样的话，永远也当不了一个好的贵族或好的修道士。不过这也不坏，相反倒是件大好事，这样显得很诚实，他还没有打姑娘们的主意呢。只是，他既不为贵族身份，也不为修道士的身份操心，可人们要是当不了斗士的话，就得当修士。"

"您凭什么说他当不了斗士?"皮埃尔激动得叫了起来。"他什么也不怕，如果大人们不愿把他训练成斗士，只让他做一个平庸的修道士，这可不是他的错。"

我听着他们的这些评价，不知道该相信谁。我盼望能和小兄弟成为要好的朋友，可他并不像我关注他那样注意我。他总是那么乐于助人，随时准备帮助别人，不管碰上什么人，都能一起待上几小时，他只有在见着我的时候才想到我。我幻想能代替他的妹妹，抚慰他的痛苦，可是他已经不再有伤心事向我吐露了。他不经思考就对大家讲自己的处境，讲童年时的苦难，好像根本没有亲身经历过似的。也许，这是因为他生来脸上就爱挂着笑，当他讲到伤心事的时候，这笑意似乎更深了，显出一副傻乎乎、无所谓的样子。总之，他不是我心目中那种勇于献身的男孩子，比起他，我又开始更喜欢萝赛特了，因为它需要我，而他却不需要任何人。

冬天，一七八八年的严冬，就这么过去了，一七八九的春天也悄然而逝。在瓦尔科，人们很少关心政治。我们不识字，大部分人仍然是修道院的农奴和财产，即使不在法律上，至少在事实上也是这样。虽说修道士不用过于沉重的负担来压榨我们，但什一税却毫厘也不能少，大家难免要反抗，他们就尽可能少跟我们搭话。即便他们得知了一些外界的一些消息，也从不跟我们说。我们的教区是最安宁的，附近教区的人常跟修道院打交道，他们总是不停地向我们透露消息。那时，一个农民是多么微不足道啊！

革命开始了，我们却一无所知。然而，有一天，从集市传来了攻占巴士底狱的消息，这在村里引起了震动。巴士底狱！我很想知道那究竟是怎么回事。

舅公的说法，我觉得不满意，堂兄们也不以为然，有时甚至当面反驳他，这让他很恼火。我只有等着有机会问问小兄弟了，终于，我在山野中的学校里碰到了他，恳求他告诉我，为什么有些人因为巴士底狱被攻克而高兴，另一些人却为这事儿惴惴不安呢？我想，他总该比我们知道的多一些吧。我一直以为监狱里只是关着一个人。

“这么说吧，”他回答我说，“巴士底狱是座令人恐惧的监狱，巴黎人民把它摧毁了。”

他从一种很革命的意义给我解释了这件事。回答我的其他问题时，他告诉我，瓦尔科的修道士把巴黎人民的胜利看成一个莫大的灾难，觉得一切都完了，还说要找人来补一补修道院破损的墙壁，以防强盗。

这对我又是些新的问题。我老是提问，埃米里昂感到很为难，他几乎不比我知道得更多。

七月底，我认识小兄弟几乎整整一年了。我对他从不隐瞒什么，我对所有人都一样的坦诚，我也不比其他人更急于想见到他。

“真奇怪，”我对他说，“您没能多学点儿东西。您说，在家的时候，大人们什么都不教您，可是在修道院待了这些日子，您起码该学会阅读了，可雅克怎么说您几乎不识字。”

“雅克自己压根儿就不认识字，他凭什么说这样的话？”

“他说，有一次，他从市里带回来一份文件，您念得很糟糕，他几乎一个字也没听懂。”

“那说不定怪他自己呢，不过，我也不想撒谎，我的阅读确实很差劲儿，写起字来也像猫似的。”

“那您至少会算术吧？”

“哦！不会，而且永远也不可能会。会算术对我有什么用呢？我永远不可能有任何财产！”

“等长大以后，您会当上修道院管事的，那时，弗兰克蒂欧神父已经不在了。”

“上帝保佑我，千万别那样！我喜欢给予，讨厌拒绝！”

“舅公说，您是大贵族出身，也许会当上修道院院长呢。”

“那我倒希望永远当不上。”

“可您为什么要这样呢？明明可以很有学问，却满足于只懂点儿皮毛，这真是一种羞辱。我嘛，如果有办法的话，所有的东西我都想学。”

“所有的东西？还有别的吗？你要懂那么多深奥的学问干什么？”

“我没法跟您说，我不知道，可这的确是我的想法，看着写满字的东西，却什么也不认识，那真让人难受。”

“我教你识字，你愿意吗？”

“可您也不会呀。”

“我会一点儿，我一边教你一边再自己学。”

“您今天这么说，明天就想不起来了。您的脑子里不知在想些什么。”

“啊，你今天怎么批评我这么凶啊，小娜侬，我们不再是朋友了吗？”

“当然是朋友，不过我常常想，一个既不关心自己，也不考虑别人的人，你能和他成为朋友吗？”

他看了看我，还是满不在乎地微笑着，却不知道该如何回答我才好。于是他走了，眼睛一直看着前面，不像平时那样盯着树篱四处找鸟窝了，也许他正在思考我刚才对他说的话。

两三天以后，我正在和一帮年纪相仿的孩子一起放牧，拉玛里奥特和五六个妇女惊慌失措地跑来，叫我们赶快回去。

“出什么事了？”

“回家，快回家！带好你们的牲口，快点，没时间了。”

我们顿时害怕起来。大家各自找回自己的牲口，我也急忙牵回萝赛特，它不太高兴，不情愿这么早就离开草地。

我感觉出舅公一直在为我担心。他一把抓住我的胳膊，把我和萝赛特推进屋里，然后，又让堂兄把所有的门窗一一关好。他们还是不放心，说这一次，危险真的是就在眼前了。

“现在很危险，”当我们被严严实实地关在屋里时，舅公说，“我们四个人都在，大家商量一下该怎么办。依我看，白天倒不用怕，上帝会保护我们的，天黑以后，我们就得去修道院躲一躲，每个人都把吃的和要用的东西带上。”

雅克说：

“您认为修道士会收留整个村子的人吗？”

“他们必须这样做！我们是他们的教民，向他们交什一税，什么事都听他们的，他们就该保护我们，给我们避难的地方。”

皮埃尔比哥哥更害怕，这一次，他赞同了爷爷的意见。修道院筑有防御工事，还有几个身强力壮的好小伙守着，就算有的地方不够坚固，也完全能守得住。雅克虽然认定这是白费力气，可还是动手拆了我们那几张可怜的破床，我把厨房里的东西收拾起来，总共才四只碗和两个陶罐。

所有的内衣包成了一个不大的包裹，外衣也只有一小包。

我思忖着，但愿修道士肯让萝赛特也进修道院！

我搞不清楚到底发生了什么事，又不敢问，只好等着，木头人似的按照舅公的嘱咐去做。后来，终于明白强盗就要来了，他们杀掉所有的人，烧掉所有的房屋。我不禁哭了起来，不全是因为害怕丢了性命，那时我对死亡还没有任何概念，倒是一想到要丢下我们可怜的茅草屋不管，让茅草屋被火烧掉，心里就觉得难过。我那么珍爱它，就好像它属于我们似的。在这一点上，我并不比舅公和他的外孙幼稚多少。他们为失去可怜的一点财产哀叹，却很少考虑个人的安危。

白天就这么在这间阴暗、封闭的屋子里过去了，我们什么东西也没吃。要煮萝卜，就必须生火，让老爹不允许这么做，说屋顶冒出的烟会给我们招来危险。强盗来的时候，如果他们以为这里的人都跑光了，房子也是空的，就不会停下来，而是直奔修道院。

夜幕降临，雅克和舅公决定下山去一趟，到修道院求救，可修道院的门一整天都紧闭着，现在还是没开，谁也没法把它叫开。甚至任何人都没有通过窗口跟外面的人说过话。修道院里仿佛已经没有人了。

“您看见了吧，”回来的路上，雅克说，“他们不愿接待任何人。他们知道大家都不喜欢他们。他们就像怕强盗一样怕自己的教民。”

舅公说：“我想，他们肯定躲到地下室去了，在那儿什么也听不见。”

“真想不到，”皮埃尔说，“小兄弟也和他们一块儿躲起来了。他可不是胆小鬼，我还以为他会来保护我们，要不就让我们和他一起进修道院去。”

“你的小兄弟和他们一样，都是胆小鬼。”雅克这么说道，并没意识到自己也跟其他人一样害怕。

这时，舅公想到去附近打听一下，看看有没有新的消息，面对共同的危险，大家是否要采取点儿行动。他和雅克一起出了门，两个人光着脚，踏着灌木丛的阴影，倒好像他们自己就是强盗，正在密谋什么罪恶的勾当。家里只剩下皮埃尔和我两个人，舅公嘱咐我们俩要站在门口，耳朵仔细听好，一旦听到奇怪的声响，就准备逃命。

天气好极了。空中挂满美丽的星星，空气特别清新，我们徒劳地听着，压根儿听不见任何能预示吉凶的声音。沿着山谷，稀疏地分布着几间孤立的小屋，屋里的人都在和我们做着同样的事情，大伙儿关上门，熄灭炉火，说话时把声音压得低低的。九点刚过，一切都寂静无声，仿佛深夜一般。其实，那一夜谁也无法入睡，都吓傻了，大气也不敢出。家乡经历的这番恐惧给我们留下了大革命中最深的记忆。至今，我们还称之为“大恐慌年代”。

庞大的栗树静静地把我们笼罩在它的阴影里。我们感受到屋外的那份静谧，忍不住压低了声音开始说话。我们感觉不到饿，只觉得困。皮埃尔躺在了地上，开始还跟我聊了一会儿星星，他告诉我说，随着一年中时节的变化，星星在同一时刻的位置是不一样的，可没一会儿，他就沉沉地睡着了。

我不忍心叫醒他，决定自己一个人来监视，可没多久，我也坚持不住了。

黑暗中，一只脚碰了我一下，我立刻被惊醒，睁开眼睛，只见一个灰色的幽灵好像正朝我俯下身子。我还没来得及害怕，幽灵开口说话了，一听这声音，我便放心了，是小兄弟来了。

"娜侬，你在这儿干什么？"他问道，"怎么睡在外面，还直接躺在地上？我刚才差点儿踩着你。"

"强盗来了吗？"我一边站起身，一边对他说。

"强盗？！没有强盗，我可怜的娜奈特！连你也信以为真了？"

"是啊。您怎么知道没有强盗？"

"修道士们正为这事好笑呢，还说，想出这么个主意真不错，这样一来，农民对革命就不会再有兴趣了。"

"这么说，这是骗人的啰！哦，好吧，这样的话，我得去把萝赛特安顿好，还要做好晚饭等舅公回来。"

"他出去了？"

“嗯，他去打听消息了，看大家决定躲一躲，还是要进行防卫。”

“绝对不会有哪家是开着门的，也不会有人肯为他打开门。他们就是这样对我的。等我明白了没什么好害怕的事情之后，我马上从一个洞钻出了修道院，打算去通知村里的朋友们，好让他们放心，可到现在为止，我只跟你说上了话。你一个人在家吗？”

“不，皮埃尔睡得正香呢，就像躺在自己的床上一样。您没看见他？”

“啊！他在这儿。我现在看见了。好吧，他睡得这么安稳，就让他在这儿睡吧。我来帮你把羊牵进来，再把火生起来。”

他说干就干了起来，一边干活，我们一边说着话。

我问他到我们家之前还敲过哪些人家的门。他给我指了六家。

“哦，那我们，”我对他说，“您是最后才想到的啰？要是有别人给您开了门，您也就留在那儿说话啦？”

“不，我是想通知所有人。你误会我了，娜侬。我很想到这儿来，我经常想起你，比你想象的要多。自从那天你对我说了那番严厉的话之后，我想了很多。”

“您生我的气了？”

“不，我是生自己的气。我知道你们对我的看法都是对的，我对自己发誓一定要把修道士能教给我的所有东西都学会。”

“太好了，您能教我吗?”

“就这么说定了。”

火烧得很旺，照亮了整间屋子。他看见我们的床板和一堆草垫放在屋中央，就问道：

“那么，你们睡在哪里呢?”

“哦！我呀，”我回答说，“我就和萝赛特睡在一起，反正现在什么也不用怕了。堂兄在外面跑一夜倒也没什么，只是，可怜的老舅公一定累坏了。我要是有力气替他把床铺起来就好了，等他知道了根本就没有强盗要来，肯定想美美地睡上一觉。”

“你没力气，可我有，我有啊!”

他说干就干，一转眼，让老爹的床就支了起来，我的小床也铺好了。我把餐具重新在桌子上摆好，舅公和雅克回来的时候，盆里的萝卜汤正冒着热气呢。他们没让任何人发觉，一路跑着回来，因为他们看见我生火燃起的烟，以为房子被烧了。他们还估计皮埃尔、萝赛特和我肯定活不下来了。

有饭吃，还能安心地睡上一觉，他们可高兴了，简直不知道怎么感谢小兄弟是好。可是，就在吃饭的时候，舅公又变得忧心忡忡。小兄弟走了，舅公怕他还是个孩子，可能弄不明白修道士说的话，再说大家都那么害怕，想必有很大的危险。他不肯睡觉，我们睡着的时候，他就坐在壁炉的石凳上守夜。

第二天，大家居然都平安无事，这倒让人奇怪了。村里的孩子纷纷爬到谷顶最大的那棵树上，他们看见远处有一队队的人井然有序地走在清晨的薄雾里。孩子们急忙跑回家报信，大家都打算丢掉东西，去树林和岩洞里躲一躲。不一会儿，来了几个通报消息的人，可他们没法让大家安静下来听他们说话。大伙儿一开始甚至把他们当成了敌人，还扔石头向他们进攻呢。其实他们就住在附近，大家认出他们以后，立刻围了上去。他们告诉我们说，一听到强盗快要来的消息，当地人和外地人都深信不疑，一致赞成进行抵抗。大家想尽一切办法武装起来，还结队四处搜查，以免让那些坏家伙溜掉。他们认为我们也应该武装起来，和其他教区的人汇合。

对这个建议，我们并不积极，对他们说，我们什么武器都没有，况且修道士压根儿就不相信有强盗，小兄弟没有弄错修道士的意思，他来这里就是要向大家说明事情真相的。然而拉弗得拉斯的大雷普萨和巴雅杜的独眼龙等人都是些非常勇猛的人，他们一个劲儿地嘲笑我们，说我们真是好耐性，说得连我们自己也羞愧起来。

“大家都看清楚了，”他们说，“你们真是修道士的乖孩子，胆小又狡猾。你们的主人都是伪君子，他们想把国家送给强盗，所以不让你们去保卫它，可你们要是有点儿心肠的话，早就武装起来了。修道院里有的是你们要的东西，如果被围困，那里面还有吃的东西。现在，我们要去和我们的同志汇合了，告诉他们，你们个个胆小如鼠。既然你们不想要武器，留着它们不用，那我们就要打到这里来，占领修道院，夺下修道士的武器。”

听了这番话，人群激动起来。大家突然觉得身边这些人比强盗更让人害怕。骚乱中，人们决定要做自己的主人，自己的事情不需要别人来过问。大家互相招呼着，在修道院的广场前聚集起来。那是一个斜坡，凹凸不平地长着些许青草，中间还奇迹般地有一湾泉水。大雷普萨自以为激起了我们的勇气，很是得意，扬言要砸掉喷泉中的圣女像，给修道士们一点儿厉害看看。舅公也在那里，很生气。他向来主张依赖修道院的保护，到那里去藏身，这样的侮辱他实在不能容忍，于是他不顾年迈，举着锹说，谁胆敢干蠢事，就把他的脑袋劈开。他的话大家都愿意听，因为他是村里最年长、最德高望重的老人。

这时，小兄弟对发生的事情已经很清楚了，他又钻过那个没有人比他更熟悉的墙洞，回到了修道院。他发现，修道士们非常害怕，都躲在修道院里不敢出来。小兄弟告诉他们，本地农民跟其他地方的农民不同，他们并不想进攻修道院，所以，信赖他们才是最明智的办法。

第四章

十二个最通情达理的人被准许进入修道院，修道士领他们检查了所有的房间，好让他们相信修道院里既没有大炮、军刀，也没有枪。可小安吉鲁，以前修小地窖时给泥瓦工做过帮手的那个，却说曾在地窖里看见过很多武器。事实上，那儿能找到的只是些无法使用的旧火枪和宗教战争时用的那种带打火轮的步枪，再有就是一大堆没有柄、生了锈的槊。他们把这些家伙全部带走，搬到广场上，在那里，每个人都挑选了中意的或者会用的武器。旧火枪和步枪压根儿没法用，刺刀倒还是完好的，于是大伙儿把刺刀擦亮，然后拿着刺刀冲到修道院的矮树林里，专拣那些好的枝丫乱砍一通。这是唯一的一次破坏行动。修道士答应，如果农民遭到攻击，就让他们来修道院避难，还向每一家指明避难时可以藏身的地方。两个外地的人被打发了回去，大家才不愿意让他们也一起享受修道院的庇护呢。

那两个人走后，农民又跟修道士和好如初，不过手里还是拿着武器，互相冷笑着说，如果修道士果真密谋吓唬农民的话，那他们可干得不怎么漂亮，还给农民武器来对付自己，真是搬石头砸自己的脚。

整整三天三夜，大伙儿都没睡，布岗设哨，围成一圈，轮番守夜，偶尔也觉得前两天碰到的那帮人说的话并不是没有道理。这巨大的恐惧，不过是某个不知姓名的家伙一手炮制的，而这个人到底是谁，永远不得而知，人们原以为这只是一场闹剧而已，可事实并非如此。家乡的农民三天中一下子苍老了许多，短短几天仿佛是漫长的几年。人们被迫弃家而去，团结一处，四方打听，了解山那边和城里的情况，渐渐开始明白了巴士底狱、战争、饥荒、国王和国民议会究竟是怎么回事。我和大伙儿一样，也多少知道点儿这些事情，我小小的思想就像被囚禁的小鸟终于冲破牢笼一般，一下子飞到了天边。原先的恐慌倒让我们变得勇敢起来。到了第三天，人们已经不那么担心了，可仍然有警报传来。几个报信的人飞快地向邻近的城市跑去，一边跑一边喊着“拿起武器！”，还散布消息说，强盗不但把庄稼都毁了，还屠杀老百姓。这一次，舅公拿起被他装反了手柄的枪，带着两个孙子，准备去迎击敌人。他把我托付给拉玛里奥特，临行时还郑重地嘱咐她：

“我们去战斗，就算赢不了，也绝不向敌人投降。到时候，千万别管牲口了，你带着孩子们逃命吧，强盗可不会对任何人手下留情。”

拉玛里奥特又是叫又是哭，然后开始找地方藏她的东西，至于我，就算还相信有强盗的话，也不再害怕他们了，我心里很激动，思忖着，假如舅公和堂兄真的都被杀害了，我也一定要好好活下去。拉玛里奥特还在忙着她自己的事情，我牵着萝赛特，带它去田野里吃草。总不能为了让它不被强盗弄去，反倒先把它饿死了吧。

我想弄清楚究竟是怎么回事，就一直走了很远，走上一片生长着树木的开阔高地。可是，我什么也没看明白，只见农民成群地聚集在一起，窥探着或者小心翼翼地钻进树丛和小山洞里。正当我透过树林向远处张望时，忽然有个人挡住了我的视线，那人就站在灌木丛中央：是小兄弟。他正在打猎，等着狐狸出现，一副平静的样子，丝毫不为农民与强盗的战斗担心。

“我还以为您和其他人在一起呢，”我对他说，“至少去看看他们有没有危险。”

“我知道，”他回答道，“任何人都不会有危险，除了那帮贵族和高级教士，可他们压根儿不喜欢我跟他们在一起，所以，在这个世界上，我只为自己活着。”

“您这么说可真让我生气！我不知道该瞧不起您，还是该可怜您？”

“不要看不起我，也不要可怜我，我的小姑娘。只要交给我一项任务，我就能完成它，可是，我实在看不出修道士能尽什么职责，他们只知道把自己养得肥肥的。你知道吗，在过去的年代，修道士还有点儿用，可是，自从他们过上富有、安逸的生活，他们在上帝和教民面前就开始养尊处优了。”

“那就别当修道士好了？”

“这话说起来容易，可谁收留我、养活我呢？我的家人肯定还要把我赶回去，如果反抗，他们就会跟我断绝关系。”

“您去干活儿呀！干活儿是辛苦，皮埃尔和雅克出去打短工，可他们比您快乐得多。”

“那可不一定。他们什么都不去想，而我喜欢独自思考一些事情。我知道，要想好好把问题考虑清楚，我还有很多东西要学，我会去学的。你说的正是我要做的，懒惰的人最可耻。你就看着吧！现在，我散步的时候也带着书，经常拿出来读一读。”

“那也教教我吧？您都不记得了！”

“当然记得，你愿意现在就开始吗？”

“开始吧。”

他坐在我身边的草地上，给我上了第一次课。广阔的天空让我觉得有些眼花，我已经习惯了瓦尔科山谷看到的那一方狭小的天空。我非常专心地听课，听得头都痛了，不过，我自尊心很强，才不愿意叫苦呢。我自豪地感觉到自己肯定能学好，我学得快极了，连小兄弟都感到吃惊。他说，我一个小时学的比他一个星期学的东西还多。

“也许是因为没有人好好教您。”我对他说。

“大概他们本来就不想让我学到什么东西。”他回答道。

他又去打猎，打到了一只野兔，带给了我。

“拿去给你舅公做顿晚餐吧，可不许不要哦。”他说。

“可这是修道士的呀。”

“这样的话，那它是我的啰，我想把它给谁就给谁。”

“谢谢您。我还想要点儿东西给自己，不过，我可不贪吃。”

“那你要什么呢？”

“我想今天就学会所有的字母。现在，我已经休息好了，您也不太累吧……”

“开始吧，我乐意。”他说。

他又教我念起了字母。

太阳渐渐落山，我心情好极了。那天，我学会了所有的字母，回家路上，听见鸟儿的歌声和溪水的低吟，我觉得很开心。萝赛特听话地走在前面，小兄弟牵着我的手跟在后面。在我们右边，太阳沉沉地落下去，夕阳中的栗树和山毛榉仿佛燃着了一般。草地也被染红，我转过头向小溪望去，它好似被镀上了一层金色。这些景物第一次引起了我的注意，我告诉小兄弟，这一切对于我都是那么的新奇。

“你想说什么?”

“我想说，现在，我看太阳就像是一团令人愉快的火焰，流水好似修道院里闪亮的圣女，以前我从来没有这样的感觉。”

“只要天晴，日落时都是这个样子。”

“可是，让老爹说过，天发红就是要打仗了。”

“战争还有很多其他的预兆呢，可怜的娜侬。”

我没有问他究竟有哪些预兆，我陷入了沉思。我觉得自己眼花了，仿佛看见落日的余晖里有好多红的、蓝的字母。

我想：天空中有没有一种预兆可以告诉我，我究竟能不能学会识字呢?

斑鸫鸟不停地唱着歌，好像还一直跟着我们穿过了灌木丛。我想象着，这只小鸟一定是以上帝的名义在跟我说话，告诉我上帝对我充满信心。我问身边的伙伴是否能听懂鸟儿们唱的歌。

“是的，”他回答道，“我能听懂它们唱些什么。”

“太好了！这只斑鸫鸟，它在说什么呢？”

“它说它有翅膀，很幸福，说上帝对鸟儿很仁慈。”

我们就这样一路闲聊着下了山，而此时此刻，整个法兰西正拿着武器，准备战斗。

晚上，我的“客人”回来了，我给他们端上野兔肉，大伙儿吃得津津有味。人们压根儿连一个强盗也没看见，于是开始议论纷纷，说根本就没有强盗，要不就是他们不敢到我们这儿来。第二天，大家又防范了一阵子，但不久就重新开始干活儿了。那些带着孩子躲起来的妇女也领着他们回来了，大家把藏起来的衣物和一点点钱找了出来，一切又恢复了先前的平静。事后，人们一致表示对小兄弟很满意，说多亏了他及时调解，教民和修道士之间才避免了发生冲突，大伙儿都认为修道士还会在这里待很长时间，所以不想激怒他们。修道士并没有表露出不高兴，大家认定准是小兄弟把他们好好劝说了一番。大家又想起，小兄弟自始至终都不相信有强盗要来，于是比以前任何时候都更尊敬他了。

每天，我都在路上遇见他，经过田野时他就教我识字，我学得又快又好，大家都感到吃惊，简直把我当成村里的小神童。我也为自己自豪，但不像其他人那样自负。我教小皮埃尔也识了一些字，他很想学好，可就是脑袋笨得够呛。我也教几个小伙伴，为了感谢我，她们都争着送小礼物给我。舅公预言我能做个出色的小学老师，那语气仿佛是在说我将来会成为高贵的女皇。

尽管组织了国民自卫军，可人们还是和以前一样，每天做着同样的事情，至于其他，一概不关心。冬天平静地过去了。几年前那次可怕的严寒，至今人们还心有余悸，现在大家胆子大了，十二月份一到，也不管修道士是否同意，就到修道院的树林里砍了不少树木。不过谁也没把木头偷偷扛回家，木头全部被堆放在修道院的仓库里，大伙儿心想，这么一来，修道士可没有借口了，那年，他们就是硬说没有已经砍好的木材。其实这帮可怜的修道士可以狠狠地惩罚我们，毕竟我们之中大部分人还遵守着农奴制。虽然我们也听说，这条法律八月份就已经被废除了，即使在教士的辖区，也不再有农奴这回事儿了，可是法令并没有颁布，修道士们好像也不知道，所以我们以为这大概又是一条误传的消息，就像那次传说有强盗要来一样。一七九〇年三月，一个晴朗的日子，小兄弟来到我们家，对我们说：

“我的朋友们，你们是自由人了！去年的那条废除农奴制的法令，终于要在全法国颁布执行了。现在，你们干活就能拿到报酬，而且你们也不再属于任何人。什一税、田租、徭役全都取消了，修道院不再是领主和债主了，很快，甚至连财产也要充公。”

雅克微笑着，不相信小兄弟说的这番话，皮埃尔摇摇头，什么也不明白。然而让老爹心里却很清楚，他虚弱得几乎要倒下去，仿佛受了他这般年纪的人难以承受的沉重打击。小兄弟见他脸色苍白，以为他是太高兴了，又向他发誓说，消息绝对可靠，司法部门的人一大早已经去过修道院，通知修道士，说他们的财产归国家所有，不过也不是立刻充公，还得等一段时间，等国家有了足够的财力，能付给他们一些租金作为补偿。

舅公一声不吭，我是最了解他的，我知道他非常难过，已经不愿再听到任何新的消息了。

他好不容易能说话了，他说：

“孩子们，这回真的是一切都完了。农民没有了主人，再也生活不下去了。别以为我喜欢修道士，他们对我们确实不负责任，但我们可以迫使他们履行义务，有灾祸的时候，他们还是不得不帮助我们，你们不是都看到了，谣传有强盗要来的那回，他们并没有拒绝给我们武器。可现在，谁来主持修道院呢？那些将出钱买修道院的人并不认识我们，对我们也不会负任何责任的。如果强盗真的来了，大伙儿该去哪儿藏身呢？现在，我们已经被抛弃，只能依靠自己了。”

“那真是再好不过了，”雅克说，“如果事情真是这样的话，我们应该高兴才对，以前没有勇气，很多事情连想都不敢想，现在不一样了。”

“还有，”小兄弟接着对舅公说，“我的让老爹，您刚才说的话里面，有一点可说得不对！你们没有权利要求修道士必须保护你们。说不定哪一天，他们因为害怕或者软弱，就抛下你们不管了，那时你们不反抗也得反抗，不斗争也得斗争了。新法律拯救了你们，让你们不必经受那样的苦难。”

舅公似乎被这精辟的道理说动了，可一想到修道士要挨穷受苦，他又同情起他们来。小兄弟告诉他，修道士不但不会变穷，还能发一笔财呢，因为政府计划要没收主教和高级教士的财产，用来补偿教会，给乡村教士更多的补贴。

舅公回答道：“我明白，他们的待遇不会差，肯定比指望田里那点儿收成和农民交的少得可怜的田租强得多。可是，财产没了，领主也当不成了，这样的耻辱，您觉得无所谓吗？我还是觉得，有土地的人比有钱的人要高贵得多。”

白天，舅公决定亲自去问问修道士，看消息是否确实，自从上次保卫了圣泉的圣女像之后，舅公一直很受他们的尊重，这座圣女像给修道院带来了可观的捐赠和钱财呢。他下了山，来到修道院，只见里面一片躁动不安。院长先生一听来访的司法官员传达的通知就中了风，当天夜里便死了。得知这个噩耗，舅公很伤心。看着自己身边上了年纪的人一个接一个地去世，老人们怎么能不为之动容呢？他也病倒了，什么都不想吃，对周围发生的一切都漠不关心。然而整个教区却是一片欢腾，尤其是年轻人。人们即使体会不到获得解放的幸福，因为他们还不知道事情会如何转变，至少也感到一种，就像小兄弟说的，成为自由人的光荣。可怜的舅公当农奴的时间太久了，另一种生活和习惯对他来说简直无法想象。眼前的一切让他无比吃惊，也非常痛苦，院长先生死后八天，他竟也郁郁而终。对他的去世，人们痛心不已，这个一辈子循规蹈矩、坚忍不拔，吃尽辛苦却从不抱怨的人，应该得到这样的怀念。我的两个堂兄伤心地哭了整整三天。三天之后，他们又满怀对上帝的顺从，开始干活了。

然而，我却没有这样的理智，无法抑制自己的悲伤，一直难过了很长时间，大家觉得奇怪，甚至责备起我来。拉玛里奥特训斥我，说我放羊的时候也哭个没完，不关心羊，也不操心其他事情。她说，我是想和别人不一样才这么做的，还说，像我们这样的人，生来就是苦命，必须习惯硬起心肠，受再大的苦也没什么好可怜的。

“您想怎么样嘛！”我对她说，“我从来没伤心过，我不娇惯自己，不怕受冻，也不怕挨饿。我干起活来从来不觉得累，我敢说，别人拿来诉苦的那些事儿，我也从来没抱怨过。可是，我从没想过舅公会永远离开我！我习惯了他年老的样子。我用心照顾他，他看起来也活得很有劲头。他不怎么跟我说话，但总是冲着我笑。他从来没有怪我成了他的累赘，反而为我受了那么多的累！我一想到他就忍不住要哭，哭得比现在更伤心，连睡梦中也在哭，早晨醒来，脸上都是湿的。”

只有小兄弟不因为我总是这么忧伤而生气。相反，他说我跟别人不同，还说我比别人强，说他为此更加敬重我了。

“也许，这会成为你的不幸，”他说道，“你很注重友情，但别人并不会因此就给你应得的回报。”

他每天都到我们家来，要不就到田里去找我，我几乎天天都是独自去田野，看着跟我一般大的孩子个个都那么开心，我心里特别难受，而我的悲伤又让他们厌烦。跟埃米里昂在一起时，我尽可能快乐起来，因为他总是那么好心地想安慰我。我真的很依恋他，对我来说，他代替了一个失去的朋友，我清楚地知道，即使我还不能十分了解他的思想、他的性格，但至少有一点，我可以确认无疑：他的心里充满仁爱。

第五章

我仍然跟堂兄们住在一起，尽可能料理好他们可怜的那一点家务。但他们经常外出干活儿，去了远的地方就在外面留宿，拉玛里奥特不放心我一个人在家里，就让人把我的小床搬到她家去了。有我做伴，她也挺高兴的，她孤身一人，丈夫早死了，孩子们都结了婚，住在别处。

她很有主意，家乡的人都这么说，她也教我要学会像她那样。也就是说，虽然日子过得紧紧巴巴，可凭借劳动和头脑，她总能应付自如，不会让任何东西损失掉，还能把一切都充分利用上。正是这样，有限的物品才被打理得井井有条，不仅保持了整洁，而且什么都不缺。我们那里绝大部分妇女，哪怕最富有的，也从不以自己拥有的财产为荣，否则就会因为预想不到的事情，或者过多的浪费而陷入穷困。

我一边跟拉玛里奥特学这些本领，一边跟小兄弟学识字。我开始学会写字,也能计算简单的数目了。周围的人都把我看成小神童,小兄弟的表现也让他们吃惊,没想到,他一贯漫不经心,又热衷于打猎和钓鱼,这回却这么有恒心、有诚意地教我。我这一点儿学问是他给我的一件莫大的礼物,我也开始有自己的学生了,冬天的晚上,村民们如果有些信件要找人念,他们就来找我,为此我还得到了不少食物作为小礼物呢。有了我,他们就不找小兄弟了,虽然小兄弟从来都不拒绝给他们读信,可农民们还是不信任他。他是修道院的人,又出身贵族,而我,一个本地的、农民的孩子,才更值得信赖。

修道院的财物都被拍卖,人们虽然很想要那些东西,可谁也不敢买下来。大家都怕这条法律长不了,修道士们谈起这事儿,也总是冷笑着说:“事情不会就这么算了!”国家因为缺钱,也只给了三个月的贷款。这些钱对我们这样的人来说根本不够,而且,那些专门买进卖出的投机商也认为冒这样的风险还为时过早。

可是,我也说不清是怎么回事,七月十四日攻占巴士底狱的纪念日过后,信心一下子就有了。全法国都在庆祝这个日子,人们把它叫作联盟节。小兄弟向我解释说,整个法国将要执行唯一、统一的法律,这是最令人高兴的事,他还告诉我,从现在起,我们都是同一个国家的孩子了。

我从没见他如此高兴过，他的快乐感染了我，我也很开心，尽管我知道的还太少，还不能对这么大的一件事做出评判。

这个节日令我们被遗忘在深山里的孤僻村庄受到了不小的震动。首先，农民不再属于教会，“教区”被改称为“市镇”，一批保安警察也领命就职。修道士们在一旁冷眼旁观，不知道是愚蠢，还是狡猾，这一点永远是个谜，他们对发生的一切竟然还感到挺高兴的。有两个年轻修道士，年龄比小兄弟要稍大一些，因为他们已经向上帝宣过誓了，他们好像十分厌烦自己的处境，一心想尽快摆脱。节日那天，他们劝说年长的修道士下决心向市政当局和居民们开放修道院，让大家能有个比较大的场地来庆祝联盟节，倘若遇上暴风雨，也好有遮挡。老修道士们同意了，他们寻思着，如果拒绝的话，人们恐怕会有意见，说不定会转而反对他们。他们做了一回弥撒，请求上帝为法兰西的团结一致祝福，甚至表示愿意为广场上举行的宴会做力所能及的事情。可怜的宴会！面包就算作甜点了，有钱人家里都是吃蛋糕的。大家各自带来一些面糊和蔬菜，喝过水和黑刺李苹果酒后，又喝了点凑钱买来的葡萄酒。这时，那个让人意想不到的礼物终于揭开了神秘的面纱，这礼物是小兄弟在雅克和本地几个好小伙儿帮助下准备的。人们早知道肯定有某个特别的东西，因为他们已经忙乎了整整三天，把什么东西藏在了一大堆被截断的、还挂着叶子的细树枝后面。葡萄酒拿来的时候，市镇所有的十到十二支步枪齐鸣，小伙子们推开柴火捆和树枝，一个草皮祭台惊异地出现在大家眼前，祭台顶上还有麦穗编成的十字架。下面有许多花和果实，都是最美的，是小兄弟找机会从修道院的花圃里摘来的。他还从那里弄来不少稀有的蔬菜，另外，也有一些普通的东西：荞麦束、挂着鲜嫩果实的栗树枝，还有李树、番泻树、野桑树的枝叶，总之，一切大地赐予孩子和鸟儿的野生植物都被搜集了来。在草皮祭台的底部，他们放上了一张犁、一把锹、一把十字镐、一把刀、一把斧子、一只马车的轮子，再加上链条、绳子、牛轭、马蹄铁、鞍辔、耙子、草锄，最后是两只小鸡、一只本年生的小绵羊、一对鸽子，还有许多鸫鸟、莺、麻雀的巢，里面还藏着鸟蛋和小雏鸟呢。

后来，人们告诉我，那些都是乡村典型的纪念物，它们被布置得非常精美，每样东西周围都有青绿的苔藓、鲜花和长长的水草做装饰，给大家都留下了很深的印象，对我来说，那简直就是我一生中见过最美妙的东西。即便是现在，我已经上了年纪，也丝毫不觉得它可笑。那单独的一样样东西，农民每天都见得到，毫无兴趣，只有把它们放在一块儿，组合成一个整体，才能引起农民的注意，同时也让他们思考一些问题。这个整体就像是一种景观，借助它，才能帮助农民理清他们模糊不清的种种念头。

一开始，人们看见如此简单的一件东西都保持沉默，可能大家想象它会更出色，不过，说不清为什么，这件东西却挺讨人喜欢。而我却花了更长时间来理解它，我识字，读懂了麦穗十字架下面写着的一行字，我默默念着，陷入了沉思。我怎么也没想到，自己竟然会在这次仪式上扮演一个重要的角色。

我没坐在大桌子那边，座位不够，我就和小孩子们一起坐在草地上。突然，小兄弟跑过来抓起我的胳膊，把我带到祭台前，叫我大声念上面写着的字。我照他的话做了，每个人都屏住呼吸，听我念道："我们虽然贫穷，可心里充满感激，上帝赐予我们劳动的权利，我们的劳动将得到来自土地的回报！"

"啊！"所有人异口同声地只说出这一个字，仿佛多年受尽奴役之苦后一声疲惫的叹息。此时此刻，人们已经提前感觉到自己就是主人，是即将拥有的这些麦穗、果实、动物，以及大地恩赐给人类的所有产物的主人。大家哭着，互相拥抱在一起，口中说着连自己也听不清的话。一位长者端起酒——属于他的一杯——说与其喝掉这杯酒，他倒更愿意把它奉献出来。说着，他把酒洒在祭台上。很多人也这样做了，用祭酒来表示诚心，这一直是乡村的传统。修道士们也在场，还装模作样地为祭台祈祷，说不能让这仪式成了一帮异教徒的庆典，还说整个教区的人都醉糊涂了。大伙儿是醉了，但不是醉在这喝下去的酒中，还有其他东西润湿了每一个人的唇，人们希望所有的嘴唇都能得到这样的滋润。人们是被欢乐、希望和彼此间的友情陶醉了。大家任凭修道士到处洒他们的圣水，甚至还愿意和他们干一杯。要说不恨修道士，我们自己都不信，不过，那一天我们不想怨恨任何人，再说大家那么喜爱小兄弟，也就不愿惩罚修道士了。

大伙儿刚刚平静下来，就有些评论家开始说话了，评头论足的人总是到处都有，他们说这个临时祭台还缺少点东西：那些牲畜上面，还应该有个宗教的象征。

“前辈们，你们说得很有道理！”小兄弟大声说，“我希望所有的母亲都把她们的孩子领到前面去，让孩子们也摸一下这个为祖国而设的祭台。不过，这些细草台阶上的确还需要一个为穷人祈祷的天使，就像我们在圣体瞻礼的祭坛上看到的那样。让我来挑选这位天使吧，如果不满意，就说说你们的原因。”

说完，他抓起我的手，我一个劲儿地向后缩，他又用另一只胳膊把我往前推，让我跪在麦穗十字架下面最高的一级台阶上。所有的人都感到吃惊，但并没有生气，因为他们都挺喜欢我，不过，他们还是希望一切都能得到解释。小兄弟对他们做了一番演说，这也颇令人惊奇，因为他一向都不健谈，总是说完几句自己觉得应该说的话之后，也不管别人是否听清楚，就什么都不说了。这次，看来是想说服大家，他讲了很多话，下面是其中一部分：

"朋友们，我和你们一样也在思考，究竟什么才是宗教精神里最值得上帝赞赏的东西，我相信那应该是勇气、温柔、对长辈的尊敬以及心中真挚的友情。这位小姑娘是你们当中最贫穷的一个，但她从不向任何人要求什么。她还不到十四岁，可干起活来，却像个家庭主妇一样能干。她照顾她的舅公，为他的去世伤心哭泣，那份情意已经超越了她的年龄。远不止这些呢，如果大家好好利用的话，她还有一个让上帝十分喜爱的优点：她很有才智，所有能学到的东西，她都学得又快又好，而且她还乐意把自己知道的一切毫无保留地教给别人，从不在乎能否得到回报，对穷人和富人都同样关心。一年之内，只要你们鼓励她继续这样做下去，就会有很多孩子学会识字，这样他们就能帮上你们的大忙了。你们在进行交易时最大的麻烦就是压根儿看不懂要签字画押的文书，对那些文件不放心又常常让你们白白丢掉了不少好机会……”

大家都明白他说的是购买国家财产的事，既然他也认为这是件可靠的好事，那就没什么好怀疑的了，大家渐渐都相信了。人们听明白了他说的这番关于我的话，顿时一片赞同的掌声响了起来，我大吃一惊，我从来不知道自己比其他人更聪明、更好。我想起让老爹，他要是看到我如此受欢迎，一定特别高兴，我忍不住哭了。

大伙儿见我并不沾沾自喜，仍然那么谦虚，甚至还有点不好意思，于是更打心眼里觉得我不错，任何人都没有对我提出反对意见，老吉罗还出了个主意。舅公死后，他忠实的朋友老吉罗就是镇上最年长的老人了，因此被推选为联盟节主席，他的粗呢上衣的扣眼中，插着一束麦穗和鲜花。

“孩子们，”为了让大家听得更清楚，他站在一块岩石上说道，“我认为小兄弟推选的人非常合适，他说得也很有道理，如果你们愿意信任我的话，让我们一起来尽可能地帮助这个小姑娘吧。她住的房子是修道院的财产，我们替她把这房子买下来，让她可以安心地住在里面，连在一起的小园子当然也要一块儿买下来。我们每人根据自己的能力分摊出钱，也不过是笔小数目，就算是为刚才提到的交易做个尝试吧：这将是我们第一次购买国家的财产，如果以后有人因为这事责难我们,我们就可以说,这么做完全是出于对上帝的爱,根本不是为了自己的利益。”

大家一致同意,于是,在我们的市长、本地最富有的谢诺老爹组织下,所有居民都捐了钱。有人捐两个苏,也有人捐两三镑,市长捐了五镑,事情很快就办妥了。捐的钱全部是给我的,尽管我还没成年。谢诺老爹担当我的财产监护人。我的堂兄们也颇受器重,可大伙儿还是不愿把我的钱交到他们手中。我急忙问大家,我是否可以让他们继续住在家里,我宁可什么都得不到,也不愿把他们赶出去。人们告诉我说,只要我愿意,就可以把他们留下来,又说,我的善良证明,他们为我谋一个安稳的生活确实是做对了。我走过去拥抱市长、议员和长辈们。接着,大家说要跳舞,有人给我头上戴了一个花环,谢诺老爹虽然站着都觉得吃力,可还是邀请我跳第一支舞。我竭力推辞,倒不是我不会跳舞,只是我还在服丧。可大家说,这支舞一定得跳,因为这不是个普通的节日。这是一件人们从未见过,也永远不会再见的事情,是一个连亡者的灵魂也会为之感到欣慰的日子,如果让老爹还活着的话,那么肯定是他作为最年长的长辈和第一位“财产获得者”跳舞了。

我只好服从,不过,刚跳了两分钟,谢诺老爹就累得不行了,于是我赶快离开,回了家,因为我想,他们说舅公会高兴，可他们不知道，舅公正是因为根本无法理解那些令他们欢喜的事儿，才忧郁而死的。

我回到我们的家，跪在舅公床前，以前他总爱坐在床边，可现在床帘却紧闭着，自从那一天他被从床上抬出来以后，那幅用旧的黄色哔叽帘子就再也没有拉开过。我的头脑很乱，怕自己做错了，也许我不该接受那份舅公永远不可能得到，或者永远也不愿接受的财产。但我又想，小兄弟比他更了解情况，他说过，穷人的义务就是要过上好日子，只有这样才能让上帝满意，上帝永远赞赏劳动和勇气。

尽可能深思熟虑之后，我觉得应该接受这一份蕴含着深厚情意的馈赠。我又想起，这也是人们购买国家财产的一次尝试，更觉得没有权力拒绝了。打定了主意之后，我不由得第一次用惊奇的眼光打量这间破旧的房子。它已经很有些年头了，不过还挺坚固。壁炉嵌在墙上，顶尖尖的，凹进去的地方是石制的底座。屋顶全黑了，天花板有不少缝隙，雨雪很容易从这些缝隙落进屋里。这可要怪堂兄们的疏忽了，他们有现成的木板，不用费多大劲儿就能把房子修补好。以前，舅公常常叮嘱他们记着修理这屋顶，可他们属于那种说起来很好，做起来却大打折扣的人。我想，既然我要把房子借给他们住，就有权力要求他们把房顶修补一下，为了他们的健康，也必须这么做。

我的房子！我一边沉思，一边重复着这个词，一切仿佛是在梦里。捐钱为我买下这房子时，大家说了，连小园子一起算的话，这间房子足足值一百法郎呢！在我看来，这可是笔大数目。我成有钱人了？我一分钟之内在园子里转了两三圈。我看了看萝赛特的窝棚，它春天里给我生了只小羊羔，在我的精心照顾下，小羊已经长得又壮又好看了。把这只小羊卖掉，我就有钱在舅公亲手搭的羊棚旁边再建一个名副其实的羊圈，不过，原先的那个我还想留着，那是对舅公的纪念。我还可以买两三只母鸡，以后再买一只小羊羔，说不定我也能把它养成一只健壮的山羊呢。——不知不觉，我重复起了佩莱特和她的牛奶罐的故事，但我可不是那个为了一时高兴，就蹦蹦跳跳地把牛奶弄洒在地上的女孩，梦想会指引我走得比想象得更远。

第六章

这喜悦之中也夹杂着几许忧虑。我出神地坐在荆棘和榛树的篱笆墙边,这时,小兄弟来了,他问我,刚才为我做的事情是不是惹我不高兴了,怎么我看起来好像在跟大家赌气似的,大伙儿可是一心让我幸福呀。

他对我说:“你难道真和可怜的让老爹想的一样,舍不得当农奴的苦日子?”

“不。”我回答道,“如果他能活到今天的话,大家慢慢开始明白的这些事,他或许也能理解,但我想告诉您我的真实想法。有些事,平时做惯的,我就高兴,换个做法,我就受不了。要想维护和守住这份财产,我还有不少事儿要做呢,堂兄是不会帮我的,这我很清楚。与他们无关的事情,他们一概不关心。他们说不定还会嫉妒我呢。不过,嘲笑一番是免不了的,他们简直把这当成一种习惯了,因为我为他们操的心比他们自己还多。您知道的,他们随随便便惯了，也不想把日子过得好一点儿，东西坏了，就随它去，根本想不起来要修整一下。只要别人不谈起明天，已经过完的这一天就永远让他们心满意足。哎，也许他们是对的，我瞎操那么多心，他们并不会感激我。我真幼稚！我年纪还小，怎么能管理好价值一百法郎的财产呢？他们又要笑话我了。您说我该怎么办呢？您不会也和他们的想法一样吧？”

“现在，我的想法跟他们不同了。”他回答说，“以前，我和他们一样，总觉得越是为自己操心，处境反而越糟，所以，对我来说，我早就决定过一天算一天，不去考虑以后的事。但从去年开始，我变了很多，娜侬。我一边听修道士的话，一边仔细思考。他们不教我拉丁语，也不教我希腊语，可却让我把他们的虚情假意看得一清二楚。他们自称是农民的圣父和监护人，却从不真心为农民谋求幸福。这帮修道士对勤劳节俭不屑一顾，只知道游手好闲，还说这一切都是命中注定的，看到这些，我决心要改变自己，做个游手好闲的人，这真让我羞愧。我干过活儿，是的，小姑娘，在田野和树林里奔跑时，我自己学到了很多东西。我确实需要让身体运动起来，还要活动活动腿脚。你想想看，我才十八岁，瘦得像只山羊，既然像山羊，我就得奔跑、跳跃。不过，我从来不放弃思考，别人干活儿的时候，我常常一个人待着，你不会再看见我和一群小孩子一起跑来跑去了，我宁愿一个人待着。你还会发现，当我想说某件事的时候，就能把它说得清清楚楚，因为我头脑中有一样东西。我还不知道那究竟是什么，但我的心告诉我，那会是一种善良和仁爱的东西，因为我痛恨所有心怀恶意的人。当我明白自己不再是修道士的那天，我彻底变了，变化之大，就好像萝赛特不再对着你咩咩叫，而是开始和你交谈了。”

“什么，”我对他说，“您说您不当修道士了？您的父母改变主意了？”

“我不知道，我没有他们的任何消息，他们好像当我已经死了。不过，有一件事我很清楚：他们自命不凡，不愿意我接受国家的资助，尽管各个阶层的人都会靠它生活。既然已经这样决定和安排了，他们就不可能容忍一个依靠教会的绅士沦落到接受个人资助的地步。此外，人们会制定一条法律，禁止教会继续发展下去，如果这条法律还没制定的话，我对发生过的事并不是了如指掌。人们会继续供养那些年老的修道士，直到他们老死，但教会不再招收年轻人，除了那些已经宣誓终生奉教的。所以，我很快就不是修道士啦，这真让人高兴，我觉得自己开始真正地存在了。以前你总认为我不求上进……的确，你是对的，我对一切逆来顺受，简直像一个绝望的人，为了自尊，放弃徒劳的反抗。我不会再这样了，在这个新的时代，我已经呼吸到了，就像人们说的，自由的气息！”

“可是，如果您父母压根不把他们的财产分给您的话，您能干什么呢，我的小兄弟？”

“他们要是真想把我饿死的话，虽然我并不这么想，我就当个农民，这对我来说也不算很难，我能把斧子和镢头使得和别人一样好。现在世界已经向我敞开，我就要自由自在地按自己的意愿生活。我丝毫不为自己的命运烦心。如果有必要的话，我会成为一名战士，我心里充满了希望和喜悦。父母把我送到这里，我就安心地待下来，这里有我的朋友，而且也没有人再看不起我了。你看，不用再为我担心了吧。还是考虑一下你自己，要想管理好那份小小的财产，免不了会有烦恼，你可千万不能因为这点儿烦恼就泄气呀。你看到了吧，今天的农民正处在两个截然不同的事情之间：一是过去，那时人们宁愿受苦也不愿相互帮助；二是未来，那时人们相互支持，不再受苦。你一向很有勇气，正是你，第一个给了我勇气。保持这种难能可贵的勇气吧，如果需要更多的毅力，那就增加双倍的毅力，永远不要回到萎靡和愚钝中去，只有顺从的农奴才会陷入这种状态。”

我已经记不太清楚当时小兄弟是用怎样的话语来让我明白这些事情的，我竭力回忆，也许他费了不少劲才让它们进入我的头脑中，不过，它们确实深深地印入我的脑海，并且根深蒂固。我本能地想好好安排自己的生活，小兄弟的这番话正好迎合了我的这种本能，令我终身受益。

一阵嘈杂声吸引我们又回到了庆祝会中。邻近两个乡村的村民也来了，他们是来和我们"共建友情"的，大伙儿说。他们带来了风笛和芦笛，他们的燕尾旗被插在圣泉之上，在我们的旗子旁边。瓦尔科从没有过如此令人欢欣的场面，直到夜幕将临，大家才依依不舍地离开。收割季节到了，平原上的人，无论是受雇帮人收割，还是收获自家的东西，都不愿错过这机会来对土地尽一份职责。那些都是比较富有的市镇的人，对我们这些山区的人来说，收获算不上什么了不起的大事，我们村里的有些人甚至还为此而抱怨。于是，邻村的人对我们说：

"别再怀疑了，把修道院的土地买下来吧，他们只种了染料木，你们还可以种上大麦和燕麦。"

分别之前，大家互相拥抱，发誓一定要联合起来，不管发生任何事情都要彼此援助。大伙儿送邻居们回去，我和小兄弟一起回来时天已经黑了，我们碰到了一件意想不到的事情，这件事让我想了很多。

不知为什么，我们落在了大家后面，为了赶上其他人，我们决定走小山沟里那条勉强可以通行的小路。我们走得很快，脚踩在苔藓上，没有一点儿声响。走着走着，我们发现了两个人：一个女孩，我认出她就住在附近，还有一个高大的男孩，我们一眼就认出了他，因为他无法隐藏自己的身份，即使在夜晚，那身道袍也能让人辨认出他是个修道士。他们压根没看见我们，有一段时间就走在我们的前面，只听见女孩说道：

"我不想再听您说了，您根本不想跟我结婚。"

而他，西里尔修士，瓦尔科的两个年轻修道士之一，回答道：

"如果你愿意听我的话，我发誓一定跟你结婚。我明天就离开修道院。"

"离开修道院，跟我一起去见我父母亲，"她说，"到时候，我什么都听您的。"

她要走，却被他拉住了，这时他看见了我们，很不好意思，从一旁走开了，女孩挣脱了他的手，往另一边走去。

小兄弟一点儿也不惊讶，什么都没说，和我一起继续往前走，而我却感到非常震惊，忍不住好奇地向他询问。

"您相信吗，"我对他说，"这位修士会娶让娜·穆里萝？"

“当然，”他回答我说，“谁会阻止他呢？他早就有这个打算了，他的确需要一个家，男人不可能独自生活的。”

“那么，看来您也会结婚的啰。”

“肯定会的，我希望有自己的孩子，我要让他们幸福。不过，现在考虑这个问题，我年纪还太小了。”

“太小了？那要等多长时间您才会去考虑呢？”

“也许五六年之后吧，等我找到一份差事以后。”

“您大概会找一位有钱的小姐吧？”

“我不知道，这要看家里打算怎么安排，不过，我只娶自己喜欢的人做妻子。”

“难道人们不正是为了爱才结婚的吗？”

“不，人们常常为了利益而结婚。”

“那么，有一天，您就会很幸福？而我呢，我再也见不到您了，说不定连您在什么地方都不知道，您也不会再记得我。”

“我会永远记着你，哪怕在遥远的地方。”

“我想学一样东西，您应该会的。”

“什么东西？”

“我希望能认出地图上的所有地方，我在修道院见过一张地图。”

“好吧，我去学学地理，然后再教你。”

在修道院前，我们分了手。有些人还在忙着收拾桌子和凳子，我听见几个老人在说：

“今天真是美好的一天，以后不会再有了。美好的东西总是留不住！”

他们说的是事实，这的确是整个法国在革命中最美好的一天。此后，一切都变乱、变糟了。有经验的人能预料到这一点，而我却不能，老人们的断言让我感到害怕。我觉得，说这样的话对仁慈的上帝不公平，简直是忘恩负义，在我看来，上帝肯定希望美好的事物能够持久。我又回到了我的小屋，想着会有那么一天，我要看着小兄弟离去，永远没有希望再见到他，心里非常难过，泪水不知不觉顺着脸颊流了下来。老人们的预言不幸成为事实，我刚刚度过孩提时代最美好的一天，这美好就已经在对未来的恐惧和想哭的感觉中结束了。

这一年中剩下的时光慢慢过去了，我们的乡村没有发生不幸的事，可是曾经拥有的快乐一去不复返，听到的各种事情总让人担忧。谁也没有去买修道院的财产，原先答应捐给我买房子的钱，市长只收到很少的一部分，只够用来替我交了给修道士的房租。

在那些令人不安的事情中，人们常常谈论的是，在巴黎，国王那一派和国民议会之间有很大的争执，贵族和教士对八九年的法令根本不屑一顾，还威胁说要鼓动那些被认为是赞同法令的市镇居民一起进行反抗。生意是做不起来了，人们觉得生活比以前更贫困，又开始害怕有强盗要来，尽管他们从来都不知道强盗会来自何方。大伙儿清楚地知道，在很多地方都有强盗的行径发生，有的地方树林被焚烧，有的地方城堡被洗劫，不过，这些事都是和我们一样的农民干的。人们竭力为他们辩解，设想一定是领主先攻击他们的。大家开始恶语相加，互相争执，不过谁也不谈共和政体，大家还不明白那是怎么一回事，只是为了宗教而争吵。一直保持沉默的修道士终于有一天也恼怒了，那天一大早，西里尔和帕斯卡这两个年轻的修士溜出修道院，把道袍扔在田野里，人们是这么传说的，事实也如此。这件事很快在教区中传为笑柄。四个留下来的修道士中，有三个人对这件事十分气愤，开始大肆说教，反对革命精神。然而，他们在修道院里也处于革命之中。院长神父早已去世，他们却因为意见不一致而迟迟没有任命继任者，这么一来，他们倒是生活在共和之中了，没有戒规，也没有纪律。

小兄弟丝毫不隐瞒他想离开修道院的愿望，于是大家开始亲切地称呼他埃米里昂先生，出于礼貌，他对亲耳听到的修道士之间的争吵从不多说什么，但是当我们俩单独在一起的时候，他把事情都告诉了我，他知道我会保守秘密的。听了他的叙述，我才知道：原来，那个让我们讨厌的、又胖又凶的弗吕克蒂欧神父是四个修道士中最好的，也是唯一正直的一个。他虽然不乐意看到修道院被拍卖——他相信拍卖绝不是戏言，而且很快就有可能实现——但他还是决定不做任何手脚去阻止这事。然而，其他三个，尤其是庞菲勒神父，在一些秘密信件和意见的怂恿与唆使下，扬言要挑动农民反抗，还要煽动、恐吓那些最虔诚的教徒，让他们去反对所有胆敢对教会财产想入非非的人。甚至他们还希望爆发国内战争，因为有人对他们说这是上帝的愿望，他们竟然相信了。他们要是胆子再大点儿或者再狡猾一点儿的话，我们恐怕真的要同室操戈了。

一天晚上，我照应两个堂兄吃完晚饭，正要去拉玛里奥特家睡觉，埃米里昂忽然跑来，把我叫到了一边。

“听着，”他对我说，“这是我们两人之间的秘密。市镇中已经乱成一片了，我要跟你说的这件事，你千万别泄露出去。晚上吃饭的时候，我没见到弗吕克蒂欧神父。今天白天，修道士跟他大吵了一番，晚上他们说他病了。我偷偷溜进他的房间，却没见到他人，因为我四处找他，修道士只好告诉我，他正在受惩罚，还说这与我无关，要我回自己的房间去。我诚恳地对他们说，因为政治观点的不同就惩罚一位修士，这在我看来是滥用权力。我想知道修道士究竟怎么惩罚弗吕克蒂欧神父。可他们不准我乱说话，还威胁要把我也关起来。看来，可怜的神父是被关在某个地方了。我想，如果再坚持的话，只会对他不利，而且一切都不像从前，修道士也变凶了。所以我什么也没再说，进了自己的房间，让他们以为我已经顺从了。其实，我很快就像只猫似的从窗户跳了出去，爬上屋顶，再找到一处能下的地方，爬了下来。接着我就到这儿来了。我很想知道那位可怜的管事在哪里。我担心他被关在黑牢里了，那是个可怕的地方，在那里，他们会让他吃尽苦头的，哪怕只是不给他吃饱饭，他也会受不了的，他过惯了丰衣足食、什么都不缺的日子。不过，我知道有一个办法能进去，不是直接进到黑牢里，而是进入一个小小的通道，通道里有个小洞能通向黑牢。我试过好多次，想看看一个瘦小的人能不能钻过小洞跟囚犯说上话，帮助他们逃跑。可惜，我一次也没成功，但也差不了多少，我的肩膀太宽了，不过，你瘦得像竹竿一样，肯定毫不费劲儿就能钻过去。来吧，我们得先搞清楚神父到底在不在黑牢里，才能想办法去救他。如果他不在那儿，我就可以安心睡觉了，只要不在那鬼地方，他就不会吃太大的苦头。”

我想也没想，就脱下木鞋，以免走在岩石上发出声响，然后跟着埃米里昂出发了，我们走的是修道院后面那条笔直的羊肠小道。走过羊肠小道，他抱着我一起下了一个陡峭的壕沟，从那里，我们钻进了一个地窖。这地方我熟悉极了，哪怕是那些砖瓦和岩石都几乎分辨不清的隐蔽角落，没有什么秘密的地方是孩子们没去过的，不过，我并不知道地窖尽头那扇笨重又上了锁的老虎窗后面究竟有什么。埃米里昂很早以前就知道这个地方，他总是比任何人都热衷于四处探寻，他还注意到从今天早晨起，老虎窗是开着的，这就证明黑牢里肯定有人，打开的窗户正是一个空气流通口。

“就要从那儿钻进去，”他对我说，“你试试看能不能进得去，别弄伤了自己。”

第七章

我甚至看不清要往里钻的那个黑洞在哪儿，不仅仅因为天黑，即使在白天，地窖里也很暗，只能摸索着往前走。我毫不迟疑地往里钻，不费力就钻了过去。我爬到一扇小气窗的栅栏前，听里面的动静。开始我什么也没听见，后来勉强听到了点东西，像是有人在低声说话，最后，那声音高了起来，我听出是管事的声音。他正一边呻吟，一边念着经文。我小心翼翼地叫了他一声。他一惊，立刻默不作声。

“别担心，”我对他说，“是我，小娜奈特，是埃米里昂哥哥带我来的，他也在，就在我后面，他想知道您有没有受苦。”

“啊！我勇敢的孩子们，”他回答道，“谢谢！上帝保佑你们！是的，我非常难受，简直糟糕透了，这个鬼地方让人透不过气来，可你们什么也做不了。”

“您饿吗？渴吗？”

“不，这儿有面包和水，我还能在草堆上睡觉。一夜很快会过去的，说不定明天他们就会把我放出去。你们回去吧，埃米里昂想不到我会被关起来，如果他打算救我的话，也会和我一样受到惩罚。”

我退回到埃米里昂那儿，他请求我再进去一趟，告诉神父：

“只待一夜没什么，可是，如果修道士明天还不放你出来的话，我们会知道的，到时候，我们一定要想办法救您出去。”

“你们千万别这么做！”他叫了起来，“我得顺从他们，否则，我的处境会更糟。”

在这个又小又窄的石洞里，想多说会儿话也不容易，我觉得透不过气来，更糟的是，我把囚犯可怜的一点儿空气也夺走了。我又回到埃米里昂身边，对他说道：

“我看，如果您回修道院的话，肯定也会跟这位可怜的修士一样，被关起来。”

“放心吧，”他回答说，“我会很小心的。如果明天弗吕克蒂欧神父不出现的话，那他肯定还被关在这儿，我就知道自己该怎么做了。我既然想要救他，就不会冒冒失失，弄得自己也被关起来。”

我们各自回了家。

第二天，神父仍然被囚禁在黑牢里，第三天也一样。每天晚上，我们都去陪他说话，我还想办法给他送去一点儿肉，肉是埃米里昂偷偷为他弄来的。闻到肉香，他很高兴，不过，他告诉我们，他觉得身体不舒服，吃不下东西。他的声音越来越弱，到了第三天晚上，他似乎已经没力气回答我们的话了。我们只知道，他必须待在黑牢里，直到他肯为某件事情发誓，可他宁愿去死，也不愿发那个誓。

“现在，”埃米里昂对我说，“不能再有什么顾虑了，那样太懦弱！和我一起去见市长吧，你可以做见证人。事已至此，只有政府官员才能命令修道士把这个不幸的人放出来。”

事情并不像他想象的那么容易。市长是个非常正直的人，却不敢得罪修道士。因为他租了修道院最好的一块地，得了不少实惠，再说，他也拿不准修道士会不会重新得势。他很清楚，管事是修道院里唯一正直的人，本该被任命为院长，可是他怎么也不愿意相信修道士想把他们的管事害死在小黑牢里。

幸好，又来了几个市镇议员，埃米里昂十分激动地向他们说明了情况。他还提醒他们，法律废除了宗教起誓，宣布教会人士拥有自由。而市政府的责任就是保证法律的执行，不允许有违背法律的事情出现。如果瓦尔科的市镇官员拒绝履行职责，那么他将立刻出发去城里，在城里一定能找到更有胆略、更有人情味的官员。

听他拿这样的话来激将他们，我心里很高兴，也在一旁恳求市长。市长很喜欢我，知道我不会撒谎，就向我询问修道院的黑牢是怎么回事。

“好吧，好吧，”他说道，“我们这些老家伙得听两个孩子的指挥！这的确有点儿可笑，可是，我们生活在一个变革的年代，既然这是我们所希望的，那就必须承担它带来的后果。”

“您看，”埃米里昂对他说，“我们到您这儿来，是因为我们对您无比尊敬，不想鲁莽行事。发生的这件事，我们只告诉了您一个人，我们要是想发动市镇上的一帮年轻人的话，被囚禁的人早就已经获得自由了。但是，那样的话，他们恐怕不会放过修道士，您肯定不希望这样的事发生。去吧，请您以法律的名义去和修道士好好谈一谈。”

市长叫了三四个议员陪他一同前往。他说：

“老实说，我一个人是不愿意去的。修道士平时很温和，也很友善，可一旦惹怒了他们，他们就会咬人，牙齿还很锋利呢。”

市长一行人不露声色地到了修道院，受到修道士的热情接待。修道士们没有觉察到什么，然而，当市长说，他是以法律的名义而来，有要事告知所有修道士，又说他怎么没看见管事时，他们显得非常局促不安，搪塞说他病了。

“不管他有没有生病，我们都要见到他，带我们去他的房间。”

修道士一边拖延时间，一边企图哄骗市镇官员，殷勤地给他们奉上了最好的葡萄酒。修道士太热情了，官员们实在不好意思拒绝，就接受并喝下了美酒，不过市长仍然坚持要见管事，修道士只好带他去了管事的房间。这段时间已经足够他们把神父弄回他的住处，并宣布他已得到了原谅。于是，当市长询问他的健康时，这个可怜的人，不愿出卖他的弟兄，便回答说，由于痛风发作，他不得不待在房间里。一听这话，市长以为是我们说了谎，不过他相当聪明，很快就自己察觉到了事情真相，便对修道士说：

“我尊敬的神父们，弗吕克蒂欧神父病得很厉害，我们知道他生病的原因，我们有令在先，不要再让他受苦了。如果弗吕克蒂欧神父想离开你们，他完全有这个自由，我会把我的房子让给他住。他要是还愿意留在修道院的话，我提醒你们，别弄个糟糕的住处给他，否则你们会有麻烦，因为他是受法律保护的，国民自卫军就在那儿做法律的后盾。”

修道士们装作什么也不明白，弗吕克蒂欧神父礼貌地谢绝了市长的保护，可其他的修道士都认定是他泄露了秘密。他们没想到市长会这么坚决，不免害怕起来。第二天一大早，他们就召开会议，弗吕克蒂欧神父完全可以不去理会他们，可他不愿那么做，结果另外三位修道士竟一致推举他为修道院院长。他们小心地照料他，他也丝毫没有报复。从那以后，修道士们安分多了，但他们猜到是埃米里昂在跟他们对着干，便对他恨之入骨，只是还不敢公开表现出来。

这一事件使埃米里昂和我成了知心朋友。我们共同完成了一件大事，我们也许夸大了这事的重要性，因为它使我们小小的自豪感得到了满足，但我们的确是非常诚心诚意地做了这件事，还冒了不小的风险。不应该再把我们当小孩子看了。自从那天以后，埃米里昂变得特别懂事，大家简直都认不出他了。他总是忙着打猎，把打到的猎物都送给了生病的可怜人，再也不像以前那样，找几个住在山上的小伙伴一起在草地上大吃一通。他读了很多的书，有让人从城里带来的书和报纸，也有修道院里的一些书，正如他说的，杂物堆里也能捡出几本好书。在黑夜漫长的冬季，他一直认认真真地教我，我进步很大，他跟我说的话，我差不多都能明白了。

我们再也不用向修道士交纳房租，还能挣点钱，因为我也开始打短工了。我在修道院的洗衣房找了份活，渐渐摆脱了苦日子。跟我学识字的几个孩子也给我一些钱，在我们家乡，直到国有财产被拍卖前，学识字都很时兴，后来，人们就没有这样的打算了。不过，我又有了一只小羊羔，第一只我卖了个好价钱，用那笔钱我又买了一只雌绵羊。大伙儿给了我两只母鸡，我喂养得很好，它们下了很多蛋。年底的时候，我吃惊地发现自己竟然存下了五十镑。

堂兄对我的成绩颇感惊异，他们赚的钱是我的四倍，可却不知道存起来一点。不过，他们看我让他们住在我的房子里，从不提任何条件，也就自觉地帮我修补屋顶，还把牲口棚翻修扩大了。

一七九一年的春天，我们听到一条重要的消息：法律规定，我们必须在八个月内购买国有财产。于是，好似云雀袭击庄稼一般，所有人都在三天内购买了土地。这些土地的份额不大，价钱也便宜，所以就连山谷中零星的土地也被买走了。每个人都尽其所能地买下了土地，庞菲勒神父却在一旁冷嘲热讽，说这些财产肯定留不了多久。不过，他完全是白费力气，亵渎圣物的人可没有好下场，几乎没人相信他的话。弗吕克蒂欧神父也叫他别瞎说，尽管神父心里为这事暗暗担忧，但他不愿违背法律。至于我，我不仅花三十三法郎买下了房子，还把大伙儿在联盟节那天为替我买房子捐的钱也还上了，我请求市长把这些钱分给穷人们。我觉得自己变得富有了，拥有自己的房产，而且重新修整了房屋之后，手头还有五法郎的节余。

只有一样东西，我们谁都没想过要买，那就是修道院，包括附属的建筑物和土地，那些房屋和土地都非常好，可是对我们仅有的一点儿积蓄来说，价格实在太高了。于是，人们想，修道士们就算不会永远留在那儿，恐怕一时半会儿也走不了。然而，五月的时候，在市长和城里一位官员的陪同下来了一位先生，他拿出几份文书证明他已经买下了修道院及其属地，还让有关官员命令修道士给他把地方腾出来。

也许那三个推选弗吕克蒂欧神父当院长的修士终于明白，他们已经无法再阻止什么了。于是他们赶紧另找了一处安身之地，没等有人来催，就离开了修道院。当新买主来到修道院时，他见到院长一个人正在算账，并把数目记在账本上。

他们俩会面时，埃米里昂也在场，因为弗吕克蒂欧神父请他帮忙一起计算账目。后来，埃米里昂向我叙述了事情的经过。

首先，有必要交代一下这位买主是谁。他是利摩日的一个爱国律师，他打算，如果法律保持不变的话，把修道院再转手卖出去，做成一笔好买卖，不过他也很清楚，在革命时期这么做是很危险的，可凭着对大革命的忠诚，他决定冒一冒风险。这些都是他自己向院长解释的，院长非常礼貌地接待了他，还邀请他一起商量事情。

"我相信您，"院长对他说，"您的样子看起来很诚实，而且，我知道您有很好的声誉。对我来说，我始终相信，一旦议会放宽付款的条件，我们的财产立刻就会被人买去。现在，事情既然已经如此，我只有服从。您来的时候，我正在计算修道院拥有的钱款。正好市长先生也在这儿，我想知道，这笔钱应该交给谁？因为除了领取国家的一份年金之外，我们不再有其他权利。"

院长的诚实令科斯特如先生（这是买主的名字）颇感吃惊。他对修道士一向抱有很大的成见，忍不住问院长，是不是所有的修道士都老老实实把钱全部留下来了。

"先生，"院长回答道，"您对我的修道士兄弟完全不用操心。他们走的时候没带走任何公共财产。他们根本不可能这么做，因为我不仅是院长，还掌管他们的财物。如果有人怀疑公共财产被侵吞的话，那我就是他唯一可以指责的对象。"

市长肯定任何人都不会对此有所怀疑，律师也为他说过的话表示道歉，城里来的那位官员也声明他完全信赖院长的真诚。他接收了应该归还国家的一万一千法郎的钱款，开了收据给院长，并让他留下应得的一笔养老金。

“我不会这么做的，我也不需要养老金，”院长回答说，“我家里不缺钱，家人会对我很好，甚至还会把我的那份家产还给我，因为在法律上，我已经不再属于教会了。”

买主见他如此大公无私、遵从法律，便请求他千万别认为自己是被粗暴地逐出修道院的，又劝他留下再住几日，只要他愿意，多待些日子也无妨。院长对他表示感谢，说早就准备好离开这儿了。

这时，人们注意到可怜的小兄弟，他一贫如洗，除了身上穿的衣服，什么也没有。

“那么，您呢，先生？”城里的官员对他说，“人们有没有考虑过您的生活？”

“我不知道。”小兄弟回答。

“那么，您是谁？”

“埃米里昂·德·弗兰克维尔。”

“哦……我们根本不用为您担心，您家可是省里数一数二的富翁，您回家与家人团聚吗？”

“不知道，”埃米里昂有些为难地说，“我没得到家人的任何吩咐,也不知道他们在哪里。”

买主、市长和城里的官员吃惊地互相望了一眼。

“难道,”买主叫了起来,“您的父母就这样抛弃……?”

“对不起,先生,”埃米里昂打断了他的话,“我不允许任何人在我面前指责我的父母。”

“这完全可以理解,”科斯特如先生接着说道,“可是,您必须了解自己的处境。您的父母已经离开了法国,他们如果继续留在国外的话,就会被认作在外流亡。您不会不知道吧,流亡贵族的财产是要被没收的,那么您很可能会没有任何经济来源。一旦战争爆发,议会将颁布的第一条法令就是把您和其他投敌的贵族的财产全部充公。”

“我父亲和哥哥永远不会做这样的事情!”埃米里昂叫道,“我坚信这一点。如果我的父母因为某种我不清楚的原因不能返回法国、不能照管我的话,我打算去参军。”

“这真是难能可贵。”买主说,“不过,战争还没爆发,您也没到参军年龄,现在,请允许我来照顾您吧。人们把您扔进了这座牢房,我可不愿意为了拥有它而把您撵出门去。就留在这儿吧,等我打听到消息,看您的父母打算怎么安排您以后的生活。您家里还剩下一个管家,他应该接到了某些指令,我来提醒他一下。”

“或许他并没得到任何指令,”埃米里昂回答说,“我的父母应该不会相信修道院被卖出去了。他们还以为我什么都不需要呢。”

“他们没有在修道院给您留一笔钱吗?”

“没有,”院长说,“在他行剃发礼的那一天,修道院才会收到两万法郎。”

“我明白这种交易,”科斯特如先生对官员说,“他们想抛弃次子,就出点钱让修道士愿意收留这孩子。”

院长笑了笑,对埃米里昂说道:

“亲爱的孩子,我从来没有瞒过您,这的确就是修道院干的事儿,我也从来没有为难您,让您非在修道院待下去不可。”

他们握了握手,心里都很难过。自从黑牢事件以后,他们俩都非常地喜爱和尊重对方。埃米里昂自豪地请律师不要替他操心,说他不喜欢做个流浪汉,还说不用离开市镇他就能找到活儿干,不会成为任何人的负担。官员回去了,买主一边察看修道院的建筑,一边与市长商量事情。等他们再次来到院长身边时,科斯特如先生做出了一个令人意想不到的决定。

第八章

科斯特如先生是这么说的：

“院长先生，我刚刚听市长先生说，您和年轻的弗兰克维尔跟其他修道士完全不同。如果你们允许的话，我愿意成为你们的朋友。我们可以互相帮助，我把修道院托付给你们，你们替我照管这份新的财产。我不打算住在这里，也不可能自己来管理它，我的工作不允许我这样做。而且，几年之内，我不想把它再卖出去，我愿意承担这笔买卖带来的所有风险。所以，你们俩就留下来，像管理自己的财产一样管理这里的一切吧。我知道，我绝对可以信任你们以后交给我的账目。我只有一个要求：你们不能收留任何教士在修道院避难。至于其他事情，你们看着办好了，就像在自己家一样。这里的土地也交给你们打理，你们该得多少收成，自己决定吧。”

弗吕克蒂欧神父对这个建议很是惊讶，他说要考虑一下，第二天才能答复科斯特如先生。市长请吃饭，大家都友好地接受了邀请，还把埃米里昂也带上了。他们既吃惊又高兴地发现，埃米里昂称得上是一个正直的爱国者、一个忠诚的公民。

当埃米里昂单独和院长（人们仍然这样称呼弗吕克蒂欧神父，虽然他掌管修道院仅仅六个星期的时间）在一起的时候，他向院长征求意见。

“我的孩子，”正直的人回答道，“我们现在就像两个在新土地上落难的人。我嘛，活不了多长时间了，虽说我还不算太老，身体也挺结实，可自从被关在黑牢以后，我总觉得气闷，这真让我痛苦，恐怕很难复原了。我对科斯特如先生说我有家，还有一点家产，并不是骗他的，但我也得向你承认，这个家对我来说已经非常陌生了，就算家里人会对我很好，我也不一定能适应他们的想法和习惯。我和你一样，十六岁就进了瓦尔科修道院，到今年已经整整五十个年头了。在这里，我整天要为这事儿那事儿操心，到了其他地方恐怕也一样，不过，现在最让我放心不下的是咱们这儿的变化。谁能毫无牵挂地离开他照料了这么久的家呢？每天都在眼前的这些旧墙壁、大塔楼、花园和岩石，以后就再也见不到了，对我来说，这简直难以想象。所以，我决定接受科斯特如先生的建议，留下来照看修道院，我在这个地方已经待了大半辈子，剩下来的日子，我也想在这儿度过。不过，对你来说就是另一回事儿了，你不可能喜欢修道院的，而且，如果你的家人知道修道院已经不存在了，他们不可能不管你的。可谁知道你的父母会发生什么事呢？谁又能预料到你的命运如何呢？我和你父亲通过几封信，他是个守旧的人，不相信我们这里发生的事情，等他相信了，恐怕为时已晚，根本没有时间考虑了。我本来不想告诉你，不过你最终也会知道，我听说弗兰克维尔的农民把你们的城堡破坏得很厉害。多亏了那个机灵、老练的管家，他们才没把城堡烧掉，但是，就像那个律师所说的，他们打算把土地拍卖出去，你的家人和你如果这时候回去，恐怕还有点危险。你不如就和我一起留在这里，看看事态的发展再做打算。如果你去了别处，或者没得到你父亲同意，自己做了什么决定的话，他肯定很不高兴，还会责怪我呢。相反，如果他能在当初留下并安置你的地方找到你，也就不会觉得你在这里找到一份能养活自己的差事有什么不妥了。”

“什么差事呢?”埃米里昂问道，“您让我分享您的面包，可我又能帮您做些什么呢?”

“你替我管理账目，照看农活。如果需要的话，你也可以干活，我知道，你喜欢干体力活。我嘛，说实话，可不喜欢干那种事。”

说到这儿，院长去睡觉了。第二天一早，埃米里昂就来征求我的意见，好像我是个能给他出好主意的人似的。我觉得院长说得很有道理，于是也劝我的朋友和他一起留下来。

“如果您走了，”我对他说，“我不知道自己会变成什么样子。我对您太依赖了，想一直跟着您，就算在路上乞讨也不怕。”

“既然这样，”他回答说，“我就留在这儿，能待多久就待多久。我对你的友情和你对我的一样深厚，如果离开你，我会非常难过，就像我不得不离开我妹妹时一样。”

“您一直没有她的消息吗？她会不会一个人留在了弗兰克维尔？”

“哦，不会的！我被送到这里来的时候，她应该也被送进了女子修道院。”

“那么，那家修道院在哪儿呢？”

“在利摩日。不过，你提醒了我，她说不定跟其他人一样，也被赶出了修道院。我现在自由了，我要去打听她的消息。”

“去利摩日？多远啊，我的上帝，您连路都不认识！”

“我肯定能找到，离这儿也不过十五里的路。”

他打定主意去利摩日一趟，院长没有反对。那个买主因为替自己新的产业找到了可靠的人来经营、照料，心里很高兴，表示愿意带埃米里昂一起去，帮助他寻找妹妹。在利摩日，他从没听说过弗兰克维尔小妹妹被安置在某一家修道院里，所以他担心埃米里昂找不到她。他叮嘱埃米里昂要穿和大家一样的衣服，虽然那个时候人们还没有追查教会的人，可大家都一心拥护革命，不愿意与修道院的人为伍。埃米里昂跑回去想换上他披道袍以前穿的衣服，可没想到，三年的时间，他长高了整整一个头，也壮了，衣服压根儿就穿不下。我想起堂兄皮埃尔有一套崭新的粗毛呢衣服，而且他跟埃米里昂年纪、身材都差不多，于是就想说服他把衣服借给埃米里昂。可谁知皮埃尔丝毫不为所动，竟说要把衣服卖给他，埃米里昂根本没钱，也不知道什么时候才会有，所以不敢跟任何人借钱。啊！我要把我的十五法郎送给他，我真高兴、真自豪！埃米里昂一再推辞，但最终还是接受了我的心意。他用这笔钱的一半向皮埃尔买下了整套衣服，我觉得他穿上这套衣服漂亮多了。剩下的钱他都带在了身上，有了这些钱，他一路上就不用依靠任何人的接济了。

科斯特如先生见到他这副打扮，忍不住笑了起来，笑容有些狡黠，不过却是善意的。

“啊！啊！子爵先生，”他对埃米里昂说道，“虽说您在修道院里修行，但是谁也不能阻止您成为弗兰克维尔子爵，您可是有个侯爵父亲，还有个伯爵哥哥呀，您怎么穿起了农民的衣服！您也许打算换一身衣服去城里吧？”

“不，先生，”埃米里昂回答道，“我没有衣服可换，如果您觉得和一个农民走在一起让您难堪的话，那我们就各走各的。”

律师大笑起来，说道：“这简直是抗议，您要给我上一堂关于平等的课啊，不过我可不需要。放心吧，我们一定能合得来，会相处得很好的。”

到了利摩日以后，埃米里昂在科斯特如先生的帮助下跑遍了所有的修道院，四处寻找他的妹妹。由于人们的宽容，也因为没有买主，那些修道院仍然还保留着，然而他妹妹根本就不在修道院。于是他又赶到弗兰克维尔打听她的消息。

他个子长高了，模样、打扮也变了，谁都没能一眼认出他。于是他顺利进入城堡，跟管家说上了话。当他说出自己名字时，管家显得非常吃惊，似乎不相信真的是他，甚至还固执地对他说：

“您自称是弗兰克维尔子爵，您可能的确是，但也可能不是。您拿不出任何介绍信，也没有任何证件能证明您所说的话。我没有接到任何关于您的指令。您的父母流亡在外，好像一心想跟外国人一起回来。这对他们、对您，都不是好事儿，你们的财产会被卖掉，那时，你们可就一无所有了。在这之前，我是不能动用您父母的钱财的，除非有他们的亲笔手令或者法律的命令。现在，既然您拿不出任何证明，我也就不能给您任何东西。”

“我不是来向您要钱的，”可怜的小子爵自豪地回答道，“我不需要钱。”

“啊！您得到一笔钱了？是不是分到了瓦尔科修道院的财产？我就知道，修道士们才不会那么单纯呢，走的时候，肯定把财宝瓜分一空。”

“瓦尔科修道院里根本没有财宝，大家存的少得可怜的一点钱也被院长先生上交给国家了。不过，这些都与您毫无关系，您也不会有任何兴趣的，您根本连我是谁都不肯承认。我来只是想问问您，我妹妹在哪里，希望您不要以任何借口来隐瞒我。”

“既然您自称是弗兰克维尔家的人，我没有理由瞒着您，您的妹妹在图勒，在我家里。当时，她如果继续留在这里，会很危险，农民都反对你们，情绪很激愤，我能让他们冷静下来简直是个奇迹。待在你们家里，我连觉都睡不安稳，我说的这些都是实情。我把小姑娘送到很远的地方，在那儿，她被照顾得很好，抚养费一直是我出的。”

管家说，负责照顾小姑娘的是他的一个亲戚，埃米里昂问清了这位亲戚的姓名之后，立刻又出发了。仆人们都没认出他来，正因为这个原因，管家才不肯相信他。然而，当他走到村口时，迎面碰见过去的一个家仆，这个一直很疼爱他的老仆人一下子就认出了他，并叫了起来：

“埃米里昂先生！”

埃米里昂心里一阵难过，抽泣着扑进了这位老朋友的怀里。这时，全村的人都跑来欢迎他，大家都很喜欢他，知道他因为自己哥哥的野心和家族的荒唐念头而作了牺牲品，也记得他是如何被抛弃而被迫和最穷困的人一起过苦日子。大伙儿的情绪一下子激动起来。他们一度对管家颇有好感，那时，他宣布流亡贵族的财产将被拍卖，以此平息了人们的怒火。可后来人们看清楚了，他是在欺骗大家，他之所以小心守护着主人的产业，是因为他打算自己买下来：他很富有，为了发财，他没少捞钱。大家恨不得绞死他。埃米里昂赢得了一致赞赏，大家盼着他能重新回到家族留下的城堡，作他们的主人，他们再也不想要其他任何人了。

埃米里昂费了好大劲儿才让大伙儿平静下来，向他们解释自己不能做任何违背父亲意愿的事，而且对他来说眼下最重要的是找到妹妹。她也许正在受苦，人们越是对他数落管家的不是，他就越是担心，觉得必须赶快找到她才行。人们终于让他走了。不过，那个名叫迪蒙的老仆人想跟着他，于是他们便一同上了路。

他们坐一辆票价低廉的汽车到了图勒。果然，他们在一个凶悍的老妇人家里找到了可怜的小路易丝。在那儿，她不仅缺衣少食，而且稍有反抗便会招来一顿打骂。她把自己受过的苦一一向哥哥诉说，邻居们都证明她说的句句是实话。老妇人把她的抚养费据为己有，每天只给她吃栗子皮，穿破烂的衣服。

埃米里昂非常气愤和痛心，他没等见到老妇人，也没征求任何人的意见，就带着妹妹和老迪蒙一起直奔修道院而去。老迪蒙有点儿积蓄，他不愿离开这两个无依无靠的可怜孩子。

为了把带走路易丝这件事说明白，我在这里要说一说所有与此相关的事情。弗兰克维尔侯爵在家乡根本没有近亲。家族的习俗是，为了长子们的利益，把所有的幼子和女孩都送到修道院，抛弃他们，于是家族也就陷入了孤立无援的境地，没有任何人可以托付来照管路易丝和埃米里昂。侯爵一家在城堡受到了严重威胁，于是举家匆忙出走，临走时交代管家和奶妈尽快把小妹妹送进修道院。管家则认为把她安置在我们知道的那个地方更省钱，他给侯爵写信，在信中把他听到的事情都报告了侯爵。也许埃米里昂没有任何权力带走他的妹妹，他本该征求一下科斯特如先生的意见，科斯特如先生是位大法学家，可能会建议他把妹妹送到一位有姻亲关系或是与家族有交情的夫人家里。可是事情既然已经发生了，他也不想再责备埃米里昂，因为，他说，这两个未成年孩子的处境确实不同寻常，他们像孤儿一样，没有父母，也没有监护人，实际情况让他们不得不处于无人照管的境地。他对管家大加指责，可也没办法勒令那家伙把吞下去的钱吐出来。立法还不明确的时候，人们更需要相互尊重。他建议埃米里昂等一等再说，先别回弗兰克维尔，他的出现准会引起一场混乱，尽管他本人并不愿意那样。管家的那个上了年纪的亲戚根本没权力要回小弗兰克维尔，埃米里昂才是最有资格看护她的人。唯一的问题是，必须迫使管家拿出一笔钱来维持他们的生计。科斯特如先生给在科布伦茨的弗兰克维尔家族的人写过信，可不见回音，也许他们并没收到他的信。他担心会生出什么事端来，在那个年代，极小的事情也会招致意想不到的后果，于是他从自己的积蓄里拿出五百镑寄给了埃米里昂，为了不让他觉得难堪，还说是弗兰克维尔的管家终于明白了自己该做的事，支付了这笔钱。

没想到真相却由管家本人澄清了，他大概是心虚害怕了，就给埃米里昂寄来了双倍的钱，还托人转达了对埃米里昂的歉意，因为村里的人都认出了他，管家还说要替他想办法好好安置他的妹妹，甚至提议让她的奶妈去照顾她，奶妈本人也很乐意去她现在的住处看望她。但路易丝告诉我们，那个奶妈玩心很重，对她照顾得很少。于是，大家给他写了张接收钱款的收据，并谢绝了奶妈的探访。埃米里昂又去了利摩日一趟，对科斯特如先生表示感谢，把他的五百镑悉数归还。律师对这个懂事、善良、正直的年轻人十分赞赏，热情地劝说他让妹妹也在修道院住下，一起在那里自由自在地生活，干他感兴趣的活儿，还叫他千万不要觉得不好意思，因为有他们住在修道院，他就不用为这份财产担心了，这年头，一切都是乱糟糟的。

第九章

于是，修道院里就住下了我们这一帮朋友：慈祥的院长、埃米里昂、小路易丝、老迪蒙和我，因为埃米里昂请我作管家，并陪伴他的妹妹，同时我也和拉玛里奥特一起料理家务。我的两个堂兄被长期雇佣来这里种田。这块长久被荒废的贫瘠土地就这样养活着一群人，不过，除了堂兄和拉玛里奥特按天拿薪水以外，其他人都决心不计报酬地用心工作，而且在生活中处处节俭，业主非常满意，一心只想让我们留在那里。干活最少的是院长，因为他的哮喘越来越厉害了，可是如果没有他，一切都会乱套，因为年轻人总是要人督促的，而只有他习惯于发号施令。我们每个人自己都有一点儿钱，所以大家都不愿接受科斯特如先生的预付款。院长能得到一小笔钱，是他家里答应给他的，除非他们改变主意。他打发迪蒙去了他在该内的家，迪蒙带回的钱令他很满意。

一切都变得井井有条，我们不禁在这对于法国来说灾难深重、充满危险的年月里，自私地享受着一种无比的幸福。不过，应该为我们辩护的是，我们对所发生的事几乎一无所知，而且很快地也开始无法理解了。教会还在的时候，人们可以在那里读到一些报纸、得到市里的指令，还能了解一些高级教士的想法。现在，没有人再给院长寄任何东西了，教士们也不再理睬他，还指责他向敌人妥协，接受了买主的收留和信任。农民们沉浸在购买了土地的喜悦之中，只想着用荆棘和石块把他们小小的珍贵的土地围起来。大家以一种前所未有的热情劳作着，常常因为别人侵占了自己的土地而争吵，也就想不起为宗教和政治辩论了。人们甚至变得比有修道士的年代更加虔诚。修道院不再是乡村的教堂，人们也不用再做弥撒，不过，在居民们的要求下，院长仍然在早晨、中午和晚上敲响钟声。虽然人们已经很长时间不念经文了，但农民对修道院的钟声仍然喜爱有加，什么也无法取代。这钟声对他们而言标志着一天的开始和结束，中午还提醒他们吃午饭的时间，也就是一个小时的休息时间到了。后来，修道院的钟都被征用去做大炮了，大家为此非常难过，都说没有钟的堂区就是"一个死气沉沉的堂区"。我的想法也和其他人的一样。

然而，我想说，在那个充斥着令人惊异之事的悲痛年代来临之前，我们是多么安宁、多么天真，与世隔绝般地待在我们可怜的瓦尔科古老的修道院里。

埃米里昂没有太多的要求，他觉得有了一千法郎，这一生就算很富有了。他把这笔钱交给了科斯特如先生，科斯特如先生答应替他好好利用这笔钱，对此埃米里昂丝毫不关心，因为他对做生意根本就一窍不通，但他很高兴那个曾给予他无限信任的买主能因为他小小的财产而赚到钱。他头脑中只想着在家人来关心他们的命运之前，让小妹妹幸福地生活。他对她有求必应。能把她救出来，他感到非常自豪、非常高兴！激动的心情超过了把弗吕克蒂欧神父从黑牢里解救出来的那次。他没有什么好担心的事儿，他有科斯特如这个真正的、不会抛弃他的朋友，而他也为这朋友工作，像办事员一样地用头脑，也像雇工一样地出体力。他学会了一点儿院长的权威，院长虽然和蔼可亲，但很容易发怒，因为哮喘，他不能叫喊、训斥，却更会为了一点点琐碎的小事而生气。埃米里昂劝他，还叫我来帮忙，可怜的院长更愿意听我的话，而且当我向他保证一切都按他的意愿办以后，他就不再发火了。小路易丝的身体起初很虚弱，后来才慢慢恢复了健康。拉玛里奥特干起活来一个人抵两个人，我的两个堂兄相当于四个人，这要归功于我们为他们准备的既可口又实惠的食物。老迪蒙比他们更精明能干，他负责买东西、跑腿，花园料理得也不错。不过，必须得说，这个世界上最好、最无私的人有一个缺点，他每逢星期天都要喝酒，而且那天晚上必定大醉而归。虽然他花自己的钱买酒，喝醉了之后也不会要酒疯，可院长还是狠狠地教训他，他也总是在星期一的时候发誓再也不犯老毛病了。

而我，是我们中间最幸福的。我发现自己是有用的，对那些我所深爱的人，在我的行动、体力和意志中，我都感受到一种从未体验过的快乐。十六岁时，我已经和现在一样高了，可一点儿也不漂亮，得天花留下的麻点还隐约可见。不过，大家都说我有一张温和的脸，能给人信任感，科斯特如先生有时也到修道院来，他说生活中什么事儿也难为不了我，因为我总是懂得去结交朋友。我很高兴他在埃米里昂面前对我说这些话，因为埃米里昂立刻抓起我的手，紧紧地握在他的手中，又补充说：

“她会永远拥有一个志趣相投、对待她像对待小妹妹一样的朋友。”

他说得没错，我们像亲兄妹一样地相亲相爱。迪蒙常常跟我说起我的妈妈，她曾经在弗兰克维尔当过仆人，迪蒙跟她很熟。他说妈妈和我一样是个很善良的人，大家都很敬重她。他这么说让我很开心，无论从哪方面，我对自己的命运都相当满意，简直无法想象会发生什么变故。

我有一个烦恼，只有一个，但它却让我大伤脑筋，那就是小路易丝的怪脾气。这个可怜的孩子来到我们这里的时候，既脏兮兮又病快快的，看到她的样子，我心里很难过，然而又很高兴自己可以照料她、安慰她，让她恢复健康。埃米里昂让我把她抱在怀中，对我说：

“她以后就是你的妹妹了。”

“不，”我对他说道，“她将是我的女儿。”

我满怀真诚地说着这些话，眼里噙满了温柔的泪水，要是其他任何一个女孩，此时此刻都会热情地拥抱我，可是，她没有。她用一种嘲笑的、高傲的神情看着我，然后转身面向她的哥哥，对他说：

“啊，这就是你给我找的漂亮姐姐！一个乡下人！她还说要当我的妈妈，简直疯了！你告诉过我的，她和我年纪差不多大。带我来这儿的时候，你一路上说了又说的了不起的娜奈特就是她？她那么难看，我不要她抱我。”

一开始我就受到了这样的对待。埃米里昂训了她几句，她哭了起来，接着又跑到角落里躲着跟我们赌气。她很骄傲，大人们一直说要把她培养成一个修女，而且，为了让她具备基督教徒谦虚的美德，还告诫她不要分享大哥的财产，那对她来说完全没有用处。只有修道院的清贫才是保持高贵的唯一办法。她对此深信不疑，孩子总是相信大人们每天里时时刻刻都对他们重复的那些话。

她的妈妈从来没有抚爱过她，因为妈妈知道必须尽早地、永远地与女儿分离，于是她竭力不去爱这个孩子。这位美丽的夫人投身于巴黎上流社会的生活，忘记了本性中所有的感情，把宫廷当作她的家、她的生活和她唯一的责任。她甚至也不爱她的长子，因为他注定永远是最重要的，也像其他孩子一样并不属于她。当时弗兰克维尔夫人正在国外，病得很重，不久以后就去世了。我们后来才得知这个消息，而我也是在接下来的时间里才了解到我所说的关于她的这一点点事情。

小路易丝在弗兰克维尔被她的奶妈抚养长大，那个曾教过埃米里昂，或者不如说根本什么都没教给他的家庭教师，则负责教她识些字和学会一点点拼写。奶妈答应教她念经文、缝纫、编织和做蛋糕。修女必须会做的就是这些，可奶妈认为这已经太多了。她是个讨人喜欢的漂亮女人，只是对家中的事照料得很少。可怜的路易丝只能由厨娘们照管，而她们也是漫不经心，因为一个人家只要容忍了一件破坏规矩的事，那么其他不守规矩的事也就随之而来了。路易丝和哥哥埃米里昂在一起的时候，整天跟他一块儿玩、一块儿跑，回到家里就像公主似的严厉地指责奶妈，还和别人吵架、赌气，或者捉弄女佣，过后又和她们异常亲密，因为她想继续当主人和小姐。当她和哥哥分开时，埃米里昂责备了她，又竭力安慰她，可她反而变本加厉，觉得任何人都不喜欢她，于是便讨厌起所有人来。她爱开玩笑，常常说一些她那个年纪不该说出的恶毒的话。大伙儿总是对她的话感到好笑，他们本该生气才对，因为她竟以说别人坏话、侮辱别人来满足自己的虚荣心。

在图勒，那个凶恶的老太太要改掉她所有的缺点，可是过分的严厉只能让她的缺点有增无减，于是，当她和我们在一起时，就好像是蜂群中一只发怒的小黄蜂。自从第一天开始，我就不得不再三恳求她，督促她洗澡，穿上干净的内衣。然而，当我把在堂区弄到的新衣服拿给她时，她大发雷霆，埃米里昂身上穿的衣服也是我用同样的方式找来的，可她却说作为一位小姐、侯爵的女儿，她永远不穿农民的衣服。她宁愿穿着她那些还留着一点贵族气派的破旧的脏衣服，为了让她听话，她哥哥不得不把那些衣服都烧了。穿上条纹的短裙、戴着小帽子，她又干净又漂亮，可还是跟我们赌气。食物让她平静下来，她很久没吃过可口的饭菜了！晚上，她同意跟我玩，但条件是我要当她的仆人，还要给她打耳光。夜里，在一间温馨的小屋子里，她睡在我身旁，我为她在我的床边铺了一张柔软的、洁白的小床。修道院里还留有一些华丽的衣服，路易丝对此很敏感，第二天，为了穿衣服，她又发脾气，哭了一通，我只得在她的帽子上插上花，哄她说把她打扮成牧羊女。

不过，渐渐地，她看出我对她好是出于善意，而不是非得这样不可，也就明白了自己的处境，改掉了原先所有的习惯。她从来没有像这么幸福过，这一点她后来也体会到了，因为我们爱她，而且不需要她做任何事来换取我们的好意和宠爱。但是她却狠心地要离开我们，一点儿也不怕会变得更糟。为了让她不这么过分，我们不得不刺激她的自尊心，可她已经学会女人矫揉造作的一套了。让她不去捉弄人、虐待人实在很难，也永远别想让她下决心干点活来帮助其他人，哪怕是为自己做一点点事情。她是家里唯一要别人服侍的人，大家都自愿地侍候院长先生，他在这方面丝毫没有过分的要求。小路易丝一开始就发现他是地位最高的人，于是也吵着要和他一样，为了节省开支，大家都坐在一张长桌上吃饭，她就坐在桌子的另一头，和院长先生面对面，俨然是家里的女主人。开始大家觉得好笑，不去计较她，她也就心安理得地占据那个位置了。有一天，科斯特如先生来吃晚饭，她偏不肯把座位让给他，律师觉得很有趣，不由得注意起这个与众不同的小淘气鬼。他觉得她很有意思，就让她叽叽喳喳说个不停，还逗她说她“有贵族气派”，那时候人们是这么说的，到后来，他比我们所有人都更宠她，因为，第三天，他从城里给她寄来了一整套贵族小姐的衣服，包括腰带和一顶带花的帽子。他又来到修道院时，满以为路易丝会感谢他、拥抱他。可他什么也没得到，路易丝不满意他寄来的没有任何装饰的平底皮鞋，她想要高高的鞋跟儿和玫瑰花结。这又把他逗乐了，他一直觉得这副女皇似的派头很有趣。他越是仇恨贵族，就越是开心地任凭这个用手指就能捏碎的、无可救药的小姑娘对自己指手画脚、发号施令。开始只是好玩，后来，这对她和他来说都好像是应该的了。

对我来说，我曾经那么想见到这个小路易丝，那么全心全意地对待她，可现在，我却觉得她认为不需要我的时候就根本不把我放在眼里，她要是跟我亲昵的话，准是有什么难办的、不可思议的事情想叫我替她去做。一时的心血来潮一旦过去，就别指望她会感谢你，而且，常常是要求还没得到满足，她就没兴趣了。

用我现在会说的话来说，人们把这称为失望，但我默默地容忍了这些，把自己所有的感情都倾注在埃米里昂身上，他完全值得我的爱。我曾想，如果他妹妹愿意和我成为好朋友的话，我对她会比对待她哥哥更好，因为她和我年纪一样大，又是女孩子，可她根本不愿意，于是我的心又回到了埃米里昂身上。

那一年(九一年)十月,又传来了要打仗的消息,人人都为自己的新财产而恐惧不安。“我无所谓,大家都不去参军,谁也不会死在战场上”这样的话,那时候再也不能说了。这次人们明白了战争的起因:法国的贵族和高级教士想发动战争来对抗革命,目的就是夺回革命刚刚给予我们的东西。大家对此很恼火,赶忙抓紧时间耕地、播种。年轻人都说,如果敌人敢来的话,就狠狠地教训他们。人们担心自己的财产,不过还是准备鼓足勇气拼一拼。

科斯特如先生来的次数稍稍多了些,埃米里昂又开始打听外面的事情。十一月的一天,埃米里昂得知母亲病了,他忽然被一种感觉吓住了,觉得再也见不到任何亲人,因为他们好像真的背叛了法国,只想跟着敌人一起回来。我和他一起从磨坊往回走,骡子驮着一只装满谷物的袋子走在我们前面,这时,他悄悄地对我说:

“娜侬,我的处境是不是很奇怪?如果战争打响的话,我说过我会成为一名战士,可是,如果我在一边,而父亲和哥哥在另一边的话,我该怎么办呢?”

“千万别去打仗,”我对他说,“如果您被杀死,那您妹妹会变成什么样啊?”

“科斯特如答应过我,他不会不管她,还要把她带到他家里去，还有你，如果你同意的话，你能答应我不离开她吗？”

“如果我们真去那里的话，您可以放心地把她交给我，虽然路易丝不喜欢我，而且，离开家乡，我也会非常难过，不过，您说的事情不可能发生，那样您就要违背您父亲的意愿了。”

“可你知道吗，如果战争爆发，我要么参加战斗，要么就要去国外。你也听说了，所有的年轻人都要被送上前线，拿起武器战斗。”

“是的，可那只是说说而已，怎么能强迫所有的人呢？有多少军官，就应该有多少士兵。好了！好了！您给我讲了这么多理由，就是想离开我，想去当军官！”

“不，亲爱的孩子，我可没有野心，从小大人们就没这样教过我，再说我也不喜欢战争。我生来就性情温和，我讨厌杀人，可是，这也许会有一个荣誉的问题，你愿意见我被人嘲笑吗？”

“噢，不！一点也不！那时候，大伙儿总说您今后什么用也没有，我难过极了，可是，这一切都可能会有转机的，答应我，如果不是必须的话，您别离开我们。”

“你怎么会向我提这个要求？难道你不知道我多么喜欢你吗？”

“当然知道。您答应过我，等您结婚以后，您会把孩子交给我看管和照顾。”

“结婚以后？你真以为我想结婚？”

“有一次您对我说过，有一天您会考虑这个问题，从那时起，我就一直想着要学会如何侍候一位夫人，管好她的家。”

“啊！你以为我想叫你服侍我的妻子？”

“您改变主意了？”

“当然不行，你是我的朋友，我不希望你低人一等，不管是谁，这你不明白吗？”

在河边，他握住我的手，停下了脚步看着我，眼里充满深情。我很吃惊，又怕他会难过，不知该如何回答是好。

“可是，”我想了一会儿，对他说道，“您的妻子肯定会比我强。”

“你怎么知道的？”

“您会像帕斯卡修士那样，娶一个乡下姑娘吗？他已经宣布了和博里厄桥女磨坊主的婚事。”

“为什么不呢？”

“好吧，不管她是乡下姑娘还是贵夫人，您都会爱她超过一切，希望她成为家里的女主人，我嘛，我已经决定一切听从她的吩咐，尽力讨她的喜欢。为什么您不愿意我去爱她，像照顾您一样地去服侍她呢？”

“啊！娜侬，”他一边说着一边又开始往前走，“你真单纯，心真好！我们别再谈这个了，你还太年轻，我不能把我的想法都跟你说，你还不懂。别为这事烦心了。我永远不会让你伤心的，如果我真要结婚，就像你想象的那样，我一定会征得你的同意的，听清楚了吗？你知道我是个说话算数的人，大家也都这么说，所有我答应你的事情，我都做到了。好好记住我刚才跟你说的话，喏，那边，在那条小河边，小河正唱着歌儿呢，好像很高兴看见我们从它身边走过去，在那棵老柳树下，风把叶子吹起来时，柳树就变成一片银白色。你记清楚这个地方了吗？你看，那些蓝蝴蝶花和它们的根茎就像是一个小岛，我和你的堂兄皮埃尔经常在花丛边布陷阱。我和你也在那个地方待过，就是那一天，你要我把自己能学到的东西都教给你，我也发誓一定会教你。现在，我向你发誓，我对任何人都永远不会比对你更好。这让你难过吗？”

“哦，不，”我回答他说，“我希望这不要让您为难。我只是觉得很吃惊，因为我从来没想过，您会这么看重我对您的友情，就像我珍惜您的友谊一样。如果是这样的话，请您放心，我永远不会结婚，我会一辈子听您的吩咐，我也在这条小河和这棵老柳树前向您保证，这样您也不会忘记了。”

我们谈话的时候，骡子一直在往前走，已经离我们很远，因为它一时心血来潮抄近路从灌木丛里穿过去，背上驮的袋子也快掉下来了，埃米里昂只得跟在后面追它。我站在原地好一会儿，也没想到要跟着他一起去。我觉得眼里一花，脚下迟钝得迈不开步子。他为什么对我说了这么多他的友谊呢？平时他是想不到谈这些的，要说也只是三言两语，还得有适当的机会。我也不能说自己单纯得连爱情也没听说过。在农村，这个话题并没什么可保密的，只是在那些生活清贫、劳动繁重的地方，人们在相当长的时间里都还保持着孩童的纯真，我也一样，一点儿也不比实际年龄更成熟。或许也因为我总想着全心全意去照顾别人，尽量让他们满意，也就很少胡思乱想地为自己考虑了。我傻傻地站在那儿，一直在想为什么他对我说“你还不能明白我所有的想法”。我似乎想笑，又想哭，不知什么原因。

我漫无目的地摘下几片柳树叶，别在围裙上。

从那天开始，身边的一切都让我觉得很幸福，心中充满一种生命的喜悦，小路易丝不听话的时候，我也不觉得难过了。我愉快又耐心地对待所有的事情。院长先生发脾气的时候，我更有办法能说出让他平静下来的话，他遭受病痛折磨的时候，我总是满怀信心能减轻他的痛苦，而且我也总能找到更好的方法。埃米里昂在花园里干活干得太累的时候，我就跑到他身后，帮他推独轮小车和耙子，力气大得就像男孩子一样。收获的时候，我们种的水果特别好，就派人给科斯特如先生送了些去，他很高兴呢。他为了这事儿还跑来感谢我们，和我们在一起时，他显得非常开心，他和我们一块儿吃饭，和院长讲拉丁语，跟小路易丝谈论服饰，跟埃米里昂和工人们谈播种和收获。至于我，所有听到的这一切都让我高兴，哪怕是院长先生说的拉丁语，拉丁语和法语甚至和家乡的土话很相像，大家都能猜得出来。我干起家务活儿来眼明手勤，把家里料理得一尘不染，盘子和玻璃干净得能照出大伙儿的模样，我觉得每个人都变得更漂亮了。晚上的时间我可以用来学习，这就是对我最大的奖赏。院长先生也在一旁，他对任何事情都喜欢发表意见，不过他总是很快就睡着了，于是，冬季的夜晚，在修道院这间暖和的大房间里，埃米里昂和我一起读书、交谈，此时，屋外寒风凛冽，屋里蟋蟀在炉膛里唱着歌。

那些谈话让我们俩都受益匪浅，因为我总爱提很多问题，想知道更多的事情，埃米里昂就一点点儿地把这些事情弄明白，然后再毫无保留地教给我。富人和穷人的权力，国王和臣民的权力，以及陆地和海洋出现生命以来发生过的所有事情，这一切都让我困惑。埃米里昂给我讲了不少过去的故事。修道院的藏书房里有一套卷数很多的书，是以前修道士不肯给他看的，叫作《人类的历史》。在那个年代，这是一本新书，它揭露了迷信的真相和世间的不公正。我不知道这本书是不是很有价值，但是，就在院长先生躺在他宽大的皮安乐椅中打呼噜的时候，我们把它从头到尾读了一遍。读完这本书以后，我们懂的东西其实已经比院长和那时候的大多数人都要多，尽管我们当时并没有意识到这一点。无论对什么事，我们都有一大堆想法，要是我们知道政界发生的事情就好了，那我们就能对革命做出超越年龄的判断了。然而，只有等科斯特如先生来修道院时，我们才能得知那些事情，可他几乎整个冬天都没来，因为通往修道院的路很难走，几乎把我们与外界隔绝了。这种封闭的生活让我们根本无法为时局操心，也不知道，由于人们不能在政治和宗教上达成一致，在其他很多地方常有骚乱和不幸发生。

第一部分到这儿就结束了，这是我的故事中平静的部分，接下来我要讲述的是把我们和所有人都卷入动荡不安中的那些事件。现在，读了我的故事的朋友们都知道，我所受的教育已经足以让我能更容易地表达自己的想法，也能更好地理解触动我的那些事情。在以上的叙述过程中，我不得不用了一些乡下人的说话方式：我的想法只能用当时相应的词语来表达，如果我去用另外的字眼，那么表达出来的就不是我曾体会到的想法和感情了。现在，我要在语言和判断能力上稍稍提高水平了，因为，从九二年起，除了穿的衣服和干的农活之外，我已经不再是个乡下姑娘了。

第十章

农民就像孩子一样，头脑里充满幻想。可在瓦尔科这个世外桃源，我们怎么也想象不出会有什么深奥的原因，竟把我们神圣的八九年革命变成了暴力的罪行。所有那些本该让我们预感到这些危机的消息都在一些人的解释中走了样，这些人没有能力去触发危机，也就无法阻止危机的产生了。小镇上无忧无虑的气氛、修道院小团体里的乐观精神让人们不由得把已经发生的事件往最好的方面去想。院长先生断言，国王逃往瓦雷恩实在是个不明智的举动，是个巨大的错误，不过倒有可能带来好处。

“路易十六害怕他的人民了，”他常常说，“这真糟糕，老百姓们可不坏。看看这里发生的事吧！拍卖教会的财产，这简直就是世上最可怕的事儿。那些满脑子哲学的有产者们要这么干，老百姓只是利用这个机会，并没有跟我们过不去，反而出乎我们的意料，表现得很有分寸。唉，但愿国王信任他的人民，这样权力就会很快回到他手中。他没有敌人，你们看看，我们这里就没有一个农民不尊重他！我们要相信，所有的事情都会解决的。老百姓不知道操心，又懒惰，还有点儿小偷小摸的习气，我很了解他们！但他们很随和，从来不会记仇。你们想想看，我当修道院管事的时候，对他们够凶的吧，可他们谁也不恨我，我会平静地在这里过完剩下的日子，国王也会安安稳稳地待在他的王位上！"

看来，这个可怜的修道士的眼光还没有超出瓦尔科的小山沟，我们也只能像他那样老老实实地待在这里，因为刚开始时，事态的发展似乎证明他是有道理的。

尽管国王逃跑了，国民议会仍然宣布王权神圣不可侵犯。议员们认为制定了宪法，革命就算完成了，于是国民议会自动解散，立法议会要做的也仅仅是督促宪法的执行。第一届国民议会的所有议员都不得再次被选举。科斯特如先生加入了竞选众议员的行列，可是在我们这些中部省份，绝大多数人仍然是保王派，根本不会选他。他尽管得了不少选票，可还是落选了。他对此毫不介意。他经常去巴黎，因为镇上一旦有什么要求或请求，总是派他去交涉。他也总是有求必应。他不仅学识渊博、富有，还能说会道，自然成了大家的律师。

九一年底,发生了几件令我们担心的事情,是有关院长先生的。新的国民议会认为必须整顿巴黎公社给巴黎造成的混乱,却遭到国王的否决,因而十分恼火。国民议会对教士大加指责,禁止宗教活动,即使在特殊的修道院也不例外。国王对此仍旧极力反对,我们瓦尔科的人理所当然是保王派的,因为我们还坚持做弥撒,而且很敬重院长先生,可这并不能阻止我们拥护革命,希望宪法规定的事情能保留下来。如果绝大多数法国人的意见占优势,大伙儿也不会想得更多。然而,我们却感觉到两个可怕的威胁:贵族和教士痛恨革命,革命派也对贵族和教士满怀仇恨。激情就要取代信念,可怜的法国农村被夹在这两种威胁之中,几乎喘不过气来,又搞不清究竟是怎么回事,头脑一片混乱,不知道该支持哪一方。

九二年八月初,科斯特如先生从巴黎来到修道院。他把埃米里昂叫到一旁,对他说:

“我的孩子,院长先生是不是已经向宪法宣誓了? 你知道吗?”

“我不知道。”埃米里昂回答说。他不会撒谎,但也不敢说出实情。

“哦,如果他还没宣誓的话,”律师接着说,“得想办法让他赶快宣誓。教士的处境很危险。我不能再跟你多说什么了，我说的这些可不是闹着玩的，你知道我很关心他。”

埃米里昂已经试过好多次，想说服院长先生，都没成功，他只好把事情向我解释了一番，然后要我去劝说院长先生。

这可不是容易的事，一开始院长差点儿要揍我。

“难道我一辈子都不得安宁吗？”他反复说着，“修士们把我关进黑牢，就因为我不愿发誓说能让圣泉产生奇迹，以便阻止村民购买修道院的财产。现在，又要我发誓自己是个拥护国家的老实人，我可受不了，也不想再受这样的侮辱了。”

“如果政府值得信赖，如果所有人都是公正的，那么您也许是对的，”我对他说，“可是，人们深受苦难，这就让人怀疑了。要是您对自己的事没有明智的判断，那么，那些爱您、生活在您身边的人很可能也会跟着您一起受苦。想想这里那两个可怜的贵族出身的孩子吧，他们的父母已经逃亡国外，这对他们来说是一种危险，您那么喜欢埃米里昂，就别因为您可能发生的危险再给他们增加烦恼了。”

“你既然这么认为，就听你的吧。”他说。

他办妥了手续。

我很清楚，只要跟他谈到其他人的利益，就能让他不去考虑自己的那些想法。

我们以为平安无事了，可是，在巴黎，那却是个恐怖的八月，到了九月，我们得知了所有后果：巴黎公社的愤怒、被监禁在寺院的国王、没收逃亡贵族财产的法令、流放没有宣誓的教士的法令、挨家挨户搜查武器并逮捕可疑分子的命令，等等。

这些事对我们农民来说，并没什么好怕的，八九年我们也曾经搞过革命。我们把修道院里所有的武器都拿了出来，后来可疑的修道士就自己跑掉了。至于埃米里昂，他早就料到家里的财产将被充公，自己也会因为父母的背叛而受到牵连，于是他下定决心，永远不会从家里继承任何财产。可是，国王让我们很伤心，我们无法相信他竟然跟逃亡的贵族同流合污，先前他还指责过他们呢。敌人的胜利也令我们感到无比的难过和屈辱。当我们听说监狱里的屠杀时，顿时觉得我们那可怜的幸福正一点点地离去。埃米里昂和我不再一起看书、聊天了，而是拼命地在田里和家里干活，就像那些不愿再思考，而且有事需要反省的人。

这是一种独特的思考，在我的记忆中，它是很严肃的。

天真无邪的孩子总是对正义、友谊和荣誉笃信无疑，以为所有美好的愿望将来都能实现，然而，当他们发现人们满怀怨恨、缺少正义,还常常胆小懦弱时,这些孩子就会感到沮丧和痛苦。他们会想,是不是为了惩罚他们的某个错误,大人们才做出这样的事情来。

我们常常请教院长先生,比以前更频繁,我们曾经觉得自己很有学问了,没有他,也能获得不少想法,而且比他的想法更先进。现在我们不敢再这么骄傲了,生怕是自己搞错了,可是,平常的神情和淡淡的忧虑让院长先生看起来比我们先前以为的更冷静。

九三年的一个晚上,我们问他对雅各宾党人,还有他们不惜一切代价推动革命的热情是怎么看的,他对我们说:

“孩子们,那些人是骑虎难下啊。不应该把心思都放在人身上,而应该操心那些比人强得多的事物。旧的世界早已离我们远去,在黑牢里我就意识到这一点,在那里,我就像一只可怜的甲壳虫,被命运抛弃,注定要在阴影和尘埃中生存。不要以为革命能让我们的愿望实现,它只不过推倒了那些陈旧的、摇摇欲坠的东西。很长时间以来,信仰消失了,教会在迎合世俗的利益,它也就没有存在的理由了。跟你们说吧,我不再相信教会教给我的任何东西,我要把它们拿过来扔掉,修道院对教会的规矩和威胁根本不屑一顾,这些我看得太多了。我年轻的时候,地下的小教堂里有不少古老的描绘骷髅舞的壁画，可当时的院长竟把它们当作令人厌恶、可笑的东西，叫人把墙壁粉刷了一遍。心里有了阴郁的想法，人们就不再潜心修行了，这是一种革命感情带来的结果。那些大教堂里的高级修士和享有特权的人，靠着我们养活，却享尽荣华富贵，甚至过着荒淫无度的生活。我们可不愿意傻乎乎地苦修来替他们赎罪，再说，我们也不是什么大人物，能够胡作非为而不受惩罚，于是就安于眼前舒适的、对宗教漠不关心的生活。我相信，我们并不是唯一有这种想法的人。修道院里最后那三个修道士并不像你们想的那样，他们因为我不肯说假话而威胁我、把我关起来，其实他们并不狂热。他们什么也不相信，他们想让我害怕，其实他们自己比我更害怕。那三个人中有一个是不信教的，很快就自愿还俗了；还有一个是傻瓜，不相信上帝，可读到大主教训谕的时候却对地狱害怕得要命；第三个，就是那个面色苍白、阴险狠毒的庞菲勒，他是个野心家，一心想扮演个重要角色，热情不能让他在修道士中出人头地，他可能会去当个民主人士。可你们知道是什么让教士的处境越来越糟，抬不起头来吗？就是对宗教狂热的厌倦，厌倦又导致无所作为，这是必然的惩罚。废除南特敕令[①]的那些人，还有那帮总是密谋跟国王和人民作对，肆无忌惮地干坏事，又四处鼓动犯罪，根本不怕引起公愤的家伙，他们很快就会销声匿迹。谎言不总能被看穿，人们为此吃尽了苦头，说不定哪一天这也会让你们感到窒息。你们问我雅各宾派是怎么回事，好吧，根据我能知道的和我的判断，这些人把革命放在高于一切的位置上，甚至高于他们自己的信仰，就好比教士把教会看得比上帝本身还重要。教士们拷打异端分子，把他们烧死，却说：'这是为了拯救基督教徒'。雅各宾党人迫害温和主义者，却说：'这是为了拯救我们的事业'，那些狂热分子们也许还天真地以为这是为了人类的利益呢。哦！他们可得小心！人类，多么了不起的字眼！我想，只有好的东西，人类才会利用，一旦对人类有了短暂的、个别的伤害，就会有长久的、大量的伤害。我只能说这些，我是个可怜的人，只能远远地看着这一切，也即将不久于人世。你们这些年轻人会有更好的判断，你们会看到，总是在信仰之后出现的愤怒和残酷究竟能不能带来更崇高的信仰。我很难相信这一点，我只见到教会因为残酷而完蛋。如果

---

① 指1598年法国国王亨利四世在南特城颁布的宗教宽容法令。——译注

雅各宾党人坚持不住了，那么想一想监狱的大屠杀吧，那时你们会和我一起说：我们不用摧毁旧教堂的东西来建造新的教堂。”

埃里米昂提醒他，九月份的屠杀和迫害行为也许不是雅各宾党人干的，而是那些还没被他们制服的强盗们的“杰作”。

“也许吧，天知道！”院长回答说，“那些在我们看来最可怕的人心里也会有善意的愿望，不过，当你们要对他们做出评判时，记住我对你们说过的话。那些双手沾上血的人是不会做任何他们本来想做的事情的，如果世界被拯救了，那是另一回事，是通过另外一些我们无法预知的方法。我的结论是，所有的苦难都来自教会，他们在那么长的时间里实行恐怖制度，现在敌人也用这样的办法来对付他们。难道你们指望受了暴力迫害的牺牲者会心存感激地做好学生吗？冤冤相报！这真让人厌烦，让我们安安静静地生活吧，什么也别过问。做该做的事情，尽量生活得好一些，我们可没有那么多时间好浪费，讨论这些又不能当饭吃。”

这是院长唯一一次对我们说起他内心的想法。他对高级教士早有评判，可是身为修道士，又习惯于服从，这让他难以敞开心扉地谈论这个对他来说很棘手的话题。他以为自己任何时候都想着的这些事情，他真的一直在考虑吗？也许他弄错了，也许他只是在黑牢里过了三天以后才有了成熟的思考。他的处境让他变得谨小慎微，从不轻易下结论，我们的问题不会让他觉得有趣，只会让他心烦。尽管有一颗宽容、忠诚的心，可他总是用最实际、最自私的方式来做结论。对他来说，人生是一次残酷的逃亡，最理想的状态就是像鼹鼠那样生活在地洞里。他并不十分相信另一种生活里会有更好的东西，却仍然期待着。有一天，他禁不住说道：

“他们把上帝搞得面目全非，我简直认不出了，就像一张被沾满墨痕和血迹的纸，人们已经无法知道上面是不是写着什么了。”

不过，他好像并没有为此操太多的心。当霜打了果树或者暴风雨让奶油变质的时候，就完全是另一回事了。有时大家觉得他是个粗野的人，其实他是个好人，非常聪明，也受过不少教育，只是被压抑得太久，已经不能像其他人一样自由地呼吸了，无论在生理上还是思想上。

就在他想对一切都不闻不问的时候，拉玛里奥特、我的两个堂兄和老迪蒙压根就不为那些事烦心。祖国宣告进入危险状态，年轻人满怀热情地自愿应征入伍，这些消息几乎都没有传到我们这里。当我们知道那些颁布的法令的意义时，它们已经不再发挥作用了。对我们来说，开始只是几个不爱劳动的坏人硬把好事变成了战争。那时候，埃米里昂认为没有必要去效仿他们。他心里想着哥哥正在为了相反的原因而打仗，于是始终等待而没有做决定，直到他收到了一封特别的信，是弗兰克维尔的管家佩麦尔先生写来的。佩麦尔先生在信中这样说：

“先生，我收到一封您的父亲、侯爵先生写来的信，他十分关心您和您妹妹目前的处境。以下是他信中的话：

请想办法给埃米里昂一笔足够的钱，让他离开法国，到孔德的部队来找我。我想他还记得自己是弗兰克维尔家族的一员，不会在危险面前退缩，一定会完成这个决定。请您与他联系，帮他做必要的准备，等您打点好他的行装，给他配一匹好马和一个忠实的仆人之后，再给他一百金路易。如果他有勇气也愿意服从我的安排，您什么都不要对他吝惜。要是他不听我的话，那么您就告诉他，我不会管他了，也不再承认他是我们家族的成员。

至于他的小妹妹，路易丝小姐，我希望迪蒙和奶妈护送她去南特，我的亲戚蒙蒂福夫人会在那儿等她，代替她死去的母亲来照顾她。”

“我的母亲去世了！”埃米里昂叫了起来，信从手中掉了下去，“我竟然通过这种方式才得知这个消息！”

我握住他的手。他脸色苍白，浑身颤抖，谁失去了母亲都会有如此强烈的反应，不过，他却流不出眼泪来，他几乎不了解这个根本没有给予他关爱的女人。稍稍平静了之后，他一直为父亲对待他的态度而伤心，侯爵先生觉得儿子没资格收到他写的信，只是让管家来传达自己的意愿。一瞬间，埃米里昂甚至怀疑这是不是佩麦尔的杜撰。可是，读完信的结尾，他不得不面对现实。

佩麦尔在信中接着写道："侯爵先生错误地估计了目前的形势。他以为土地的收入还归我所有，这根本不可能，田地已经被接管了，或者他认为这些年我有一笔数目可观的存款，这就更不对了，他的佃农们都不肯交钱，农民也不听管教了。我已经不住在弗兰克维尔，在那里，凡是不幸跟贵族扯上关系的人都面临着极大的危险。我目前在利摩日隐居，无法要求路易丝小姐的奶妈离开弗兰克维尔到西部的省区去，那边的局势更混乱。既然您把迪蒙留在身边，那么就由您带着迪蒙一起把您的妹妹送到蒙蒂福夫人那儿去吧。为此，我给您两百镑，这笔钱可是从我自己的口袋里掏的，等您从南特回来以后，我会替您借一笔足够的钱，让您离开法国。请尽快回复，告诉我您是否决定到国外去，我要不要给您准备必要的行装。不过，筹钱可不是件容易的事，您父亲要给您的那一百金路易，我劝您别指望了。我根本拿不出这笔钱，也没有足够的信誉让别人把钱借给我。而您家的信用现在还不如我，即使凭着您的签名和我抵押出去的您父亲的来信，某个高利贷者愿意冒险借钱的话，那您也得付一笔高得吓人的利息，而且，为了让他保密，还得出一大笔钱。我的责任就是把实情告诉您，这些情况应该不会阻止您，因为，如果留在法国，您就会被家里彻底抛弃。"

"那就把我抛弃好了！"埃米里昂毫不迟疑地叫道。"他早就看不起我，疏远我了！如果父亲亲自给我写信，如果他要我听从他的安排时态度稍稍温和一些，我会牺牲一切的，不是良心，而是荣誉和生命。我常常考虑这个问题，也下定了决心，如果真去国外参军的话，我在第一场战斗中就会扑向法国战士的刺刀，那时我伸开双臂，抬头仰望天空，它将证明我的清白。可事实却是另外一回事。我父亲对我，就像对待一个他为了自己的目的买来的士兵，一匹马、一个仆人、一只好箱子，再加上口袋里的一百金路易，我就这样被招进了普鲁士或奥地利的军队。否则，你就饿死吧，是你愿意这样的，我可不再管你了！好吧，我宁愿选择凭双手干活、忠于我的祖国，要我背叛法国，那我只能说，我从来不认识您，我也不是任何人的儿子。好吧，我们的父子关系到此为止！娜奈特，你听见了吧！"一边说着，他一边把管家的信撕得粉碎。“你看见了？我再也不是什么贵族了，我是一个农民，一个法国人！”

他坐在一张椅子上，痛哭起来。看他这样，我不知如何是好。他从来没有在任何人面前哭过，也许他压根儿就没有为任何事流过泪。我也哭了，还抱住了他，这是我想都没想过的事情。他回应我的抚爱，把我紧紧抱在怀里，我们一直哭着，两个人都没有奇怪我们竟如此深爱着对方。我们一起伤心、难过，这是再自然不过的了，因为我们曾经那么幸福、那么无忧无虑地在一起！

不过，还是要考虑到小路易丝，要想想是否把她送到南特去。喔，南特！如果能预知不久的将来那里会发生的事情，我们该多么庆幸把她留在了我们的身边！或许是旺代省的暴乱让我们预感到了什么，或许是上帝通知了我们。总之，埃米里昂在为自己做决定的时候就下定了决心。

“我妹妹不能在这种时候离开我。”他叫道，“那位蒙蒂福夫人，我一无所知，如果她愿意当路易丝的母亲的话，我们再等等也不迟。我可不愿意让可怜的路易丝再去遭受任何新的苦难。我宁愿把她托付给科斯特如先生的母亲，她很善良，也很温和。不过，我们还有时间好好考虑考虑。现在不虐待孩子，不等于以后也能这样！路易丝就待在这儿，有关这封信的事什么也别对她说。她不需要做任何决定，我是她唯一的依靠，其他人的安排，我替她拒绝了。”

他想给佩麦尔先生回封信。

“别这么做，”院长先生一得知这事儿，便立即对他说，“您不该撕了他的信。这说不定是个陷阱，我一看就能识破的，不过，是也罢，不是也罢，这个人都会把您的回信寄给您父亲，那您和您父亲之间的隔阂就不可挽回了。不要让这种情况出现，什么都别答应，也什么都别回复，不动声色，这永远是最明智的选择！”

埃米里昂听从了院长的劝告，没有回信，倒不是出于谨慎，更多的是因为厌恶。佩麦尔先生以为他的信被扣押了，害怕起来，也就没有什么新的举动了。

就这样，我们又一次摆脱了一场危机，而时局的进展也给我们带来了希望。迪穆里耶在瓦尔密打了胜仗。我们的军队攻克了尼斯和萨瓦省。人们渐渐忘记了过去的不幸，国民公会召开了会议，温和派的意义似乎又占了上风。

“我跟你们说的不错吧，一切都会好起来的。”院长先生说道，巴黎公社失败了，天空似乎晴朗起来，他又变得乐观了。“四十天的混乱只是一次偶然事件。吉伦特派的意图很明显，他们可能会罢黜国王，可是如果让国王住进卢森堡宫，那他在那儿真是太惬意了，可以安安静静地待着了。他会像我一样，自从我不再是修道院的管事以来，我在这里感受到了从未有过的安宁。”

这样的幻想很快就落空了，几个月之后，国民公会在十二天的时间里审判了国王，还设立了革命法庭。这一次，忧愁伴随着极度的贫困侵袭了我们家乡。指券[①]失去了信用，市面上看不到钱，商业也停滞了，特派员被派往各省，局势可怕至极，农民们再也不敢进城，一切买卖都停止了。大家仅仅靠邻里间交换一些吃的东西过活，如果有一枚六法郎的钱币，就会把它埋在地下藏起来。牲畜都被征收，农民们连牲畜也没有了。院长先生病得很厉害，却没有好的汤喝，为了他，我让人把最后一只羊羔杀了。萝赛特早已经被卖掉，换了钱给路易丝买裙子，她不能再穿成小姐模样了，所以得给她添置新衣服。院长先生也是一副农民打扮。

---

① 指 1789—1797 年流通于法国的一种由国家财产为担保的证券，后当作通货使用。——译注

第十一章

埃米里昂自从脱下道袍以后，就一直穿着农民的衣服。

我想办法让衣服尽可能耐穿些。我和拉玛里奥特一起熬夜，把仅有的碎布都用来缝补衣服。院长先生常常身穿一件胳膊肘上钉着一大块蓝布的灰衣服，埃米里昂和皮埃尔还在长个子，为把他们的衣服接长，各式各样的布都用上了。那些不属于任何人、大家都可以打的野味如今也没了，我们的伙食变得更加清苦。这种贫困的生活持续了一年多，在这段时间里，大家的习惯变了，性格也跟着变了。农民的税虽然大大减少，但那些本该由富人承担的捐税又落在了我们头上。大家都不干活，总害怕有什么事发生，甚至连农田也荒废着，当初被拍卖的时候，这些土地是多么抢手啊！人们只能偷着打些野味，再从被没收的田地里偷点吃的东西。大家公开地靠偷窃过日子，人人都变得粗野、胆小，必要时却又很恶毒。如果农民们还能像革命刚开始时那样友好相处、互相帮助，该多好啊！可是，贫穷让人变得自私、多疑，为了一块萝卜，就能争吵起来，若是两块，恐怕要大打出手了。啊！联盟节，多么遥远的事！老人们说得对，那样的好日子是不会长久的！

邻镇的人离城市更近，免不了受到一些影响，于是他们就跑来催促、威胁我们，逼着我们把市镇政府里的老朋友都换成年轻人。那帮年轻人胆子更大，却不那么诚实，根本没弄清巴黎人的唇枪舌剑是怎么回事，就夸大其词地乱说一气，他们下令组织的那些所谓的爱国活动简直既疯狂又让人难以理解。他们后悔眼睁睁地看着修道院的大钟和祭台上仅剩的一点儿银器被人拿走，其实他们比任何人都迷信，生怕惹怒了圣人们，招来非难。他们之所以那么做，完全是出于恐惧，他们怕山岳派、吉伦特派，也怕公安委员会、国民议会，还怕巴黎公社，他们把一切都混淆在一起，根本弄不清它们之间的区别。住在修道院里的我们也不能说了解得很清楚。变化来得太快，巴黎各派纷争，局面一片混乱！

一个偶然的机会，埃米里昂突然对事实真相有了自己的看法。他刚刚收到一封科斯特如先生从巴黎写来的信，信中说，他已经被任命为专员助理，即将到利摩日来，负责征集军队和监督执行国民公会下达的所有命令。

"听我说,"埃米里昂对我说道,"我不知道该怎么看待科斯特如这个人了。以前我以为他是吉伦特派,现在我也一样认为他曾经是那一派的人,不过,既然接受了这些严酷的任务,他就不再属于吉伦特派了。他说没时间到修道院来,要我去城里跟他见面谈一谈。我肯定会去的,不过,去之前,我不想欺骗你,娜奈特,我要告诉你我的决定。虽然没有被征集入伍,但我可以主动报名参军,我想这么做,这是一份不可推卸的责任。眼下,在法国,有一半甚至三分之二的地方在反抗革命政府,外面的敌人也从四面八方涌来,想重建君主制。很长时间以来,我一直认为我们应该有一个明智、友爱的共和国。我不知道,如果我们有更好的领导者,敌人也不那么厉害的话,能不能建立一个这样的共和国。可时间过得很快,再不鼓足勇气、全心全意服从的话,毁灭就要步步逼近了。于是,人们不得不强迫自己做不愿做的事,可怜的娜奈特,那些由公安委员会下令、经过国民议会批准的暴行,那种对自己同胞的可恨专制,还有我们听说过的种种不公正、蔑视、告发、敲诈和杀戮的行径,这一切都让人愤怒和失望得发疯,可是,倘若保王党人阴谋跟敌人串通一气,让这些可耻的行为无法避免,我们该何去何从呢?难道要我去找外国人吗?他们借口说要制止混乱的局面，其实是想瓜分法国。那些把他们引进来的人难道不正是最懦弱的法国人吗？那些谴责叛徒的人难道成了祖国最后的希望？可他们，出于喜好或是需要，已经把这谴责的权力用得太滥了。啊！我痛恨他们！至于其他人，我根本瞧不起，我们应该承受一切现实，而不是一味地等待着最后的耻辱。院长说雅各宾党人没什么本事，好心却办了坏事，可我觉得他们都是英雄，只是不停的斗争让他们有些疯狂。他们非常残酷，自己却毫不知觉，他们用了一群凶残的傻瓜，那帮人比他们更加无情，要么是以害人为乐，要么就是愚蠢地指望自己能成个什么人物，或者醉心于发号施令。可是，我们只能默默忍受，到了现在这个地步，赶走他们，我们要面对的人也许会更糟，甚至我们连法国人都当不成了。不惜一切代价保卫我们的祖国，绝不当亡国奴，这才是最重要的！你明白吗，我必须做个有用的人。我要对科斯特如先生说：您给我地方住，给我东西吃，我为您干活儿，如果可能的话，我愿意继续这样，可现在，再也不是种地的问题了，而是要保卫我们的土地。请收留我的妹妹，我把她托付给您，而我，就让我去战斗吧。我很温和，厌恶战争，也害怕看见流血，但我根本无所谓自己会不会变成另外一副模样。有必要的话，我将变得残酷，如果以后我对自己感到恐怖，我就自杀，不过，只要国家需要我的保卫，我就去战斗、去受苦，其他的什么也不想。”

听埃米里昂说着这些话，我难受极了，竟像个孩子似的哭了起来。等他说完话，抬起头，我也把头抬了起来，却不知道如何回答他。

“你不赞成我说的话吗？”他又说道，“你在想什么？”

“我在想路易丝。”我回答说，“为了让您放心，无论她去什么地方，我都愿意跟着她。可要是我离开院长先生的话，谁来照顾他呢？”

他紧紧地拥抱了我。

“你想到的是留下来的人，”他大声说，“你知道我离开这儿是不会让你失望的！你明白我的责任，你真是个勇敢的小姑娘！的确，现在我们是得考虑一下路易丝和我们的老朋友了。最好想办法让他们俩待在一起，留在修道院，或者去科斯特如先生家，他现在为政府做事，在他的省区里应该是很有权势的。我要跟他谈的正是这事儿，我得尽快动身。”

第二天，他收拾了一个小包袱，挂在木棒的一头，再把木棒扛在肩上，就出发步行前往利摩日。他答应我们，去参军前一定回来向我们告别。我很伤心，可还是勇气十足，但我没想到，一个危险即将降临在他身上。

我的心跟随埃米里昂一起远行，牵挂着他可能遇到的事情，等他回来的过程中心里拼命抵抗的忧愁也就忘了不少。迪蒙想陪着埃米里昂，有一部分细节就是他后来告诉我的。这个正直的人把所有的积蓄都存在科斯特如先生那里，他的兄弟是银行家。他事先没有告诉埃米里昂，这次去利摩日，他想要立一份遗嘱，把自己的财产留给埃米里昂。自从上次他醉酒后发生了那场意外，又奇迹般地死里逃生以后，他就有了这个念头。他心里明白，这样的事还会发生，甚至后果更为严重，所以他决定要约束自己。他曾对拉玛里奥特说：

"我没有孩子，弗兰克维尔家族里我只喜欢可怜的埃米里昂。我存了两百镑的年金，可年纪大了，坏毛病也来了，我没办法再多存点儿，挣的钱都被我喝酒喝光了。不过，原先存下的钱，我一个子儿也不想动，这得科斯特如先生想办法帮我。"

一到利摩日，他们就直奔科斯特如先生住处，见到科斯特如先生时，他显得很激动。

"公民们，"他并没有像通常那样对他们表示欢迎，而是语气粗暴地说，"首先，我想知道，在我们目前所处的可怕形势下，你们的政治立场如何。"

"我不想询问您现在的政治立场，"埃米里昂回答道，

“不过，我来这里就是为了向您表明我的态度，不管您对我的想法是否赞成。我想成为一名士兵，除了拯救我的祖国，除了革命，没有其他事业值得我去效力。我来请求您保护我的妹妹。”

“保护！谁能承诺保护别人？集体征召入伍令已经颁布，我们都是其中一员，您又能指望谁呢？”

“我不知道，那么，我很高兴自己已经做好了战斗的准备。”

“那您的父母呢？……”

“对他们，我早就一无所知了，而且，我拒绝了他们愿意给我的任何帮助。”

“帮助您去和他们会合？”

“我不是这个意思，也没这么说。”

“您不承认这回事？”

“我求您别再问我这么多问题了。您只要明白我对祖国的热爱，明白我带来的决心就足够了。我想尽快加入一支即将开赴战场的军队，如果这取决于您的话，我请求您马上同意。”

“可怜的孩子！”科斯特如先生叫了起来，“您在欺骗我！您根本没把高贵的感情放在眼里，您在滥用我对您无比的信任！您心里想的是背叛祖国、投奔敌人。喏，这就是证据！”

说着，他把一封落款为“弗兰克维尔侯爵”的信递到我眼前，收信人是佩麦尔先生，信中这样写道：

“我的儿子埃米里昂愿意来与我会合，但由于钱款不足，加上当局残暴的猜疑，他的逃离行动将面临十分严重的困难，请您建议他先报名参加共和国军队，然后，再像其他很多上等人家的孩子那样，在部队里找到机会跑出来。”

“这是对我的侮辱！”埃米里昂怒不可遏，大声叫道，“我父亲从来没给我写过这种信！”

“可您瞧，这的确是他的笔迹。”科斯特如先生又说，“您能以您的荣誉发誓这封信是伪造的吗？”

埃米里昂犹豫了，父亲的笔迹，他实在见得太少了！他也没有任何信件可以来做比较。

“我不能，”他说道，“但是，我可以用更神圣的东西起誓，我从未同意背叛祖国，如果父亲以为我会这么做的话，那一定是受了佩麦尔先生的欺骗。”

他说话时充满激情和自豪，科斯特如先生一直盯着他的眼睛，他的目光并没有丝毫避让，忽然，科斯特如先生对他说道：

“也许吧，可我怎么知道呢？今天上午，市镇革命法院已经下令逮捕您，佩麦尔正在监狱里押着呢，我们早就怀疑他跟过去的主人暗中勾结。他所有的信函和文件都被收缴，我打开档案袋最先看到的几封信中就有这一封。如果信是真实的，那么它就构成了对您的指控，而它的确不是伪造的，这里有这么多信函和商业文件，足以作为旁证。再说，这类诉讼案往往会被迅速处理，根本来不及请专家鉴定笔迹。倘若您真是无辜的，我希望是这样，您现在唯一能做的就是提出抗议，并且证明——可能的话——您从未同意佩麦尔替您向父亲表示服从。"

"我可以证明！院长先生知道这件事，他们要我逃到国外去，可我不愿意回答他们。"

"您不愿意回答他们，这么说，您并没有表示拒绝？"

"院长……"

"请说'弗吕克蒂欧公民'，再也没有院长，也没有神甫了。"

"就按您的意思吧！弗吕克蒂欧公民会对您说……"

"他什么也不会对我说的，我们不可能花时间传讯他，而且，为他的利益考虑，我劝您别把他牵扯进来。三天之后，您将被宣告无罪或者被判刑。"

"被判死刑吗？"

"或者被判监禁到和平来临，这要看给您定的罪是大是小了。"

“是大是小？是您，我的老朋友，不相信我可能是无辜的？还是您，律师先生，提前来向我宣布人们不会相信我的无辜？”

科斯特如先生用一个生气的动作擦了擦额头。他的眼里闪着光芒，可不一会儿却脸色发白，瘫坐在椅子上，仿佛一个受了伤的人。

“年轻人，”他说道，“我必须执行一项可怕的任务。这里没有朋友，也没有律师。我已经变成了审讯官和法官。是的，去年离开家乡时，我还是个吉伦特派，没有经验，心里却充满幻想，可现在，我在扮演每一个真正的爱国者都必须扮演的角色。我看得一清二楚，那些最好的温和主义者在政治上毫无能耐，一大批人都可耻地背叛了祖国。人民为之献身的那些人，已经为那帮在各省挑起内战的家伙付出了代价。发誓要拯救祖国的人把他们视为自己掌握政权的障碍，必定要把他们清除掉。所有的怜悯、情感和愧疚，都必须被踏在脚下。连妇女和孩子也要被杀死……”他一边说着这些话，一边咬着手帕。“我告诉您，必须这么做，而且还得一直做下去！您哪怕只是一瞬间里犹豫该选择您父亲还是共和国，那么您就完了，我没办法救您。”

“我从没犹豫过一秒钟，可是你们不肯相信我，也不让我为自己证明，那实际上我已经完了。好吧，先生，算了，我已经做好被处死的准备。虽然年轻，可我很清楚，我生在一个人人都不珍惜生命的年代。让我去死吧，我不会害怕的，只是，我能不能让我的妹妹和我的朋友……？”

“别提他们，别说出他们的名字，别让任何人记起他们的存在。在您家乡，没有任何人告发他们，就让他们待在现在住的地方，让别人都忘了他们吧！”

“我一定听从您的建议，您的这番话表明您会尽力拯救他们，我非常感激。我不请求您为我做任何事情，让人把我送进监狱吧。只有一件事令我感到难受，那就是您对我的怀疑。”

科斯特如先生似乎受到了震动。迪蒙扑倒在他脚下，向他保证埃米里昂的无辜和爱国之情，请求这位过去的朋友救救他。

“我没办法，”科斯特如先生回答说，“替您自己想想吧。”

“我不会为自己考虑的，谢谢！”迪蒙说道，“我已经一大把年纪了，你们想对我怎么样就来吧，既然您不能为我年轻的主人做任何事情，那么请您也指控我，把我关起来，如果他必须被处死，那就让我和他一起上断头台吧。”

“别说了，可怜的人！”科斯特如先生叫了起来，“您再胡言乱语,会有人立刻这么做的。”

“对,别说了,迪蒙。”埃米里昂一边拥抱他,一边说道,“你没权力去死,你要做我的继承人,我把妹妹托付给你!”

他径直向科斯特如先生走去,继续说:

“不用再说了,先生,叫人来逮捕我吧,既然您已经认定了我是个骗子,是个懦夫。”

“有人看见你们进来吗?”律师急切地问。

“我们可不是偷偷溜进来的,”埃米里昂回答说,“所有人都可能看见我们。”

“你们和什么人说话了吗?”

“我们没碰见任何认识的人,也没什么好说的。”

“你们先向这里的人通报姓名,然而被领到我的房间来的吗?”

“不知道您指的是谁,您的仆人认识我们,他让我们进来的,没问我们的姓名。”

“那好,走吧。”说着,科斯特如先生打开了书架后面的一扇暗门。“什么也别说,赶快离开市里,不要在任何地方停留。不瞒你们说,如果你们被抓住,我就要为放你们逃走而掉脑袋。是我让你们到这里来的,本想谈谈我的生意,我根本不知道会让你们背上罪名。千万别以为是我把你们诱骗到陷阱里来的。走吧!”

第十二章

埃米里昂一声不响，连感谢的话也没说，就抓起迪蒙的胳膊，拖着他下了楼，然后又和他一起穿过大街，把他带到了他们来时的路上，接着对他说：

“你在前面慢慢走，别回头。不要在任何地方停留，也别让人看出你在等我。我还有几句话要跟科斯特如先生说，我会抄近路赶上你的，不过，你别等我，否则我们俩都完蛋。如果你在路上遇不见我的话，你会在更远的地方找到我。”

尽管不太明白，迪蒙还是答应了，然而走出半里路之后，埃米里昂还没有回来，他不禁担心起来。他想，埃米里昂比他路熟，可能已经超到前面去了。他继续往前走，走到第一个旅站时，他想等等埃米里昂，可是来来往往的人都注意到了他，怕引起别人的警觉，他不得不继续赶路，只在树林里休息了一会儿。第二天，迪蒙回到了修道院，他一路加快脚步,盼望能在那里见到他的主人。唉,埃米里昂没有回修道院,大家空等了一场。埃米里昂要救他的老仆人,又不愿连累科斯特如先生,于是他又回到那儿,从暗梯上到科斯特如先生的房间,对他说:

"既然已经被指控,那我就来自首吧。"

他还想再加一句:"非常感谢您,可我不愿害了您。"这时,正在写着什么的科斯特如先生对他使了个眼色,提醒他什么也不能再多说了。候见厅的门被打开了,一个身穿细呢卡马尼奥拉服[①],头戴红色军帽,身上还斜挂着绶带的男人随即出现在门口,这人挎着一把大军刀,眼睛狠狠地盯着埃米里昂,那神情,好像秃鹫正要扑食云雀一般。

起初埃米里昂并没认出他来,可那人开口说话了,嗓门大得可怕,只听他说:

"啊! 他就在这儿! 省得我们派人去找了!"

这时,埃米里昂认清了,他是庞菲勒,过去瓦尔科的修道士。正是他,因为弗吕克蒂欧修士不肯跟他们同流合污制造什么圣泉的奇迹,便把他关进小黑牢;正是他,在我们面前吹嘘自己无所不能;也正是他,对埃米里昂恨之入骨。庞菲勒现在是利摩日革命法庭的成员,掌控着法庭的决

① 法国大革命时期流行的一种短大衣。——译注

定，简直就是最狡诈的审讯官和最冷酷的无套裤汉[①]。

他立刻在科斯特如先生的房间里开始审问起埃米里昂，埃米里昂心里忽然有一种说不出的厌恶，拒绝回答他的问题，于是他当场就被手持长矛的无套裤汉押送到牢房去。一路上，那帮无套裤汉边走边大声喊道：

“瞧，又抓住了一个！这是个贵族，想叛国投敌，马上就要被送上断头台了！”

有几个工人叫着“断头刑万岁！”，还不停地辱骂可怜的孩子。大多数人装作什么也没听见。大家心里有各种各样的恐惧，既害怕共和国，又害怕反动势力，因为贵族都在逃亡，温和的有产者成了大多数，他们冷眼旁观所发生的种种事件，却似乎要在心里记一笔账，以便等他们重新掌权后，再来惩办那些滋事者。

迪蒙刚把他所经历的事情向我们讲述完，还在奇怪怎么没见埃米里昂回来时，我一下子就明白了，埃米里昂是回去自首了，这会儿肯定已经被抓了起来。我本应该很伤心，可我没有，或者更确切地说，我根本没时间感受自己的悲伤。可以肯定，我已经具有了这种当机立断的理智，并且，从那时起，每当面对困境时，我都能如此，因为营救埃

① 法国大革命时期对民众流行的称呼。——译注

米里昂的念头立刻就出现在我的脑海里。这是个疯狂的想法，可我并不在乎。我觉得这是个好主意，它在我的头脑中就像一种盲目而执拗的抗议，抵抗一切不可能的事儿。我不想把这个打算告诉任何人。我不愿连累其他人，只想自己去冒这个险，义无反顾，毫不考虑自己的安危。夜里，我收拾了几件旧衣服，包成一小包，又把仅有的一点钱都带在了身上。我给院长先生写了几句话，告诉他别为我担心，对别人就说他让我去某个地方办点儿事情。我悄悄把字条塞进院长的房门下，然后从围墙的缺口钻出了修道院。天亮的时候，我已经在通向利摩日的路上走出了好远。

我还从来没机会走这么远的路，不过，以前我常常站在高地上看整个家乡，所以我了解全部教区，叫得出所有村庄的名字，熟悉每一条路通往何处，还知道它们之间的交汇处。总之，我还算有些地理知识，而且对我们省区的地形相当了解，这足以让我能够辨清方向，无须花费时间问路，也不会迷路。况且，为了保险起见，我还连夜把要经过的地方都描在了一张地图上。

到利摩日要走整整两天的路，而且根本别指望能在路上搭上哪怕最蹩脚的汽车或马车。人们再也见不到汽车和马车了，它们早已被征作战争之用，那帮骗子为了自己的私利，拿爱国主义做借口，把这些东西没收充公，最终让所有人都只得步行。天气很好。为了省钱，也为了不引人注意，我睡在露天的草堆上，还吃了一点用小篮子带出来的面包和奶酪。我把帽子盖在身上，睡得很香。我已经像个男人似的赶了一整天的路。

天还没亮，我就醒了。我在一条清澈的小溪里洗了洗脚，接着又吃了点儿东西。我一路上没穿鞋，也没穿袜子，不过脚丝毫没有受伤，我确信，虽然疲倦，但我完全能够继续下半程的路途。我祈祷上帝保佑，然后又上路了。

傍晚，我在预计时间里平安到达了利摩日，我打听到科斯特如先生的住处，毫不费劲就找了去。我径直走了进去，请求和他说话。有人告诉我，他正在吃饭，不能打扰。

我镇定而坚决地说，一位像科斯特如先生这样的爱国者应该随时准备好倾听一个“人民的孩子”的心声，我请求把我的话带给他。过了一会儿，我被带进饭厅，一进去，我差点儿慌了神，只见科斯特如先生坐在六个人中间，那些人的脸色都有些阴沉，他们正起身离开桌子，有一两个人点起了烟斗，这在当时被认为是粗俗的行为。仆人传进去的我说的话引起了他们的注意。他们冷笑着看了看我，其中一个人还把汗毛浓密的手放在我脸颊上，让我心里一阵害怕。不过，我来是有重要的事要办，心里的厌恶也只得忍住了。我用目光打量屋里的每一个人，发现我谁也不认识，这让我顿时放下心来。没有人会认出我。

我压根儿不知道有碰见可恶的庞菲勒修士的危险，迪蒙上次并没有见到他，也不知道他已经变成了激进的共和派。幸好他并不在屋里，我开始寻找科斯特如先生，他正站在炉边，背对着我。

他一转身，看见了我。我永远忘不了他投向我的目光，那目光里包含着多少他想说的话啊！我读懂了那些话，我向他走去，从容不迫地操起一副我永远不会忘记的农家女子的腔调，充满革命感情地对他说：

"是你吗，科斯特如公民？"

也许我的到来让他感到吃惊，我机智地避免牵连他，这也让他颇为惊讶，不过，他丝毫没有表现出来。

"是我，"他回答道，"可你是谁，年轻的女公民，你要我为你做点什么？"

我编了个假名，又胡乱说了个村庄的名字，然后告诉他，我听说他要为母亲请个侍女，我来就是想毛遂自荐的。

"很好。"他回答道，"我母亲在乡下，不过，我知道她需要什么，待会儿我有几个问题要问你，你先去吃晚饭，等我叫你。"

他向随从交代了几句，那人也顾不得考虑平等了，径直把我带到了厨房。在那里，除了对科斯特如先生的仆人为我准备的饭菜表示感谢以外，我几乎没再说话，也没向他们提任何问题，以免他们反过来询问我，那我就不得不说些很容易被识破的谎言来应付了。我很快吃完了饭，坐在壁炉边，闭着眼睛，装出一副又累又困的样子，这样别人就不会注意我了。可是，我实在是有太多的事情想知道啊！也许埃米里昂已经被定了罪，也许他已经死了。我心里暗暗想道：

“如果我来得太迟了，那不是我的错，上帝将恩赐于我，让我很快忧伤而死，去另一个世界与埃米里昂会面。现在，等待的这段时间里，我必须打起精神，保持体力。”

人们说精力再旺盛的人也要休息，我相信是真的。我就像一只狩猎回来的狗似的靠在炉边取暖。我两天中光着脚走了二十多里路，那时，我只有十八岁。

我不动声色地听着周围的动静，心里时刻都在担心，生怕看见科斯特如先生的另一个随从进来，那人是管马厩的，以前经常陪主人去瓦尔科，对我很熟悉。我做好准备，万一碰见他，就编出某件事情，让他帮我完成计划。我毫不怀疑。我相信每一个认识埃米里昂的人。在我看来，只要认识他的人都不会希望他去送死。

那个随从并没有出现。从屋里人和来来往往的人们的谈话中，我丝毫听不到我最感兴趣的那件事，只是得知了科斯特如先生的境况，他被派来此处协助巴黎的代表，还不得不向他们推荐那帮不顾一切的爱国者，也就是说，这座城市里最疯狂、最恶毒的人。眼下正是那帮败类在横行霸道，好人们却缺少为革命献身的勇气，要承认这一点，真让人伤心。已经有太多的温和派被处死、被关进监狱。而一手导演出这些暴行的家伙们，不说是些狂热分子，也是一帮专门从一个城市游荡到另一个城市的强盗和一帮不肯干活、喝得醉醺醺的工人。制造恐怖，对一些人来说是一种状态，一个抵抗贫穷的避难所，而对于另一些人，则成了一种偷窃和谋杀的手段。这，就是共和国最大的不幸，也正是它消亡的原因。

当科斯特如先生的人在一起时，他们毫不隐藏心里对那些被领来坐到他桌前的家伙们的鄙视和厌恶。比如皮费涅公民，那个叫着要把贵族拖到屠宰场的恶狠狠的屠夫，再比如食品杂货商布当弗尔，他自以为是小马拉，要求在本区领导六百个人，还有那个执达员卡拉比，专门干揭露可疑分子的差事，然后把他们的钱和旧衣服都据为己有。侍候这样一帮人，简直让他们觉得是一种侮辱。

一小时过去了，我终于被叫到科斯特如先生的房间，在那儿，我只看见他一个人。我刚一进去，他立刻把门关上，接着对我说道：

“你来这里想干什么？你想连累院长和路易丝一起完蛋吗？”

“我要救埃米里昂。”我回答说。

“你疯了！”

“不，我要救他！”

说着这话，我的心已经死了，全身都是冷汗，可是，我又多么想让科斯特如先生立刻就告诉我他还活着。

“你还不知道？”他接着说，“他被判刑了。”

“在监狱里，直到革命结束？”我又问，一心想把一切都弄清楚。

“是的，直到革命结束，或者到人们下决心消灭所有可疑分子的时候。”

我舒了一口气，我还有时间。

“谁指认他是可疑分子的？”我接着问，“您不能替他辩护吗？您是了解他的呀。”

“那个可恶的无耻之徒佩麦尔，以为指控埃米里昂就能保住自己。他吹嘘自己一直和弗兰克维尔侯爵保持联系，目的是收集指控侯爵和他家族的证据，还硬说埃米里昂曾经写信给他，表示想逃到国外去。但他拿不出那封信，而且，无论他怎么信誓旦旦，整个档案里也找不到那封信。我想就此推翻他的证词，谁知以前的修道士庞菲勒也在场，他痛恨埃米里昂，便说了解埃米里昂，知道他是保王派，是个假装虔诚信教的人。他想怂恿人们立即判埃米里昂死刑，大家差一点儿就信了他的话。我想办法分散他们的注意力，把这个事件中所有令人憎恶之处都引向佩麦尔，那家伙已经被判处终身流放。我只能保住埃米里昂的脑袋……直到新秩序建立。”

我冷静地倾听科斯特如先生的每一句话，关注他表情和语调的每一个变化。很显然，自从改变政治主张以来，他一直非常痛苦。他满怀信心、真诚地扮演一个符合他爱国主义原则的角色，可这角色却与他对人轻信、宽容的性格相悖。我揣摩他，以便心中有数，我究竟能指望他多少。这会儿，他好像是全心全意在帮助我。

“请别说什么‘新秩序’，”我对他说，“您必须立刻把埃米里昂救出来。”

“你这可就不讲道理了，”他激动地答道，“你的要求我根本不可能做到，因为埃米里昂已经按共和国制定的法律程序被定了罪。”

“可是，这是个错误的判决，下得太匆忙，根本没有证据！我知道，可以对这个判决提出上诉。”

“看得出，你知道一些过去的事情，可是过去的一切已经结束了。现在，对革命法庭的判决，任何人都不得提出上诉。”

“那么，人们如何才能救助他们无辜的朋友？您呢，为了让一位您赏识、喜爱的年轻人获得自由，您会怎么去做呢？这个年轻人跑来自首，就因为您曾对他说，‘如果被人发现是我放走了你，我的脑袋就要搬家了’。”

“眼前我能做的只有一件事情，也许不能让你满意，不过，这件事相当重要。我可以，至少我希望可以，把埃米里昂转移到另一间监狱，也就是说，把他送到另一个城市去。在这里，在庞菲勒那条毒蛇和皮费涅那只恶虎眼皮底下，他非常危险。在外地，谁也不认识他，他也许就会被遗忘，直到和平到来。”

“和平！那要等到什么时候？现在，我们的军队好像到处吃败仗！大家都说，贵族们盼着敌人能取胜，然后释放所有被你们关进监狱的人。让那么多人遭受不幸、伤心绝望，你们的做法也许太轻率了，这就是很多人希望外国人打败我们的原因。”

我说的这番话有些冒失。我觉察到了，律师的嘴唇气得发白，还不住地颤抖。

“当心，小情人，”他不无讽刺地叫道，“你正在背叛、指控你心爱的人！”

我感觉受到了侮辱。

“我根本不是什么小情人，”我大声对他叫道，“我还没到谈恋爱的年龄，我只不过有一颗正直的心罢了。别侮辱我，我已经都痛苦的了，现在做的这些事情，我同样也会为他妹妹、为院长先生、为您去做的，如果您有危险的话……说不定，您也会像其他人一样面临险境！也许无套裤汉们觉得您还不够狠毒，或者贵族们又重新掌权……那时，我或许就在您监狱的附近，想办法搭救您。您以为，如果您陷入不幸的话，我会袖手旁观吗？”

他惊异地看了看我，牙缝里吐出一个词，我没有立刻听懂，过了一会儿，我明白了，他说的是“侠女心肠”！他抓起我的一只手看了看，接着又把手背翻过来看掌心，跟算命的人做的动作一样。

“你会活下去的！”他说道，“你将完成生命中的事业，我不知道那会是什么，但肯定是你所期望的，你会看到它成为现实。我嘛，就没这么幸运了。看这条线：我现在三十五岁，将来活不到五十岁，我能在有生之年看见共和国取得最终的胜利吗？如果可以的话，我就满足了。”

“这么说，您相信巫术，科斯特如先生，您不信奉上帝吗？好吧，告诉我，埃米里昂能不能活下去。或许这在我的手掌里也能看出来。”

“我看出来，你会生一场大病……或者要经受一次很大的不幸，也许就是……”

“不！您什么也看不出来！您不是说，我会按照自己的愿望获得成功吗，我的愿望就是不让他死。来吧，现在您得帮帮我。”

“帮你？就算他没打算叛逃，难道他一点儿也没受家庭的影响吗？”

“啊！看来您不再信任他了！您怎么变得这么多疑！”

“是的，当你发现这个受苦受难的共和国被笼罩在背叛和可耻的懦弱中时，你就不得不疑心重重，甚至连自己也要怀疑了。”

“你们越是制造恐怖，胆小鬼就会越多。”

“你很勇敢，可是，你也可能因为爱情而背叛……为了友谊，原谅我吧！你今年多大了？”

“到夏天就十八岁了。”

“还有两个月！你让我想起了乡村，想起了那些诱人的小青李子，在乡村的那段日子，我还爬过树呢。那一切是多么遥远！……我曾经梦想，从政治事件中摆脱出来，然后结婚成家，好好管理修道院，在那里建一座美丽的房子，四周种满忍冬和铁线莲，再养一群羊，做个真正的农民，生活在你们中间……这真是个幻想！共和国似乎已经被征服了！一切都要从基础开始重新做起，我们可真要累垮了！走吧，去睡觉吧，你一定很累了。”

“睡觉？在哪里？”

“有一间小屋，隔壁是我母亲的房间，她来这儿时就住那里，我已经跟罗里昂交代过了。你只要爬一层楼就行了。”

“罗里昂，常跟您到修道院的那个人？我在这儿怎么没见到他？”

“今晚他出去办事了。他回来以后，我跟他说了你的事。只有他认识你。他什么也不会说，你也别跟他说话。你明天出发，不过，如果你太疲劳的话，就待在我母亲的房间别出来。在这幢房子里，你可能会碰见庞菲勒，我知道他也恨你。”

“明天我不走，您还有事情没答应我呢。我想跟您再谈谈。”

“我不一定像今天这么有时间了。再说，我实在没有什么可以答应你的。你很清楚，为了这个可怜的孩子，我会做一切人力可及的事情。”

“啊，您终于说了一句令人振奋的话。”说着，我热情地吻了吻他的手。

他看了看我，还是那副惊异的表情。

"你知道吗,"他对我说,"你以前并不好看,现在变漂亮了。"

"哦,我的上帝,那又怎么样呢?"

"这就意味着,你独自一人走这么多的路、冒这么大的风险,就是把自己置身于各种各样可能碰到却无法预见的危险之中。至少你在这里是安全的。晚安。我要工作到半夜,天不亮又得起床。"

"那您就睡不成觉了!"

"在法国,在现在这个时刻,有谁能睡觉呢?"

"我。我去睡了,您给了我希望。"

"别对我期望太高,凡事都要谨慎小心。"

"我会的!上帝与您同在。"

我离开他,在走廊上,我遇见了罗里昂。他正在等我,但一句话也没跟我说,甚至没看我一眼,就径自登上楼梯,我跟在他后面。他把手中的蜡烛递给我,接着递给我一把钥匙,又给我指了指一扇门。然后他转过身去,不声不响地走了。啊!这真是个恐怖时代!我还从未如此真切地感受过它,不由得心里一阵难过。

我累极了,觉得自己已经被击垮,再清醒一分钟也做不到了。这感觉让我难受。

"我的上帝,"我瘫倒在床上,心里想,"难道我就这么点气力吗？我还以为可以尽一切可能救埃米里昂呢，可现在，才受了这么一点累，就坚持不住了！”

“唉，刚开始就是这样，以后我会习惯的。”我一边咕哝着安慰自己的话，一边进入了梦乡。

我沉沉地睡去，不知道自己身处何方，第二天，天亮醒来的时候，我费了一番力气才明白过来。我的第一个念头是看看两只脚，还好，没受伤，也不浮肿。我洗了洗脚，然后仔细穿好鞋子。我记得，我以前曾担心过自己没有好的脚力，那天，堂兄雅克嘲笑我的脚和手都那么小，他说，那只能是蝉足，根本不是女人的手和脚。我回答说：

“蝉的腿可管用了，它们跳起来可比你走路还快呢。”

拉玛里奥特也说：

“她说得对，像她那样天生脚小的人也能和那些长着大脚的人走得一样快，重要的是，脚得有力气才行。”

看来我的脚还挺有力气的，这真让我高兴。我不再觉得疲倦了。我做好准备，要跟随埃米里昂走遍整个法国。

可他！他被关在监狱里，该多么伤心、苦闷啊！他有东西吃吗？有衣服换吗？有地方睡觉吗？我不愿去想，一想到这些，只觉得全身虚弱无力。我待在一个小阁楼里，屋顶有一扇开着的天窗。我爬不上去，只能透过窗户望着天。我瞥了一眼走进来的那扇门，它被从外面锁上了。我也一样,被关在牢笼里。科斯特如先生把我藏了起来,这是为我好。我要耐心些。

第十三章

早晨，将近六点钟时，有人敲另一扇门。我回答说“可以进来”，于是，我看见罗里昂向我做了个手势。我跟着他，进了隔壁一个漂亮的房间，那是科斯特如老夫人的住处。罗里昂对我指了指桌上丰盛的早餐，又指了指紧闭着的镂空百叶窗，好像在告诉我，可以透过窗户看看，但不能打开它，随后他就走了，跟昨晚一样，没说一句话，锁上门，拿走了钥匙。

吃完饭，我朝街上望去。这是我见到的第一座城市，这个街区很漂亮，不过，修道院更美，建造得也更好。我觉得这里所有的房子都又小又黑，让人有种凄凉的感觉。说到凄凉，它们的确如此。这些是有产者的房子，主人们都逃到乡下去了。只剩下几个仆人，每天偷偷摸摸地出去，即使在回来的路上遇见了也互相不说话。经常有人去这些住宅里搜查。我看见一队戴着红色军帽，帽檐上还别着大大的帽徽的人走进其中最漂亮的一座房子，在那里进进出出，还让人把窗户都打开了。那些人的声音传到了我这里，听起来他们好像在下命令，还威胁着什么。我还听见了像是门被撞坏和家具被砸破的声音。守门的老妇人气极了，用颤抖的声音叫喊着指责他们。那帮人叫得比她声音更高，最后还把她带走，要关进监狱里去。他们拿走了一些纸盒、箱子和一捆捆的票据。路边店铺里的人在一旁冷笑，一副傻乎乎又胆小害怕的模样，路上的行人则不闻不问，也不停下脚步。恐惧把所有人都变得冷漠而愚蠢。

这一切，我亲眼看见，也完全明白是怎么回事，心里觉得非常气愤。我不禁在想："科斯特如先生应该也看到了这一幕，对施加在一个白发苍苍的老妇人身上的这些欺压、暴力、凌辱的行径，他为什么不提出抗议呢？而这老妇人只是想从一帮强盗手里夺回主人的财产。还有主人！他们为什么不在那儿？为什么任凭整个城市遭受一小撮坏分子的侵犯和掠夺，却在别处穿着漂亮的衣服，捧着银餐具？一只可怜的狗想保卫自己的家，人们却把它杀死了。难道只有老人和家里养的小动物才勇气十足吗？"

将近中午，科斯特如先生上楼，来到我待的房间，见到他时，我心里正充满愤怒，于是便忍不住把所见所想全都告诉了他。

“不错，”他回答道，“这一切都是错误的，令人生厌。这是可耻的平民用卑鄙的手段在报复。”

“不，不！”我叫了起来，“不是平民！大家很沮丧，又太胆小，这就是他们全部的过错。”

“好啊！你已经触到痛处了。他们都是些胆小鬼，所以，根本不能指望他们去阻止贵族把我们出卖给敌人。我们只能找到一群强盗来为我们崇高的事业出力，找到什么就用什么呗。”

“这太不幸了！您钻进牢笼里，就像那些和猫关在一起的小鸟。如果弄断栅栏，就会发现秃鹫正在笼外虎视眈眈，若是待在笼子里，又会被猫吃掉。”

“很有可能，为了民众，我们整天忙碌，奉献出一切，可他们却在一边冷眼旁观，丝毫不帮忙。你也说了，他们胆小怕事，我还要补充一句：他们个个自私自利。就从你们这些农民说起吧，革命给了你们土地，你们满心欢喜地耕种、收获，可是，需要你们保卫国土时，却还得强迫你们来应征。”

“这是您的错，您太让我们气愤了！看看埃米里昂的遭遇吧！他跑来参军，您却把他送进了监狱。您以为这样能鼓励其他人吗？请告诉我，你们想怎么处置他，您应该知道。”

“他将被送到夏托鲁，我争取到了，这很重要。”

“那么，夏托鲁就是我要去的地方了。”

“按照你的想法去做吧，不过我认为，你要做的是不可能成功的事。”

“您不该对一个已经下定决心的人说这样的话。”

“那好，你去试试看吧，为了他，拿你的生命去冒险，这是你的愿望、你的命运。只是别忘了，如果你失败了，被人发觉了你的意图，你肯定让他难逃一死，你将摧毁他在监狱里好好活着的机会。再见吧，我不能多待了，这两样东西对你会有用的：一张通行证，也就是爱国公民的证明，还有些钱。”

“谢谢您给我这张证明，不过，钱我自己有，足够用的了。埃米里昂什么时候被带走？”

“明天上午，我让人押送三名犯人到别处去，这里的监狱都满了。我设法让他的名字上了那三个人的名单。”

科斯特如先生听见门铃响了，急忙离开了我。那以后我没有再见过他。我在科斯特如老夫人的房间里找到了一张卡锡尼[①]画的地图，于是，一天中剩下的时间里，我都

---

① 卡锡尼·德·第里(Cassini de Thury，1744—1784)：第一个绘制法国地图的地理学家。——译注

在仔细看这张地图，把它牢牢记在了心里，就像描摹下来一般。晚上，罗里昂来给我送晚饭时，我对他说我想回瓦尔科去，请求他别把下面的大门锁上。我向他保证一定会悄悄溜出去，不让任何人看见。我看准了机会，神不知鬼不觉地出了门。我夜里来到这里，又趁着夜色离开，其他仆人根本不知道我在这座房子里待了一天一夜。

我仔细考虑了自己要做的事情。留在城里，有可能会碰见庞菲勒，那就会连累埃米里昂走不成。可是，回瓦尔科去，就什么都打听不到，也无法知道他的去向。我决定去夏托鲁。我知道有一趟公共马车是去那里的，每天早晨出发，昨晚，在厨房里，我仔细听所有人说话，把能听到的一切事情都默默记在了心里。我离开市里，披着我的灰色披肩，包裹背在披肩里，我盲目地往前走着，直到看见一个妇人独自坐在家门前。我向她打听去巴黎的路怎么走，她给我仔细指点了一番。我离那里还挺远，不过很快就赶到了。所有人都睡下了，市郊万籁俱寂。这就是我要等马车的地方，可它什么时候来呢？说不定押送犯人的车子也会从这里经过。我不能走远。我看见一座很大的教堂，门开着，里面漆黑一片，甚至连祭坛里的小长明灯也没有点亮。好像是座废弃的教堂，我打算在里面躲避一会儿。我摸索着往前走，不小心撞上了台阶，跌倒在上面，可令我大为惊奇的是，我感觉自己的手竟然撑在一块草皮上。这里怎么会长草呢？教堂根本不是一片废墟。我听见有人低声说话，并小心地往前走，似乎还有其他人在此躲藏。这让我感到害怕。我悄悄退了回去，我昨晚睡得很好，这会儿还不需要休息。我沿着路往前走，一直走到一片小树林，我待在那里等着天亮，实在无聊，我打起瞌睡来，不过，害怕错过时间，我坚持着没让自己睡着。

终于，我听见了急促的马蹄声，连忙跑过去看是怎么回事。我看见一辆宽敞的四轮马车奔驰而来，马车四周被遮盖着，像过去的大型旅行马车似的，随车护卫的是四名身着军服、佩带军刀和火枪的骑士。到了路的上坡，他们下车开始步行。我猜想这应该就是押送囚犯的车子，心里激动得一阵狂跳。我原来决定，如果在公共马车来之前见到囚车，就让它先过去，但眼下希望胜过了谨慎，我径直走向骑士中的一个，装出一副天真的样子，询问他这是不是去夏托鲁的公共马车。

“你真蠢！”他回答道，“没看见吗，这是贵族的马车！”

我假装不懂，继续问道：

“那么，就算付钱，也不能搭车吗，坐上面或后面都不行？”

我一边弄了弄他那匹马的嘴巴，一边又说：

“啊！要是没有我，您的马嘴下面的衔链都掉了。”

马车经过时，我重新拴好马的衔链，这让我留住了那个骑士。

“你这是要去哪里？”他问我。

“我要去一个地方给人当佣人，可我不认识那个地方。请让我搭您的马车吧！”

“你，倒不太难看！有人对你这么说，你会生气吗？”

“哦，不。”我装作一脸单纯又满不在乎地回答道。

他刺了一下他的马，追上去，让车夫把马车停了下来。他跟车夫说了几句话，就让我登上马车，坐在软垫长椅的座位上，我听见他跟其他骑士说道：

“这是个自己送上门来的！”

那几个人立刻大笑起来，而我却感到不寒而栗。

我又想：“没关系，我在这儿，和埃米里昂在一起，我能知道他去什么地方，知道别人怎么对待他，如果这些人想侮辱我的话，我可以在合适的地方逃走。”

马车夫是个胖子，胡子花白，面色红润，神情很温和。他总爱和人说话。不到一个小时的时间，我已经知道他是公共马车的车夫，眼下被征用来运送囚犯，那天，由他的侄儿巴蒂斯特，骑士的第一侍从，来驾驶公共马车。他不知道囚犯的名字，这对他来说根本无关紧要。

“我嘛，”他说道，“什么共和国、君主制，什么保王派、革命党，还有什么三色旗下的法国人，这些我统统不懂。我只知道我的马，只知道哪些客栈的烧酒够劲儿，其他的事可别问我。政府命令我做事，我就服从。在我看来，最厉害的是出钱的人，他们总是有理的。”

我假装钦佩他“高明”的哲学，他又胡说了一气，没有一件令我感兴趣的事儿，不过我仍旧听着，把那些有关风土人情的最微小的细节记在脑子里。闲聊中，他跟我提到了他的家乡。他是贝里人，住在一个我从未听说过的叫克勒旺的小镇。

“啊，女士！”他说道，“那是个非常落后的地方，在那里，我敢说，很多人从来都没见过城市、大路和四轮马车。到处长满了栗树和蕨草，走出一里多地也见不到一只羊。我敢说，如果留在家乡，我的生活肯定比现在更平静。家乡的人根本不为共和国担心！说不定连有个共和国都不知道呢。那是个贫穷的地方，人们没有任何开销，因为他们没有任何收入。”

我问他，那个荒凉的地方在什么方位。他给我画了一张大概的路线图，我把它牢牢地记在了脑子里。我始终装作出于好意地听他闲谈，不知道打听到的这些情况对我来说是否有用，但我留意着每一件事，心想任何东西都可能在某个时候派上用场。

从他口中我还得知，护送马车的这些人并不是宪兵，而是城里的爱国者，为了得到“好名声”，他们自觉自愿地干各种苦差事。凶狠的人也会害怕！

我得在贝西内离开他们，在那里，他们停下来换马。我想尽办法，希望能看囚犯一眼，或者哪怕只是听听他们的声音。可他们被关得严严实实的，除非我泄露自己的意图，否则根本无法打探到任何东西。尽管我十分谨慎，这些骑士似乎还是对我起了疑心，要不就是害怕会受惩罚，他们对我说不能再留我在车上，还说公共马车就快来了，我只有等它了。我等了一个多小时，马车总算到了。它也在这里换马。我着急得要命，生怕失去囚车的踪迹。我走到车夫身边，称呼他“巴蒂斯特公民”，对他说，他叔叔允许我坐在他旁边的座位上，他爽快地答应了我的要求。我一心想跟某个人说话。马车终于上路了，真让我高兴。

然而，我又担心起下面的旅程来。人们看我、跟我说话的方式对我来说都那么陌生，我终于发现一个年轻女孩独自在外的麻烦了。在瓦尔科，大家知道我乖巧、谨慎，谁也没让我意识到自己已经不再是个孩子了，而我也早就习惯于不去计算自己的年龄。我不禁想起了科斯特如先生对我说过的这方面的话。

我终于发现了性别的障碍和由此而来的危险，以前我从来没想过这些。羞怯伴随着恐惧产生了。如果在另一个时刻，知道自己变漂亮了，我肯定会很开心，而此刻这却让我感到难过。美丽总会惹来别人的目光，可我希望谁也别注意到我。

好几个计划在我脑子里转来转去。最后，我决定，在没有保护的情况下不到夏托鲁去，只要证实埃米里昂确实在押送囚犯的车队里，我就先回瓦尔科。

我之所以说"车队"，是因为另一辆紧闭的双轮马车在路上奔驰而来，急于想超过我们的马车，而且很快就要赶上我们了。

"啊！"车夫巴蒂斯特对我说，"那都是些下等地方的可恶的傻瓜，他们被押送去和另一群傻瓜会合。所有的监狱好像都满了。我们这里的人真蠢，何必为那帮贵族烦神，要是觉得贵族太多，那就像南特和里昂的人那样干呗。"

"那么，拿那些贵族怎么办呢？"

"用枪对他们来一阵扫射，或者把他们像狗一样淹死。"

"干得好。"我心不在焉，盲目地答道。

我也一样，很胆怯，但我并不是为自己而害怕，若不是想到有重要的事要做，我肯定要冲上去，狠狠地扇这个巴蒂斯特一记耳光。

我从他口中得知：我们不可能赶上押送囚犯的车队，他们日夜兼程，而我们要在阿尔让东过夜。

“夜里！”我暗自想到，“啊！要是我还在第一辆车上的话，说不定能找个机会见机行事呢。”

于是，我恨不得跳下车去，狂跑一阵，我不知道自己究竟想干什么。我失去了理智。计划实在太多，我精疲力竭。头脑中已经没有任何合理的想法了。

我只有祈求上帝的帮助。夜幕降临时，我们到了阿尔让东，我竟然看见囚车停在客栈门口，心里别提多惊讶、多高兴了！他们正在等从其他行程中返回的马匹，押送马车的骑士中的两个已经去城里征马了。这里连一匹马也找不到了。我看了看留下来的两个骑士，说我是“自己送上门来的”那个骑士不在。但他们俩注意到了我，其中疑心很重的那个问我是不是认识囚车里的某个囚犯。这问题可问得不怎么巧妙。不过，我也要提高警惕，于是我壮着胆子对他说，像我这样的人根本不可能认识贵族。

为了不显出对囚车过分关注，我走进了客栈。不一会儿，那两个骑士也进来了，带着一个我从未见过的老人，和一个老妇，我认出她就是早晨我亲眼看见被抓走的那个，还有一个年轻人，我不敢多看一眼，生怕别人会发觉我的意图，然而我不需要再看了，是他，是埃米里昂，我可以肯定。我转过身去，面向壁炉，免得他看见我。我听见有人给他端上饭菜，另外两个人也一样。我不知道他们有没有吃饭，他们一言不发。稍稍平静下来以后，我转过身，乘人不注意时偷偷看了他一眼。他面色苍白，显得很疲惫，不过，神情很安详，仿佛为自己的事情出来旅行似的。我重新鼓足勇气。如果他看见我的话，就有可能暴露实情，于是我离开了客栈，决定宁愿露宿在外，也不在这家客栈过夜，这里到处都是些粗野的人，冷笑着打量我。

我离开公路，在黑夜中走了好远。农民们的收割已经结束了，到处都是一堆堆的干草，正好给我当作床铺，也是我的藏身之处。我不再害怕独自一人。我决定返回瓦尔科，好好准备我要完成的事。天刚蒙蒙亮，我就辨清了方向，认准波纳和舍内拉耶之间最直的线路，抄小路往回赶去。我丝毫没有出错。我曾在地图上看到，修道院到利摩日和到阿尔让东的直线距离是相等的。第二天晚上，我顺利地回到了修道院。

第十四章

我把经历的所有事情都讲给了院长听，叮嘱他一定要保持沉默、不动声色，最好让人把他忘记，就像科斯特如先生说的那样。我恳求他，宁可让土地遭受损失，也别给自己招来敌人。他嘲笑我，说他谁也不怕，只要还有一口气，就要对土地的主人负责。他总是叫别人处事要谨慎，自己在谈论政治时也是如此，然而，实际上，他本性十分大胆，当修道院管事的时候，他把所有来抢东西的人统统赶出门去，一点也不含糊。谨慎已经成为他的习惯，这让他避免了那些可能施加于他的恶毒言行。农民们向来看不起害怕他们的人，而对于权力，至少在理论上，却心怀一份尊敬。

我设想了很多的计划，最终还是决定采用旅行途中想好的那一个。迪蒙对地形和道路都很熟悉，我问他是否愿意和我一起去冒险，他责怪我撇下他自己一个人行动。他赞成我的计划。他去最邻近的镇上买了一头驴子和一些布料，我用这些布料连夜给自己缝了一身男孩子的衣服。我为自己、迪蒙和埃米里昂准备了内衣、替换的衣物和各种日常用品，尤其是埃米里昂，他肯定什么东西都缺。我们没钱，院长要用他的积蓄来资助我们，大家还记得吧，院长是有笔小小的财产的，他想把那笔钱都给我们，但我只取了其中的一部分。院长在小的事情上很吝啬，可遇到大事却非常慷慨。在我收拾行装的时候，迪蒙在我的指点下，装作若无其事地前往克勒旺地区打探了一番。在我心里，克勒旺是我们能找到的最好的避难地，仅仅把囚犯救出来是不够的，会有人追查他、揭发他，也会有人出卖他，只有逃到荒僻的地方去才能躲过搜捕，在附近，我没找到这样的地方。再说，庞菲勒对这一带地区非常熟悉。

迪蒙回来告诉我说，我说的那个地方确实是我们能找到的最好的避难地，他已经在一个偏僻的地区低价租下一间破房子，作为埃米里昂的安身之处。那里离我们家乡不太远，步行十至十二个小时就到了。他叹了口气，又说，在那种地方就别指望有面包吃、有酒喝了，不过，凭着干农活的手艺，倒也不会挨饿。回到修道院八天后的一个夜晚，我又出发了，一身男孩的装扮，头发剪得很短，手里还拄着一根结实的木棍。迪蒙早就开始蓄他的胡子和头发，身上完全看不出曾经当过有钱人家仆人的样子。他非常谨慎，考虑周密，也十分勇敢，而且，好几个月以来，已经改掉了贪杯的坏毛病。走在前面的是我们的驴子，它正驮着用干草裹好的包袱，不紧不慢地往前迈步。包袱对它来说并不算重，如果我们实在疲劳或者出了什么事，它还能驮上其中一个。

我们中途在夏特吕歇了歇脚，第二天白天又走了十里地，然后来到拉夏特尔过夜，那是一座只有三千人的小城。在那里，多亏上帝保佑，恐怖事件多半是雷声大雨点小。几个民主主义者叫嚷的声音挺高，可市民们，因为彼此害怕，倒没有互相残害。

我告诉迪蒙，他们都很好客，而且好像比其他地方的人更温和。迪蒙在路上曾指给我看我们要去避难的那片高地，我觉得贝里受革命的影响比利摩日和阿尔让东要小，因为那两个地方都是通向巴黎的必经之路。

按我们今天所称的道路来看，从拉夏特尔到夏托鲁当时根本就没有像样的路。我们沿着绿树成荫的美丽小道走向安德尔，这些路也许冬天就无法通行了。随后，我们进入了一片开阔的荒野，数条道路纵横交错，我们差点儿迷了路。最终，我们到达了夏托鲁，那个地区地势平坦，十分荒凉，在那里，因为有路通往巴黎，我们可能会遭遇更多的怀疑和动荡。

几乎到处都有人认识迪蒙，不过他一直被认为是善良的爱国者。况且他口袋里还装着一张爱国公民的证明。至于我，一离开修道院两里地，就谁都不认识我了，好像我是从美洲来的。我扮作他的侄子，他叫我“卢卡”。

他立刻去租房，接着又假装嫌所有的房间都太贵了，便在紧挨着牢房的地方找了个住处。那是间十分简陋的屋子，不过，能在我们希望的地方找到它，我们已经心满意足了。虽然只有一间房间，但我们又租下了上面的阁楼，声称用来做编草帽和竹篮的生意，我就安顿在那里，确信绝不会有任何人来打扰我、监视我。

我觉得我还是少露面为好，迪蒙认为有道理，于是，第二天一早，他出去买回了需要的东西，我们开始干起活来。迪蒙的父亲是藤柳编制工，所以迪蒙的手艺相当不错，而且丝毫没忘。我学得很快，不久，我们就编好了可以拿出去卖的帽子和篮子。必须得有一个活计可做，否则就无法解释我们为什么要跑到城里来了。迪蒙在这里只遇见了很少的几个熟人，他们都知道他在给弗兰克维尔侯爵当差时收入颇丰，穿着也讲究，此时见他沦落到编竹篮卖的地步，多少有些吃惊，不过这些人也很清楚他向来贪杯，于是很自然地猜想，他把所有的积蓄都吃喝一空了。在他们面前，他毫不掩饰对过去主人的愤恨，所以谁也没有料到他会去关心那个家庭里的一员，至于我，卢卡，装出一副从来不认识那家人的样子。

其实我们没有必要如此谨慎小心，事情并不像我们起初预想的那样。我们能见到的那些人根本不知道几天前从其他地区送来的囚犯的姓名，也几乎不感兴趣。夏托鲁是座小城，守旧而中立，既不是革命派，也不是保王派。镇上大多数人都以种植葡萄为生，他们虽然是共和党人，却从不煽动、蛊惑老百姓，通常还很有人情味呢。恐怖并没有侵入这座宁静的小城，科斯特如先生真替埃米里昂选对了地方，避免他成为那些愤怒民众的牺牲品。

看到这些，我们决定耐心地待在那里，等待和平的到来，可是像我们这样普普通通的人，怎么能料想到这和平竟要以一八一五年法国的惨败为代价。在我们看来，最好是指望着国家的下一次胜利，指望着信任和正义回到人们身边，而不是因为一个莽撞的意图，连累我们亲爱的囚犯丢了性命。但是，为了减轻他的忧伤，我迫切地想让他知道，我们就在他身边，在这个世界上，我们唯一想做的事情就是在危险来临的时刻救他出来。

很快，我找到了让他知道这一点的办法。那座监狱，今天已经不复存在了，只不过是一座修有防御工事的城门，叫作“盖东门”。它由一个城堡主塔连接着的两个塔楼组成，还有一座拱廊，闸门总是开着，为了让已经修好的通道能一直延伸到上面。塔楼底层住着狱卒和牢房里当差的人，上面是囚犯住的地方，他们被关押在一间间很大的圆形房间里，每个房间只留有一扇小小的窗户。塔楼的一处平台是囚犯们放风的地方，我们的破房子恰好连着这座塔楼，它并不高，边缘已有好些地方被毁坏了。从我住的阁楼看不见平台，但是旁边还有一间破房子，离平台相当近，是租房子给我们的那个狱卒用来放蔬菜和水果的地方，从那儿既能看见囚犯，也能听见他们的声音。我下掉门锁上的螺钉，偷偷溜了进去。我四处查看了一番，确信在那儿能把平台看得一清二楚，于是我把东西又按原样摆好，然后把情况告诉迪蒙，让他去请求房主同意我到这间阁楼里干活，就说我住的那间太小又太暗。房主很快就答应了。迪蒙已经跟那个狱卒房东混得很熟了，每天早晨，他们俩总是一起去喝白葡萄酒，而且几乎每次都是迪蒙付账。迪蒙把卢卡的朴素和正直夸讲了一番，说他是个懂道理、听话的孩子，不会偷吃一个苹果，也不会去碰一根豆角。事情就这么谈妥了，每个月增加的二十苏房租把所有困难都解决了。那人把阁楼的钥匙给了我，我把编篮子用的柳条和工具拿了进去，他甚至还托我照管他的食物，于是我跟老鼠决战了一番，大获全胜，这给我赢来了一片赞誉声。

我们已经在这里住了半个月了，可我还不能肯定埃米里昂是在这座监狱，还是在另外的一座，也不知道他是在城堡巨大的城门里，还是在拱廊上。我们不敢问得太多。自从能随时进入阁楼后，我很快就掌握了监狱的作息时间，每天早晨和傍晚都能看见囚犯们到平台上来放风。他们大约有十二个人，每次只准两人登上塔楼。埃米里昂来了，和那位我在阿尔让东的客栈里见过的老先生一起。他们看起来和那时一样平静，两人一边绕圈踱步，一边说着话。当他们走到我这边的时候，断裂的栏杆让我能清楚地看见他们。埃米里昂甚至停下来看了看我，我就站在窗前，手里拿着编了一半的篮子，假装正在看燕子飞。我离他那么近，他应该能认出我，可是我的装束、正在干的活计和一头短发让他压根儿想不到会是我。

我真希望只有他一个人在，可我难道该怀疑他狱中的朋友吗？再说，我怎么能不相信埃米里昂处事足够谨慎呢？于是，我一边折着小柳枝，一边开始唱歌，唱的是一支家乡的歌，他很喜欢，以前常常让我唱给他听。我看见他微微一震，走近栏杆的缺口来仔细打量我。我迅速向他点了点头，似乎在告诉他：真的是我。他把双手按在唇上，一动不动，仿佛想留下一个长长的吻，接着他快速把这个吻抛向我，然后立即走开了，为了不让我回应他。他怕我出事。

得知埃米里昂已经看见我了，迪蒙可高兴了，不过他却给我带来了一个坏消息。本地的那位正直、公正的代表（我想我记得他叫米肖）执行任务去了，由勒热纳代表接替他，勒热纳简直就像可怕的魔鬼一般，而且人们的思想也完全变了：所有的囚犯都要审判！

我快些进入正题吧，心中的焦虑就不多说了。两个年轻的贵族——谢里·德·比居兄弟是最不幸的受害者。他们被揭发阻碍新兵赶赴前线。人们想把他们押到巴黎去受审。勒热纳公民勃然大怒，说道：

“怎么，你们还不知道新法律吗？所有被指控的犯人都要在他们犯下‘罪行’的当地进行审判和处决。”

于是，他下令起诉比居兄弟俩，整个程序既不长也不复杂。几天以后，那两个不幸的人，什么叛乱的事也没干过，仅仅因为两个证人的证词就被定了死罪，并几乎在我们眼前被处决了，行刑的地点叫作“圣·卡特琳娜”，离盖东城门很近。在这次可怕事件的过程中，我吃不下，也睡不着。我甚至盼望，因为城里根本找不到宪兵和刽子手了，处决不得不延期执行。谁知却从伊苏登派来了一个

“善意”的骑士充当“宪兵队长”，断头台就设在离我们的房子两步路的地方。我逃回阁楼去，在那儿看不到街上的情景，却看见两座塔楼的平台上都站满了囚犯，盖东门和城里其他监狱的犯人都被带来观看行刑。犯人比我原先想象的多得多，几乎全都是修士和修女，男子集中在一边的塔楼，女子在另一边。他们身边都有看守，我不便露面，只是站在老虎窗后面，用目光寻找着埃米里昂。他毫不犹豫地在栏杆缺口处站定，抱着双臂，冷冷地看着刑具。人头落地的时候，他只是微微一动，而这时，断头台旁拥挤的人群突然安静下来，在令人恐怖的寂静中，我听到好几个精神受到刺激的女人发出了阵阵尖叫声。囚犯们很快被带了回去。我颤抖得厉害，牙齿不住地咯咯作响。整整两天，我都不愿走出门去，我害怕看见断头台，害怕看见地面上的血迹。

这种恐惧令我虚弱无力，竟生起了病，为此我深深自责，决心一定要战胜它。我想去救一个无辜的受害者，会不会命中注定也要被这样砍头处死？如果我失败了，等着我们俩的便是断头台。好吧，这次必须孤注一掷，我要像埃米里昂那样准备好面对一切。

第二天，我又见到了他，他找机会向我做了个手势，指给我看有一只鸽子从塔楼飞到了我的屋顶上。这是狱卒的鸽群中的一只，他的那群鸟儿经常飞到塔楼去，囚犯们为了逗乐，常常扔面包屑给它们吃。我曾想过好多次，让鸽子替我传递一张纸条，可始终不敢。我猜埃米里昂已经这么做了。我跑过去，抓住那只正飞回巢里的黄白相间的可爱鸽子，我在一块内衣的碎片上读到了下面这句用铅笔写下的话：以上帝的名义，求你们回去吧！我什么也不需要，我不想反抗。你们的冒险只会妨碍我的休息。

"我们让他难过了，"我对迪蒙说，"那就别在他面前出现，让他以为我们已经走了，但是我们要赶快行动。没什么好犹豫的。那些人要把所有的囚犯都处死！"

"这也不一定，"他回答道，"有几个人已经被放出来了。别灰心，但也要做好一切准备。知道吗，我的小卢卡，我按你的话去做，真的成功了。我演戏演得很好，穆顿老爹（就是那个狱卒）已经把我当朋友了，从明天开始我就去监狱帮工。"

"这怎么可能？"

"你不知道，穆顿老爹并不比你我早到这里。他是最近才开始干这份差事的，所有的监狱都塞满了囚犯，不得不挑选一批新的狱卒。在这里看守的人有一部分既不是军人，也不是政府官员，而是些城里人，他们的儿子参加了志愿军，为了补偿他们，就让他们来看守监狱，每天两法郎的酬劳由那些在本地有财产的囚犯承担。你想，这可是一份美差啊，不过那些人都是工人，对他们的差事一窍不通，而且懒得够呛，根本不想干活。穆顿老爹和他的老伴两人既要打扫卫生、烧菜煮饭，还要和囚犯打交道。可他更喜欢和看守们一起喝酒来打发时间，他总是抱怨太累了。于是，我提出让我来替他干重活，但又不能显出对这件事有特别的兴趣，于是我就跟他讨价还价。他答应把我们的房租降低一点，事情就这么成了，我们可以进牢房里去了。我说'我们'，是因为我请求穆顿老爹让你也进去干活，说你只是在需要的时候帮我一把，对囚犯没有任何图谋。不过，他们要看你的爱国公民证明，可你的证明上写的是'娜奈特·苏容'的名字，你能不能另外弄一张写着'卢卡·迪蒙'的证明呢？"

"我早就想到了，"我回答道，"已经弄好了，瞧。"

我花了好几晚的时间来模仿科斯特如先生的笔迹，只有写得很熟练才不会被发觉。这类证明大多写在没有印花的公文纸上，我的那张写得很好，穆顿老爹拿过去，颠倒着看了一眼，又还给了我，他根本不识字。这让我又萌发了一个念头：不管会发生什么事，我得先给埃米里昂也准备一张证明。为了不连累科斯特如先生，我签上了庞菲勒的名字。想出这个主意，多亏了一张我从修道院带出来的纸,我当时用这张纸包了些东西,在这张纸上我找到了几行庞菲勒当修士时的笔迹。他的签名就在里面。我毫不迟疑、像模像样地复制了他的签名。

第十五章

一开始，我只在监狱门口徘徊，装出一副既羞怯又笨头笨脑的样子。很快，我发现，穆顿希望我更积极、更有用。于是我壮起胆子，并得到了他的信任，终于，我能走进埃米里昂的房间了。那是一间四壁空空的破房子，只有两个草褥子和两张矮凳。他就在那儿，和我提到过的那位老先生待在一起。另外两张草铺空着，那两个前几天被处死的不幸的年轻人曾经就睡在这里。

见我进来，埃米里昂迟疑了一下，然而当我扑过去搂住他的脖子时，他再也无法控制自己，将我紧紧地拥在怀里，啜泣着，久久没有松开。

"这就是我的守护天使。"他对老先生说道，"她是我童年时的朋友，是上帝赐给我的姐妹。她想救我出去，但不可能成功……"

"我会成功的，"我回答说，"最困难的事已经完成了。

我会带一根绳子给您，您就顺着绳子下到我住的阁楼顶上。迪蒙将助我们一臂之力。别想打发我们走，我们已经下定决心与您共生死，从那一刻起，任何风险我们都愿意承受。”

“那么，我可怜的妹妹、我们其他的朋友，还有科斯特如和院长，他们怎么办？让他们也为我们遭罪吗？”

“不，瓦尔科的任何人都不会出卖您的妹妹。院长是宣过誓的。拉玛里奥特向我发誓说，如果有人要迫害他们的话，就把他们藏起来，而且很多忠实的朋友也会帮助她。科斯特如希望您能逃走，他还为此想了很多办法，他很清楚您是清白无辜的，他始终爱您！”

老先生没有加入我们的交谈，他一言不发，甚至好像根本没听见我们的谈话。我用目光询问埃米里昂是否绝对信任这个老人。他压低了声音对我说：

“就像相信上帝一样！啊！要是你能把他也救出去就好了！”

“别打这个主意，”老人说道，原来他听得一清二楚，“我不想逃出去。”

接着，他又对我说：

“我是个教士，我拒绝宣誓。昨天，他们审讯了我，态度倒挺和蔼，还说要赦免我，可我并不想撒谎。我回答他们说，我再也不想四处躲藏。我对生活厌倦了，如果不是宗教信仰不允许，我已经自我了结了。断头台会帮我如愿以偿的，我没有背弃自己的责任，我已经做好去见上帝的准备。”

“不过，我得鼓励您，”他转向埃米里昂说道，“您还年轻，也热爱革命，应该尽力拯救自己。依我看，逃出去并不是不可能，甚至还挺容易。难办的是，找到一个藏身之地。”

“我有个地方。”我答道，“我知道，如今人们就像野兽一样被围捕，无法相信任何人，因为恐惧和愤怒已经改变了人们的心肠。我们会去一个荒无人烟的地方，如果，您觉得有力气拉着绳子向下滑的话……”

“不，不，别管我！”他说，“我没力气，也不愿意！时间一到，我就会被判刑。我很高兴，别再跟我说话了。我要为你们祈祷。”

说完，他转过身去，做起祷告来。

埃米里昂仍然试图劝说我放弃计划，然而，见我如此热切地宁愿牺牲自己也要救他，他只得让步，答应按我的意愿去做。但他认为，既然利摩日的革命委员会已经判处他监禁，应该就不会重新对他进行审判，因此，他也要我答应，只要不改判重刑，就不要采取任何行动。

第二天，我想是八月十日吧，城里举行了盛大的庆祝活动，为了带给埃米里昂一些消息，我跑去看到底是什么活动。我不会什么也不懂的。一辆装饰奇异的马车驶过，后面跟着五六个举着旗子的妇女，她们都是志愿军士兵的母亲。她们簇拥着由一位身着古代服装的高个子漂亮女郎装扮的自由女神。她是一个叫马基的鞋匠的女儿，人们叫她"高个子侯爵夫人"[①]。她站在彩车上，被长长的队列一直护送到科尔得利修道院，在那里的所见让我明白了在利摩日那座荒凉的修道院里看到的怪事。"女神"登上祭台广场上的一个草台山丘，人们说它代表"高山"。山丘顶部坐着一个留长胡子的男子，有些人说他象征"时光"，另一些人则认为他象征"上帝"，他是个制肥皂的工人，名字我忘记了。"高山"脚下，一个半裸的孩子代表"爱之子"。人们轮番演讲，还唱一些不知道什么意思的歌。我也参加了这次荒谬的活动，如同做梦一般，我相信，没有人比我更激进。这些共和主义者的庆祝会完全是出于一时的狂热。市镇议会曾讨论过这项由群众团体提出的活动计划，而人民却随心所欲地大大表现了一番。

---

① 法语中"Marquis"一词意为"侯爵"，可用作姓氏（马基）。——译注

离开修道院时，我看到了更加意味深长的一幕。就在重新登上“女神”彩车的那一刻，“侯爵夫人”忽然在好奇的人群中发现了一个城里的有产者，人们一直怀疑他是保王党人。她叫他的名字，我也忘了是什么，无礼地对他说：

“到这儿来，给我当脚蹬吧！”

他很害怕，走过去单腿跪在地上。于是她把脚踩在他身上，然后轻快地跳进马车。

我觉得所有人都变得疯狂了。卖掉几个篮子之后，我又来到埃米里昂的住处，告诉他我的所见所闻，并送去了他的晚餐，在里面偷偷加了些比监狱平时的伙食稍好一点的东西。尽管我一再恳求，老教士还是不愿意吃一口我带的饭菜，他非常虚弱，我想弄点酒给他喝。

“我不需要给自己增加气力，”他说，“您刚才描述的一切，已经让我有最后的力气愉快地接受死亡了。”

荒唐的庆祝闹剧过后没多久，残酷的悲剧便上演了。这个可怜人带着令人钦佩的平静从容赴死。为他准备的断头台就搭在监狱外面。这次，我想战胜恐惧，去看看那可怕的断头台。而且，我觉得自己有义务跟随这个不幸的人，如果可能的话，让我们的目光相遇，我希望他能从我的眼神中读出一种无比的尊重和友情。可是他却谁也不看，他不愿连累那些同情他的人，除了我，还有很多人在注视着他。几个西班牙囚犯参加了他的行刑。我看见他们从白衣服里拿出了几枝花，向他掷去。我闭上了眼睛。我听见铡刀落下的声音，我呆在那儿，像瘫痪了似的，一时间，竟感觉好像是自己被砍了头。我心里暗暗地想：

“也许，明天就会听到铡刀落在埃米里昂的头上了！”

迪蒙拉起我的胳膊，把我带走。我感觉不到自己在走路，也不知自己身处何方。

当我走进埃米里昂的房间时，发现他独自一人，悲痛万分。他非常喜爱这位教士。我安慰他，和他一起流泪，这让我感觉好受了些。我想要宣泄心中的愤怒，他却设法让我平静下来。

“不要诅咒革命，”他对我说，“相反，我们应该为它哭泣！这些残暴、无理的行径是对革命的扼杀，他们让无辜者白白送命，让人民灰心失望，这一切都是在摧毁革命，人民再也无法理解革命的意义何在了！”

“现在，”我对他说，“必须逃走，今天夜里就逃出去！您很清楚，明天就轮到您了，一旦被判了刑，他们就会对您严加监视，那时我就什么事也做不成了。”

“不，”他答道，“再等等……”

我们争论的时候，我听见有人上了楼梯，于是赶紧拿着篮子和扫帚跑到门边，装作刚刚干完活的样子，这时，我却发现面前站着的是科斯特如先生,我高兴得差点要叫起来,但还是忍住了,有个狱卒跟在他后面。他把狱卒打发走,好像不认识我一样,对我说道:

“去给我拿纸笔来。我要亲自审讯这个犯人。”

我迅速照他的话去做,当我回到楼上时,他说:

“把门关上,我们说话小声些。我见到了勒热纳代表,他们将审讯埃米里昂,对他进行第二次判决,算是利摩日的终审。我得告诉你们点什么呢?庞菲勒总想把埃米里昂当成他的猎物弄到手,我就以他的名义向勒热纳代表提出了请求。我负责把埃米里昂带到庞菲勒那里,我要带走他。我们今晚就出发。不得不承认,庞菲勒的势力比我大。埃米里昂必须在这次行程中逃走,这倒不会太难,只是,他能去哪里?到什么地方他才能安全呢?这我就不得而知了。”

“我知道。”我回答说。

“那就好,别告诉我,你们去寻求上帝的庇护吧。你能不能在晚上将近十一点的时候到离这儿四里远的阿尔让东公路上?”

“完全可以。”

“那么,你记不记得一个叫托潘的地方?迪蒙应该认识,那是一片大荒原中唯一的要塞。我会乘驿站快车经过那里，有两个人随行，不过，他们是我信任的朋友。囚犯就在那个地方逃走，他们什么也不会觉察，只有到了利摩日附近才会发现犯人逃跑了，那时你们已经走得很远，什么也不用害怕了。你们准备一下吧，这里有些钱，不知道你们要躲多久，没钱就完了。”

我们三人深情地拥抱在一起。埃米里昂把妹妹托付给了科斯特如，他答应照顾她。我跑去通知迪蒙，并把行李装在驴背上。我们丝毫不亏欠穆顿，这个月的房租已经预付了。我们没有对此行守口如瓶。迪蒙说他收到一封哥哥的来信，有急事叫他回去，我们装作要去瓦坦几天。我们留下了几件东西，表示还要回来。

在夜色掩护下，迪蒙和我走在旷野中，心里充满了喜悦，竟忍不住哭了起来，一句话也说不出。不过，这个善良的人很快就打破沉默，低声说起话来，向我倾诉他的情感，虽然我更愿意快些赶路，不想太激动，以便保持机智，但还是被他的诉说打动了。

“娜侬，”他对我说，“毫无疑问，这是上帝对我们的恩宠，但也要归功于你，你的心肠太好了，还有男人一般的勇气。而我，什么用也没有，真该千刀万剐！我常常想，我没有积攒点钱，给我那可怜的孩子（他说的是埃米里昂）留一份微薄的财产，反倒像个野蛮人似的，喝光了所有的家产，是的，所有家产！啊！我就像那个教士，厌倦了生活，要是我又开始喝醉酒的话，你就再也别跟我说话了。”

“这您不用害怕，”我回答他说，“您已经好了，醉酒就像一种病魔，您善良的心帮助您战胜了它。您经受住了考验，为了得到那个狱卒的信任，您不得不常常喝酒，但您每次都很好地管住了自己，您把他灌醉了，自己却从来没有失去理智。”

“啊！这的确很难，我从没做过这么难的事，也压根儿不相信自己能做到！可是，这掩盖不了我的过去，我想，现在再怎么做也徒劳无益，我是逃脱不了下地狱的惩罚的……是的，娜侬，就像条狗似的下地狱！”

“您为什么要狗下地狱呢？”我笑着对他说，“它们可没做什么坏事呀。您千万别把这种念头装在脑子里，我们走快点吧，迪蒙老爹，科斯特如先生的马车可比我们跑得快，我们必须十一点钟赶到约定地点。”

“对，对，”他答道，“走快点。但这并不妨碍我们交谈。我愿意向你敞开心扉。有什么能阻止一个真诚的人袒露他的心声呢？瞧！我是不是尽说些荒唐事？我曾经是个酒鬼，该受到惩罚。我已经受过警告了，那次，我跌进三十尺深的洞里，发现自己摔在洞底……完全掉到了洞底，就像这样，你瞧……”

说着，他想停下来第一百次向我演示他跌倒的姿势，那天夜里，他醉醺醺地回修道院，差点把自己的命给送了。

“走吧！”我对他说，“您难道想耽误时间，来告诉我这些我早就知道的事？”

“耽误时间？……噢！对，耽误时间！这不，连你也指责我不知道自己在干什么了。所有人都瞧不起我！我是自作自受，我也瞧不起自己！可怜的孩子！和一个无赖、一个混蛋一起赶路，这对你来说是不是很不幸？……我就是个无赖，你说什么都没用……如果我还有点良心的话，就已经自杀了……像条狗！走吧，离开我吧，你该把我丢下，就在这儿，丢在水沟里……我知道自己在说什么，我没醉，而是太伤心了！一条水沟！就是留给我的。让我安宁吧，我要死在那里！……”

毫无疑问，这可怜的人面对酒的诱惑苦苦挣扎了那么长时间，可眼下，就像船一样，眼看就要到港口时，却搁了浅。他和穆顿老爹告别时再也坚持不住了：他喝醉了！

在其他任何情况下，我都会容忍这事，但眼下要拯救我们的朋友，必须赶在马车之前到达，做好准备，不能被人怀疑，也不能引起任何人的注意，他一到，我们就要看准时机赶快逃走，既要谨慎，又要考虑周全、不动声色。想到这里，我用胳膊架起这个男人，醉酒让他变得绝望，他觉得自己没有能力助我一臂之力，痛苦地自责，口中不停重复着："我没醉，而是太伤心了！我该下地狱！我该死！"他想躺下睡觉。他哭了起来，开始大声说话，连我也不认识了。我不知道他会不会变疯。

我架着他的胳膊，又是推，又是拽，直到精疲力竭。我再也没劲儿了，只得让他坐在路边，脚伸进水沟里。他不肯骑上驴子，说那是断头台，说他会自己了结的。

我想丢下他，每时每刻，我都好像听到载着埃米里昂的马车由远及近的车轮声。我觉得血液冲上脑袋，嗡嗡作响，我费尽了力气来拖迪蒙，我真怕自己再也没有足够的力气往前走。如果他安安稳稳地睡着了，我可以把他留在远离行人的隐蔽处，然后继续赶路，只是要撇下他去那个他为我们准备好的避难处。可是，他的精神狂乱，想要自杀，我不得不像对孩子似的，一会儿哄他，一会儿责骂他。一辆车驶近……不是科斯特如先生的马车，是一辆两轮运货车。我做了一个绝望的决定。我径直走向车夫，请他停下马车。这是一个运完货要返回阿尔让东的车夫。我指给他看这个在地上打滚的老人，向他说明了我所处的困境，恳求他用车把老人带到最近的客栈去。刚开始，他拒绝了，以为老人是癫痫病发作，不过，他很快看出，就像他所说，这不过是个"人人都能理解的小事故"。于是他表现得很有人情味，笑话我担心得过头了，说着就把迪蒙像孩子一样举起，放在了车上，然后自己坐到车辕上，叫我牵着驴子跟在后面。不一会儿，迪蒙安静下来，睡着了。车夫拿了些干草盖在他身上。为了不让自己也睡着，他开始吹口哨，始终重复着某首歌中一个缓慢而单调的句子，也许他只会吹这一句，甚至就连这一句也吹不完整，于是他一遍又一遍地从头开始吹，却一次也没能吹完。

我的头很痛，心里倒稍稍平静了些。然而这口哨声又让我变得焦躁不安。整整一个小时，哨声终于停下，可情况却更糟了。车夫竟然睡着了，马感觉不到鞭子的抽打，渐渐地放慢了脚步，驴子和我不知不觉中已经超过了它们。终于，我发现了一座房子，我叫醒车夫，请求他帮我把叔叔弄下车来，放在房子旁边一堆割下的蕨草上。他殷勤地照办了，我向他表示感谢，但不能付给他钱。我不知道他会不会拒绝我的钱，但在那个年代，一个像我们这样的人，口袋里是很少会有钱的，哪怕一点零钱，我若掏出钱来给他，他一定觉得很吃惊。

车夫重新上路时，我试图让他打开车门。可没有回应，我又敲了几下，还是徒劳。于是我做出了决定。我确信迪蒙在蕨草堆里睡得很熟，不会发生任何事故。我赶着驴子，让它加快步伐。不一会儿，我便超过了那个车夫，他又打起盹儿来，没看见我把“叔叔”丢下了。

这时，我已置身于人们向我提起过的那一大片荒原之中。我感觉最多只走了一里路，为了让迪蒙自己走路，也不知道耗掉了多少时间。我懂得如何根据星星的位置来判断时间，但此刻天空布满了大片的乌云，暴风雨即将来临。一阵风刮过，扬起路上的尘土，让人眼看不清前方。我思忖着，只要有几丝亮光，我就能知道有没有到达托潘的要塞，可是如果光亮被风卷起的沙尘遮住，就有可能会错过目的地。我不得不经常停下来看看身后，然后再加快脚步，总是既怕走得太慢，又怕走得太快。

突然，在越来越频繁而猛烈的雷声中，我听到一辆马车从身后疾驰而来的声音。我离驿站远吗？马车要超过我了吗？我来不及跳上驴子，便开始飞奔起来，它几乎跟不上我。马车离我很近了，我只得冲到水沟旁。它像闪电一般驶过，我勉强辨认出那两个护送的骑士。我一直拼命奔跑，可一分钟还不到，一切就消失在了尘土和黑暗之中。又一分钟之后，车轮声越来越弱，我不得不相信，自己已经令人绝望地被抛在了后面。

此时此刻，凡是人类力量所能赋予意志的一切，我都要从自己的力量中获得，我拼命往前跑，再也顾不上想自己身处何方。我几乎被雷电的轰鸣声震聋了，闪电仿佛沿着马车的行迹猛然劈下去，我一路狂奔，身后的气流给闪电打开了一条通道，一道闪电接踵而至，我依旧跑得飞快。也许我就快赶上马车了，这时，一团火把我包围住，只见离我十步远的地方，一个白色的火球落下，强光简直要刺瞎我的双眼，巨大的震动猛然将我掀倒，压在了已经倒地的可怜的驴子身上。

驴子和我并没有被雷电击中，却好像失去了知觉。它一动不动，我也丝毫没想到要站起来，我忘掉了一切，此时如果有一辆车经过，准会把我们压得粉碎。我不知道自己在那里待了一分钟还是一刻钟，当我清醒过来时，发现自己坐在荒野中的蕨草上，驴子正在安静地吃草。大雨滂沱。有人轻声对我说话，还用双臂拥着我，像是为我挡雨。我死了吗？这是不是幻觉？

"埃米里昂！"我叫了起来。

"是的，是我。别出声！"他说道，"你能走路吗？我们得离开这儿。"

我很快恢复了神智，站起身来，摸了摸驴子，它很驯服，只要示意一下，就会像狗一样跟着我们。

在荒原上，我们顶着狂风和暴雨走了一个小时。终于，我们走进了夏托鲁森林，我们得救了。

在那里，我们歇息了一会儿，谁也没有说话，而是久久地拥抱在一起。忽然，埃米里昂听见我们脚下有东西发出声响，便俯下身去摸了摸，然后低声对我说：

“这里是个烧炭场！”

我们正站在一块覆盖着泥土的巨大的饼状灰烬之上，泥土里烧炭的火还没有熄灭。木头已不再燃烧，但地面仍然是热的，我们躺在上面，烘干了身体，这时雨渐渐停了。我们一句话也没说，生怕引来烧炭工人，他们的茅草屋也许就在附近。至于守林人，根本就没有了，只要愿意，谁都可以进入国家森林掠夺一番。我们默默地手牵着手。我们太幸运了，也许还不能说我们已经逃离了危险。我们安安静静地休息了半小时，没有受到任何打扰，然后我们穿过了森林，有三只狼跟在我们后面，眼睛像红色火苗般闪闪发光。我们严加防范，不让它们靠近驴子，如果吓不住它们的话，它们就要攻击驴子了。

我们不熟悉这片森林，只得盲目地向前走着。我们知道有一条罗马古道通向东南方向，但没有星星为我们引路。终于，天空明朗起来，透过树梢，我们看见了猎户星座的绶带，农民们管它叫“三国王”。于是我们毫不费力地找到了那条古道。道路边有宽阔的石沟，很容易辨认。沿着古道，我们走到树林的边缘，总算摆脱了狼群的尾随。

第十六章

我不再感到疲倦，我们在森林边缘，即将要穿越一片荒原，这片原野没有前面的那么荒凉。我们轻松地往前走，这里没下雨，土地是干的，我们终于确信，在这一大块空地上别无他人。缀满星星的天空显得十分辽阔，在这个荒凉的地区，由于缺乏劳力，肥沃的土地无人耕种，已经荒芜了。人们只是在住宅周围种些庄稼，所有的男人都参军去了。共和国曾号召："除了战争，大家别去想其他事情，年轻人投身战斗，妇女们织布、缝军服，孩子和老人为伤员做纱布，或者为胜利的英雄们编花环。"丹东还加了一句："所有其他的事都别做了！"丹东可以对巴黎人这么说。在巴黎，贫民可以靠城市福利来养活自己，人们甚至给他们钱，让他们去充当各区议会的听众。可农民呢？对他们来说，不干农活就意味着放弃土地、牲口被饿死、孩子没饭吃！城里人根本想不到这些，他们还天真地对农民们的愤怒和沮丧感到惊奇。

这种普遍的不幸反倒帮助埃米里昂成功地脱逃了。田野到处是一片荒芜。蕨草和染料木毫无约束地猛长，成了高大的草丛，人睡在草丛里比睡在城堡里更安全。我们听不到其他声音，只有山鹑唤幼雏回巢的啼叫声，偶尔也有夜禽低低的哀鸣声在树木间互相呼应。这些可怜的树，稀稀拉拉、弱不禁风，树冠被削去，参差不齐地露出圆乎乎的顶部，仿佛暗中窥视的人一般。不过，我们的眼力早已练得很棒，不会看错。

我们终于能好好地说说话了，不再害怕被人听见，也不用再想着辨认道路或对付路途上的艰难险阻。我确信我们走的路是对的。

我问埃米里昂，我本来是跟在他的马车后面跑，怎么后来会一下子和他一起跑出了公路。原来，科斯特如先生认为托潘的驿站里可能会有太多的目击者，于是就让他在临近托潘的地方下了车。暴风雨来临时，他趁乱叫埃米里昂溜到路边，躺在水沟里，等我去找他，科斯特如先生以为会在约定的地方见到我，还答应说要到那里去通知我。车夫和骑士都没发觉埃米里昂已经逃走了，科斯特如先生估计天亮以前他们不会有丝毫怀疑。刚开始，埃米里昂一直躲着，但他听出了我的脚步声和叫喊声，当时我好像正悲痛欲绝地呼喊着，自己却毫无知觉。也许，在一路狂奔中，我被焦急和雷电吓得失魂落魄了。我不停地喊着：上帝啊，我的上帝！……难道上帝也要和我们过不去吗？

埃米里昂跟在我后面竭尽全力地奔跑，可又不敢叫我。直到我跌倒在路中央，好像被雷击中一般，他才赶上了我。他把我抱起来，确信我并没有死，因为我还在不停地说："上帝，我的上帝，您真的不愿意吗？"可我却无法再向前迈出半步，也不知道自己身在何处，他真害怕我疯了或瞎了。

"啊！我可怜的、亲爱的娜侬，"他说，"当时我多害怕呀！一刹那间，我甚至后悔没有老老实实待在监狱里，我诅咒自己，竟然同意你来救我，让你付出了这么昂贵的代价！告诉我，迪蒙在哪里，你怎么会孤身一人？他在某个地方等着我们吗？"

我不得不向他叙述了一遍所发生的事，这令他十分担忧。

"这可怜的朋友会怎么样呢？"他说，"等他醒过来，肯定想追上我们，他会去托潘四处打听消息，会引起怀疑，也许他会把自己连累了，说不定还会被捕……"

"这个不用担心，"我对他说，"迪蒙很谨慎，尤其在喝醉酒的第二天，他会更加小心的。他怕别人发现他的错误，就算对朋友也不会主动说什么的。他一定想到我们正在去克勒旺的路上，他在那里为我们找好了藏身之地，他会去那儿和我们会合的。”

“克勒旺！”他叫道，“我们就是去那里藏身?”

“是的，我们已经计划好了，去的路我很熟，迪蒙告诉过我，我也在地图上找到了那条路。”

“可是，你不知道，那个米亚尔，就是他告发了和我住在同一个牢房里不幸的比居兄弟，现在是克勒旺的市长。”

我害怕极了，差点儿想放弃我早就让人准备好的这个避难地，不过，我们仔细考虑了一番之后，决定还是按原计划行事。那个米亚尔，要么是个为报一己之仇的狠毒家伙，要么是个愚蠢的爱国者，根本不知道自己会让两个受害人无辜送死。如果是第一种情况，那么他不认识我们，也就没理由加害我们，如果是第二种情况，他心里一定很后悔，不会再干那种事了。再说，他也可能不在城里，或者生病了。至于如何避免从市镇经过，在迪蒙租的房子没有远离危险的情况下，又如何躲进田野里，那就是我们的事了。

然而，什么时候，又在什么地方，我们才能再见到迪蒙呢?

我们决定待在这片高地的最高处直到天明，藏在荆棘从中可以不被人看见，又能俯视整个空旷的乡村，看到来往的路人。

我疲惫不堪。我沉沉地睡去，直到太阳升起，阳光直射入我的双眼，我这才醒来。我站起身看了看，埃米里昂不见了。只有我一个人和驴子在一起，它的驮鞍和驮的东西都铺在地上当作我的床。

一阵恐惧袭上我的心头。

“他一定去找迪蒙了，”我想，“他会被人抓住的！”

我四处张望，什么也没发现！我把行李重新装在驴背上，却不知道自己在干什么，也不知道自己要做什么。我又四下望去，发现在远处，很远的地方，有两个男人走在我们昨夜走过的那条小路上。我一时无法辨认他们，心里焦急万分。终于，我看清了他们，是埃米里昂带回了我们可怜的迪蒙，他仍然非常虚弱，埃米里昂不得不用胳膊架着他，才能让他稍稍走快些。

我们很快又上路了。迪蒙不跟我们说话，埃米里昂示意我让迪蒙自己慢慢恢复。我们无需他的指点就能顺利到达目的地，即使拐弯处和十字路口也不会耽搁。我曾在地图上仔细研究过这个地方，而且我们马尔什人对直线行程有一种特殊的辨别力。就在不久前，我们那个地区的流亡工人还徒步走到巴黎，走到所有需要雇用大批砖石工的大城市。修建铁路之前，经常可以看到他们成群结队地出现在各地，他们总爱在田间穿行，人们对此怨声载道。

到了恐怖时代，就再也不见他们的踪迹了，我们可以在荒野上随意行走。我们沿着一条叫古尔东的小溪往下游走去，不过并没有跟着它一直走到小山谷里，那儿有几座磨坊和住宅。到了维尔莫森林后，我们离开溪流，涉水穿越波尔德苏尔河，然后，经过了通往艾居朗德的路之后，我们向左走去，一天里大约走了七八里路，终于，我们绕过克勒旺，进入了那片寻觅已久的荒野之地。

这里跟我们所希望的一样。这是一个遍布花岗岩和葱郁树木的绿洲，一切都隐蔽而神秘，像个迷宫。随处可见的有圆滚滚的粗石块，它们或从地面上突出来，或像成堆的砾石一样相互重叠，有一些凹凸不平、下陷的小路，连轻便马车也很难通过，还有些更狭窄的路，马车压根儿无法通行，这些小径伸入有水流经过的沙土里，人走在上面并不会陷进去。这一切之上都有绝妙的植被覆盖。所有的山丘都生长着巨大的栗树，低洼处有茂密的灌木丛、挂满果子的野梨树和花朵盛开的忍冬，粗壮的冬青和刺柏长得像树一样，树根四处延伸，好似在下陷的沙土上搭了一座座桥，又像是条条巨蛇在爬行。

“怎么，”埃米里昂对我说，“整个受迫害的法国不到这样的地方来躲一躲？在这里，没有一块巴掌大的地方会让人冒险置身于旷野中，总是走不到两三步就能找到一处极好的藏身之处。要想在这地方找到一个人，恐怕要动用成千上万的人才行！”

迪蒙见我们对这个避难地非常满意，又重新鼓起了勇气。

“这地方太穷了，”他对我们说，“那些过惯好日子的人只能在这里住几天。你们也许要受点苦了，特别是如果我们要在这里过冬的话，不但生活简朴，还得有结实的身体才行。我们得尽可能把一切都安排好。可别想让那帮过去的有钱人到低洼的山谷来过这种日子，连个说话的人也找不到。他们在这里会发疯的，宁愿去自首。”

他说得对。在那个年代，很多人宁可去死，也不愿挨穷受苦，那位在我们眼前被斩首的可怜教士便是个证明，他厌倦了东躲西藏的生活。

至于我们，幸福地相聚在一起，充满着力量和青春朝气，为能成功地逃脱而感到自豪，我们习惯于节俭地生活，喜欢看到树木与岩石，来到这里就仿佛进入天堂一般，如果我们能忘掉其他人的不幸和危险，这里对我们来说就真的是天堂了。

半路上，我离开同伴，到一个村子里去买了一点油、盐和面包，又买了几件家里要用的器具和小碗碟。晚餐我们几乎从不讲究，不过还是要做得美味些。栗树林中，巨大的葡萄枝蔓繁密茂盛，灌木丛下，干净又新鲜的琥珀色鸡油菌从苔藓中冒出来。在我们家乡，大伙儿都非常了解蘑菇，而贝里人却对这么丰富的资源一无所知，长期以来任凭它们自生自灭。即使在今天，他们也认不清那些蘑菇，还因此出了事故。我们如愿以偿地找到了不少蘑菇，我们可以尽情地采摘，不会有任何人对此感兴趣。在那个年代，人们被大批征召入伍，到处都几乎是荒凉一片，这个偏僻的地方既没人耕种，也没人居住。不过，也有些产业主，像我们那里新兴的财产购买者，打算到这里来捞些钱，但他们只在栗子成熟的季节才来，这些收益很高的树木在一年的其他时候是不需要任何照料的。

走了很长的一段路之后，我们进入了即将要居住的那个地方。我们经过一条小溪，它一路欢唱，跳跃着穿过那些圆如面包、大若房屋的花岗岩石块。没有桥，也没有跳板，我们只得从一块接一块的石头上蹦跳过了河。我们登上小小的悬崖，来到一个美丽的天然花园，这里有草地，有鲜花，还有低矮的灌木。以前，人们随时都会到这里来开采花岗岩，运往那些缺乏优质石料的地区，运石块的牲畜来来往往，不仅翻动了土地，还为它施了肥，因而这里长满了最美的植物。可是，自从人们不再修建教堂和城堡后，开采花岗岩就成了无利可图的产业。运输相当困难，收益却少得可怜，再说，这里和其他所有地方一样，已经再没有工人了。迪蒙看到最后一个工人也要走了，便租下他的房子，十法郎一年。

“这房子不好看，”他一边对我们说，一边钻到了树下，茂密的枝叶遮蔽着一个陡坡，“但是它很坚固，也够大，而且隐藏得很好。让我们来把它好好布置一下。我把周围的土地也租下了，花了二十法郎。我们可以用这里的建筑原料。”

实际上，这个破棚子只不过是采石匠暂时落脚的地方，但它毕竟是一处安身之地，四周由大块的石头砌成，房子的内壁被打磨得相当光滑。屋顶是长长的一整块石头，尽管看起来非常可怕，但放置得非常平稳，不可能掉下来。大石块离地面太近，人站在屋里根本直不起身来，于是我们就把地下的沙土挖去了几层。这里很干净，也挺安全，只要稍微疏通一下门外的沟渠，不让雨水涌进屋里就行了。

“可是，你看，”埃米里昂惊奇地察看了一番这笨重的建筑，对我说，“那些采石匠根本不可能搬动这样的巨石，他们只是找到了这座现成的房子。就是这个，院长把它叫作‘石棚’，在我们那儿被称为‘仙女场’。”

他没有弄错。尽管石块上被新近凿了些槽子，石块与石块间的空隙被填上了砖块，这的确就是凯尔特人遗留下来的建筑，我们只要在四周稍微看一看，就能发现不少类似的石棚，有些由于开采被损坏了，有些还保持着原样。

埃米里昂开始动手用树枝和编好的蕨草为我在大房子旁边搭一间小屋，这并不难。迪蒙正忙着填补石屋内壁和外面石块间的空隙，他用的材料是小河中的淤泥和水面下两三尺深的河床上铺满的厚厚苔藓。我则负责收拾我们屈指可数的几件家具：一个用在露天厨房的旧的铁三脚架、一只大罐子、一只大盆、十二块不够方正的木板，再加上几个被砍得平平的当作凳子的树桩。床和被褥根本没有，更别说桌子、橱子和壁炉了。我要做的就是尽可能利用这可怜的几样东西来煮一顿晚饭。第一晚，我们在露天过夜，就像无数无家可归的人。然而夏天即将结束，这里的天气已经凉了。第二天一早，我们又开始干活。首先，我们把门重新加固了，四周的沙土上可有不少狼的脚印呢，接着又修好了掉下来的窗扇。他们把我的小屋和大房子隔开，这样我就有了完全属于自己的房间，两块岩石之间留了一个大大的缝隙，当作我的窗户，晚上我可以用草和苔藓把它堵上。我们把做木工活要用的工具都装在驴子驮的包袱里，从夏托鲁带来了。我们用木板做了三只箱子，里面装满从小溪里找到的肥厚的苔藓，这些苔藓在太阳下晒干以后，用来铺床再好不过了，更换起来也很方便。我还带来了三件宽大的白色罩衫，当我们不得不和衣而睡时，就用它们来保护衣服。自从我装扮成男孩子以后，双手变得灵巧而有力，男孩子会做的事情我也一样能行。两个男人正忙着做床和桌子等大件家具，我就用木头做了一些勺子、叉子，甚至还做了几只木碗和一个装盐的盒子。我还用铁丝编了一个烤蘑菇的架子。我又找到一块完整的木板，用来摆放那些被我夸张地称为“餐具”的吃饭家伙。我不仅有用于缝补的东西，还有肥皂、牙刷、梳子和十二条毛巾。所有关系到清洁的东西，我都很用心，贫穷的生活并不可怕，可怕的是过邋遢的日子。保持家里的整洁卫生，这一点我很在行，早在和舅公一起住的时候，我就学会了，那可是舅公唯一的要求。如果我们没把脸和手洗干净的话，他是绝不会允许我们坐在饭桌前的。

我们给驴子也搭了个坚固的茅草棚。在我的感情上，它代替着萝赛特，因为即便在生活的不幸中，我也还一直像个孩子，或者更确切地说，从我能暂时恢复安宁的第一天起，我就又变回了孩子。那是头挺不错的驴子，非常聪明，虽然个头不高，看起来一副安静的样子，但很强壮，干起活来也特别卖力。它被驯养得像狗一样，我每走一步，它都跟在我脚边，时刻准备跟我玩耍或替我干活。它替我们运来修建房屋用的木料和泥土，还真是帮了大忙，最难弄到的就是黏土，我们不得不穿过沙地和石滩，到很远的沟渠里去寻找。

尽管事先有所预见，也做了不少准备，我们还是缺很多东西，好在眼下最主要的用品都有了。我们很幸运能在这里安身，修建房屋的整整八天中，我们连个人影都没见着。

如今要想再这样，就根本不可能了，虽然那个地区表面上仍然很荒凉，建筑很少，居住的人也不多，但人们在那里修了路，开垦了一大片尚未耕种的土地，还破坏了很多岩石，不少小农场也出现了。九三年，旧制度废除，农民们一无所有，总是迟迟不来的大产业主也不知道自己的土地究竟在何处，农村一片混乱，人口被迫减少，而我们却隐身在这里，仿佛鲁滨逊居住在他的小岛上一样。当我们第一次在小溪边看到人的脚印时，我和埃米里昂互相望了望，不约而同地想到了同一件事。我们是无比愉快地一起读完《鲁滨逊漂流记》的。当时，我们也梦想着有一个属于我们俩的小岛。此刻，我们正身处类似的情境，只是，野人离得更近了！

第十七章

那不过是一个小孩子的脚印，可孩子也有可能是被派来窥探我们的。他没看见我们，我们也看不见他。第二天，又来了两个人，这次他们露面了，但没有走近。他们好像害怕我们似的。我们觉得应该跟他们打个招呼，而不想显出一副躲躲藏藏的样子。然而他们却逃走了，而且再也没有重新出现。他们会去告发我们吗？

“别这么想，”埃米里昂对我说，“否则我们就要仇恨所有的同类了，其实，并不是所有人都应该憎恨。直到现在，我们结识的都是些好人，恐怖时代也没有把所有人都变成恶魔，我愿意相信好人占大多数。你想想跟我有关的那些人，坏蛋只有少数几个，一个庞菲勒，他不能原谅我救出了院长，一个勒热纳，他疯狂地以为摧毁得越多，更新得也就越多。而我身边的朋友却很多，像科斯特如、院长和迪蒙，还没算上那些无法帮我，却默默为我祝福的朋友们，我确信，几乎所有瓦尔科的人都是这样的好人。”

“那我呢，”我对他说，“您不把我算在内吗？”

“不，”他答道，“我不会把你和任何人算在一起。你是最好的，比其他人都重要。我对你不仅仅是感激，希望你能明白。”

“可是……我不太明白。”

“啊！这你不懂……是的，你根本不知道你对我意味着什么！你把自己看成是我的女仆，还要做我未来妻子和孩子的女仆！我记得，我们已经说好了！”

说着，他笑了起来，一遍遍地亲吻我的手，好像我是他的母亲似的。我忍不住把这个想法说了出来。

“好啊，”他接着说，“就做我的母亲吧，我很愿意，我曾经想，如果我有一个真正的母亲，那她就是这世界上我唯一所爱的人。你来代替她接受我所有的敬重、温情和爱恋吧。”

说着，他静静地把我的手放进他的臂弯，我们又沿着黑刺李树继续往前走。我摘了一些李子，准备冬天用来酿酒，埃米里昂已经做好了一只洗衣桶和一只酒桶，我们知道哪里能弄到些酿酒用的葡萄。那一天，我们除了家务琐事就没再谈别的，应该说，他很少跟我说起他对我的感情，即使谈到，也仅仅是只言片语，但他的话总是那么诚恳，神情总是那么坚定，让我不可能有任何怀疑。

来访者没有再出现。我们住在离克勒旺两里多远的地方，四周只有一些稀稀落落散布着的茅草屋，最近的一间也离我们相当远。倘若农民们没有兴趣去勘察周围的地方，那他们永远都不会去做。即使今天，在贝里人口较为稠密的地区，还有些人家连距离他们一里远的地方是什么样子都不知道，若是一公里开外，他们就连路也没法给你指了。这种情况越来越少，然而，不得不说，这些人非常贫穷，他们闭门索居，只知道守着一小块土地过活。

我们很清楚，就算我们不刻意避免，眼下也得不到任何人的帮助，于是就安心过起了简朴的隐居生活。后来我们得知，在基督教最初的时期，在我们居住的岩洞里曾经有好几位隐士，甚至有传说，我们的“仙女场”，人们称之为“苦修洞”，在被野蛮的女人（德洛伊教女祭司们）占领之后，曾被用作一些圣子和圣女潜心修行的地方。因此，我们想，既然在那个土地更加荒芜、人烟更加稀少的年代，隐士们能够在这僻静的地方生存下来，我们也一定能在这里顺利地度过冬天。

我们尽力把住处布置得好些，这也是为了谨慎起见，因为如果我们不得不接待访客的话，那时我们看起来不能像东躲西藏、不顾一切对抗贫困的人，而要像努力使生活过得不那么糟的穷苦居民。

从夏末直到结冰前这段长长的日子里，蘑菇是我们的基本食物。迪蒙来来往往跑了不少地方，都没遇到任何危险。他时不时带着驴子去很远的农场，想弄些盐、大麦或荞麦面、油，甚至水果和蔬菜回来。饥荒正在蔓延，这些东西的价钱都很贵，当他想用篮子跟别人交换时，人家对他说："没有任何东西好放进去，要篮子有什么用?"我们并不缺钱，但必须看起来和别人一样穷，还要一个劲儿地讨价还价，埃米里昂和我对此似乎都不太在行。迪蒙却做得相当出色，人们都认为他算得上本地最穷困潦倒的人之一，在某些地方，有人还好心地给他一杯酒喝，在不产酒的地区，酒可是少见又珍贵的东西，但迪蒙已经发誓再也不沾一滴酒了。正因为醉酒，他险些耽搁了心爱的埃米里昂的逃跑计划，他心里非常难过，决定要惩罚自己，像个真正的隐士那样过苦修生活。

有一个时期，粮食严重缺乏，人们能买到肉，却买不到面粉。不过我们并不需要面粉。四周的野味很丰富，我们发明了各种捕捉猎物的陷阱和绳圈，很少有空手而归的时候，差不多每天都能捕到一只野兔、一只山鹌或几只小鸟。小溪里有很多钩鱼和欧鲅，我很快编了几只捕鱼篓。小池塘里还时不时有些青蛙，这些家伙也不能小瞧了。狐狸虽然溜得很快，但我们可比它们机智，我们晒干了足够的狐皮，到冬天就是好样的被褥了。后来迪蒙又弄到了两只山羊，有羊奶喝，我们的日子过得更惬意了。养羊就像养驴一样，根本不需要费任何心思，我们住处周围有很多野草，再加上未出售的土地上废弃的牧场，它们不愁没的吃。

收获栗子的季节到了，我们的生活也有了保障，不一定非要出去买东西不可了。我们有十二棵非常棒的栗子树，摘下的果实被贮存在一个收拾得很好的沙土地窖里。作为马尔什人，我们比贝里人更懂得如何收藏这些珍贵的食物。

然而，采摘的时期里，我们总是不断受到来访者的侵扰，不得不多加小心。无论是迪蒙，还是一直充当他侄儿的我，我们都没什么好害怕的，但埃米里昂，可怜的埃米里昂，他曾一心想当兵，如今却待在这里，像是在逃避兵役，我们必须把他藏好，或者让他装成残废。他顺从了我们的意思，自己做了一只木腿，屈起膝盖，把它绑在上面，还准备了一只拐杖。可令人吃惊的是，我们的小心谨慎完全是多余的：周围到处是采摘栗树果实的人，但那十五或二十个爬上邻近小山丘的人没有一个越过小溪，也没有一个走近我们的房子，没人跟我们说话，甚至没人看我们一眼。

这在我们看来很是奇怪，我和埃米里昂得出的结论是:这些正直的人已经猜出了我们的处境,所以不愿意看见我们,这样,倘若有人迫害和审讯他们,他们就可以发誓说根本不知道我们在这里。

其实,对于一些人来说,的确是谨慎起见,但对另一些人来说,则是出于另外一个动机,这是我们后来才得知的。

圣诞午夜,我们沉浸在安宁和相对的舒适中,对外面发生的种种事件毫不知晓,只盼着赶快渡过这场危机,回到正常的生活中去,这给我们带来了些许的欢乐,我们决定吃顿年夜饭。我们用以前开凿花岗岩时留下的裂口做了一个很不错的壁炉,这样圣诞篝火就可以点燃了。干柴在壁炉里燃烧,美丽的火焰照亮了屋子,支好桌子后,我把一串肥肥的烤云雀、一座小山似的用各种方法精心烘烤的栗子和一块山羊奶酪摆在了桌上。为了代替圣诞树,埃米里昂砍了一株假叶树(小枸骨叶冬青)摆放在桌上,树的枝叶间缀满了红红的果子。我的李子酒像山泉一样纯,像醋一样浓烈。我们这些山里人都喜欢它。因为没有更好的,迪蒙也就不挑剔了,我又向他保证这不是酒,他才同意喝几口,为那些不在身边的朋友们的健康举杯祝福。我们不禁在想,为了救我们,也许他们都被送进了监狱,或者被送上了断头台,甚至科斯特如也难以幸免。我们每个人的胸口仿佛都被重重地捶了一拳,我们迫使自己充满信心,谁也不愿说出传遍全身的那一阵战栗。迪蒙想从忧伤中摆脱出来,好久以来他都一直非常难过,像个内心充满悔恨、精神不振的人。我们对他的爱丝毫没有减少,他看出我们已经原谅了他。于是他用一种尖细的声音唱起了一首饭桌上经常唱的歌,那可能是支轻佻的歌,埃米里昂说了句话,他立刻停了下来,开始唱起了圣诞歌。

第二段唱到一半时,屋外传来一声沙哑的叫喊声,非常奇怪,简直令人费解,这叫声沿着房屋延伸开去,消失在帕莱尔方向,帕莱尔是我们这一带最大的一块巨石,后来我知道了,那是德洛伊教祭司用的大祭台。

我们侧耳聆听。我们对狼的嗥声和狐狸的尖叫已经很熟悉了,因此确信这是另一种声音,也许是人的声音。迪蒙拿起一根木棍,轻轻地打开了门。于是,我们听见了一串没有任何意思的话语,但那确实是一个愤怒、害怕得发狂的女人发出的苍老的声音。我们试图追上那个正穿过干枯的蕨草丛向远处逃去的幽灵,可不一会儿,幽灵便消失在黑暗中,再也没有出现。

"你们愿意打赌吗,"迪蒙对我们说,"那肯定是个巫婆,在从前的子夜弥撒开始的时刻,跑到巨石上来念咒语。"

"你说得有道理,"埃米里昂说,"这里发生的事应该和我们家乡一样。人们认为那些凯尔特人的石头是被施了魔法的，它们会在午夜唱歌，并且自动移开，献出压在下面的财宝。那个老太婆就是来祈求魔鬼的，却被你神圣的感恩歌激怒、吓跑了。干得不错，但别再唱了，我的小爸爸，我们周围或许还有其他巫师，他们会认为你是乔装改扮的神父，正在做弥撒呢。”

第二天，我们在屋门附近发现了一张钉着七个大钉子的鳗鱼皮。这是给魔鬼的供品，在乡村很常见。那个巫婆听见迪蒙的圣诞歌，慌乱中就把它丢下了。迪蒙用鳗鱼皮做了只钱袋，并打算好好利用那七个钉子，这可是了不起的收获。几天以后，迪蒙遇见了一个采石匠，他和最后一批采石工人一起在帕莱尔附近干活，他曾看见迪蒙租下了石屋。他告诉迪蒙说，我们的房东已经在拉夏特尔找到了拆除卡尔麦斯钟楼的活计。

“他们干这个已经算晚的了，”采石匠补充说，“现在到处都在拆钟楼，等要重建的时候，我们可就有活干了。到那时，我们会回来把那边山上的大石头弄碎。”

“连帕莱尔也要毁掉？”迪蒙问道，他想弄清楚那块巨石究竟有多大的魔力。

“啊，那块石头，不，”采石匠回答说，“它太大了，肚子里还有魔鬼。如果您能爬上去，不过您这么大年纪的人已经不适合这么做了(迪蒙总是装作比实际年龄要苍老些),您会看到那上面满是神甫让人刻上去的十字架和铭文,为的就是把过去的鬼魂从里面赶出来。好了,信不信由您,每当圣诞午夜,所有的十字架都会消失,石头变得像我的膝盖一样光滑,只有到天亮时,它们才会重新显现。”

“您亲眼见过吗?”迪蒙问道,但并没有表露出他的怀疑。

“不,我没见到,”采石匠说,“我可没有在那个‘魔鬼时刻’去看过,但我父亲什么也不怕,他看到了我刚才对您说的一切。”

“那么,巫师们在那时候做法吗?”

“自从革命以后,他们就不再去了。法律不允许这么做,认为这会惹怒‘理性夫人’,她是新的圣母。不过,还是有些老妇人从远处赶来,躲藏起来,偷偷地寻找财宝。不过,她们只能是白费心机地四处转悠,根本不可能得到财宝。”

“因为财宝并不存在?”

“当然存在!但神灵把它们看管得很严,这您该知道的。”

“我真不知道,我可不想惹他们生气,所以我从来不靠近帕莱尔。”

“您这么做就对了，那是块坏石头。”

“您以前住在这附近吗？”

“啊，是的！我常常和租房子给您的老头一起住，就在那间石棚里，您已经把它修整成了一座挺不错的好房子。我嘛，我是虔诚的基督徒，从来没有为生活的乏味而烦恼。您知道吗，当您把修缮一新的石屋归还给布勒耶老爹时，他肯定高兴坏了。您还在屋里添了壁炉，无论夏天还是冬天，他都可以住在里面了。以前他根本不愿意在这里过冬，不仅因为寒冷，那些鬼魂有时也让他不胜其烦。不过，如果您告诉他，根本没有什么鬼魂……天哪！您将是唯一这么说的人，要知道，即使在大白天，也没人愿意从那儿经过。从河道直到那个被称为‘巴苏勒树林’的地方，那一片地区名声很坏，由于有一条溪流从另一侧流过，所以人们就把两条溪流中间差不多方圆一里的这一片土地称作‘法得魔岛’。”

在向迪蒙解释了一番我们之所以能享有这份宁静的原因之后，那人又问了他几个关于家乡和两个孩子的问题，还问起长子是如何残废的。迪蒙按我们事先商量好的说法回答了他，为了在被询问时统一口径，我们早就想好了一套答词。不过迪蒙也看出我们是在一个很安全的地方，因为采石匠对他这么个可怜的人丝毫没有怀疑，临走的时候对他说：

“对您可怜的儿子来说，像现在这样残废真是一种幸福。我也有个儿子，他是个英俊的小伙子，半年以来，我一直把他藏在家里，让他装病，他整天都不能出门，心里很是厌烦。他跟一位姑娘订婚了，现在却再也不能去看她。可您说该怎么办呢！如果他们把我的儿子弄去，让他被杀死，或者被冻死、饿死，那么谁来耕种我的田地呢？”

“确实如此，”迪蒙答道，“可您一点儿也不怕警察吗？”

“什么警察？已经没有警察了。”

“还有那帮为讨市长们的欢心，整天四处搜捕的志愿者呢？”

“啊！他们只是装装样子，并不敢真的抓人。自从克勒旺的米亚尔先生让人砍了比居兄弟俩的头，大伙儿都谴责他，他也怕有一天保王党人会报复。他再也不那么傲气十足了，还说本地一切正常，我们都是爱国的好公民，说没人会打扰我们。”

“那么，您认为共和国坚持不下去了吗？您是不是有这方面的消息？”

“有一个星期，我在克罗松的打铁铺，听他们说，王后和其他好些人都被处死了。您看着吧，这不可能持久，逃亡国外的人会回来处决所有的雅各宾党人。”

“是啊，可敌人会怎么对付我们这些从来没有杀过人的好人呢？会像羊群中的狼那样乱咬一气吗?”

“哦！该斗争的时候就得斗争！我们要保卫自己拥有的一切!”

迪蒙想对他说，最好是阻止他们的侵犯，而不是等着他们来，不过他很有头脑，没有随便宣扬任何政治观点。他离开采石匠，回来把他们的谈话告诉了我们。

王后的死是革命中最让我震惊的一件事。

“为什么要杀死一个女人?”我说，“她能做什么坏事呢？服从丈夫、跟他的想法一致，这难道不是她应该做的吗?”

埃米里昂回答我说，通常是丈夫听从妻子的。

“当女人看问题更准确时，”他说，“这是一种财富，我相信，将来娶你的那个人有理由在所有事情上都征求你的意见。不过，人们都说，王后想把敌人引来或者把国王带走。这么一来，她就犯下了大错，可能就是她第一个点燃了革命的怒火。我痛恨他们随随便便处死一个人，我痛恨死刑，但是，既然我们仍旧处在这样一个哲学和理性的时代，我认为，比起因为一个自己压根不懂的词就被押上审判席的可怜女仆，王后倒死得其所。她知道自己正在做什么，也知道自己想要什么。大伙儿总说她骄傲、有胆识，她肯定死得很勇敢，心里想着：国家元首的命运就是用他们的性命来对抗人民的性命，而她在这场较量中失败了。你很清楚，在历史上，断头台就是防止极权的一种手段。然而它从来都没能阻止人们对权力的欲望，眼下，在任何派别中，没有一个人会在死亡面前停下脚步。”

第十八章

得知宁静的生活不会受到丝毫打扰，我们很高兴，可是，当埃米里昂听迪蒙说那个年轻人为逃避服兵役而躲起来时，他非常愤慨。他认为拒绝履行义务是件很不应该的事，他对我们说，对于这个恐怖时代，他最想指责的并不是自己被投进监狱受苦，而是被禁止履行他的义务。

“那么，您是不是决定，”我对他说，“等您可以离开这里而不遭追捕时，就去参军？”

“如果我不这么做的话，”他接着说，“你会赞成吗？”

不需要再多说什么了，他的头脑是那么清醒，心灵又是那么正直！我力图使自己坚定这个想法：当我看着他离去时，一定不让他因为我的眼泪而承受更大的分离之苦。我看得出，他喜欢我胜过任何人，但我无法相信这世界上的某个人会爱我胜过他的义务。

我把所有的时间都用来料理日常生活。我希望同伴们身体健康，得到应有的照顾。这已经与我的自尊和快乐密不可分。因为我，他们什么也不缺。我把一切都考虑到了。我清洗、缝补内外衣物，烧煮一日三餐，把屋子收拾得干干净净；我张网捕鱼，把蕨草和欧石楠割下来扎成捆；我编一些“索尔内”绳套，那是一种用马鬃编的带有活结的细短绳，下雪的时候用它来捕鸟。除此之外，我还养羊，做奶酪。所以我几乎无暇多想。我喜欢这样没有时间思考。

埃米里昂和迪蒙也没有闲着，他们要耕种我们租下的一小块土地。可那块地实在太小，沙子又多，除了几样蔬菜，他们并不指望更大的收获。于是，埃米里昂想去开垦小溪另一侧的一块荒地，他觉得那里的土质很好。我们不知道它属于谁，地里什么也没种，没有居民和牲畜，那里也不可能是牧场。埃米里昂对我们说：

“我相信，我们去耕种那块土地，绝对不是侵占或偷窃，相反会是件好事。如果，像我想的那样，在我们收获的时候有人来查问的话，我们就和土地的主人商量，让他也得到一份。他肯定很高兴能有所收获，他原本从那块地里是什么也得不到的。倘若他不来索取，那我们就给他留下一块有收益的土地，或许，从我们这次最初的尝试开始，这个荒芜的地区会变得富饶起来呢。”

他认为自己的预言肯定不会错，于是便动手干了起来。我们除去野草，整个秋天一直不停地松土。我们用牲畜的粪便做肥料。我们凿了几条小沟来引水灌溉。我们还砸碎了岩石。最后，我们把费力找来的黑麦、大麦，甚至一些小麦种了下去，为了考察不同的土质，种子被分类播撒在这片倾斜的荒地中不同的区域。一月份，所有种子都如期发芽了，远远望去，一片美丽的绿色地毯就像祖母绿一般，在冬季干枯的野生植物间闪闪发光。

这一切很惹人注目，有几个人壮着胆子跑来看我们的成果。原先买下这块地的那个农民颇为激动，也随着第一拨人一起来了。迪蒙告诉他，我们很清楚他的权利，会和他分享耕种的成果，听了这话，他平静下来，跟我们友好地达成了一致。农民很高兴，但又说：

“庄稼现在是长得不错，可上帝知道到底能有多少收成！”

“您担心这里天气太冷？”迪蒙对他说。

“不是。魔鬼听任你们做这些事不管，这我看得一清二楚，可我不知道它们会不会任由你们继续下去。”

“我才不在乎那些魔鬼呢，我知道怎么对它们敬而远之。”

“也许！”老实人说着，向他投去不信任的目光，“您要是真会念什么能让它们满意的咒语，我就没话好说了！不过，我可一窍不通，也根本不想学。”

“好吧，您就把我当成巫师吧！如果收成真像现在预见的那么好，您不会拒绝收下您的那份吧？”

“当然不会！可是，等你们离开这里以后，我还能指望有收成吗？”

他出神地望着自己的这片绿油油的土地，惊异、怀疑，却又满怀希望。然后他神情严肃地走了，仿佛亲眼看见了某种奇迹似的。

这以后，我们便得了跟魔鬼有交情的名声，人们更是躲得远远的。我们再也不用害怕了，倒是他们怕起我们来。我们被认为在搞迷信，埃米里昂为此而自责，不过效果却比他想象的要好。我们后来得知，在我们离开后不久，人们就鼓起勇气耕种法得岛四周的土地，并且取得了成功，这让善良的农民不再敌视那些曾经保护了我们的避难与劳作的温柔精灵。

冬天也一样温和，我们的住处被维护得很好，而且我们也习惯了不再过分担心安全问题，日子过得无忧无虑。虽然没有面粉，但贮藏的栗子、奶制品和野味很充足，一次次出去买回的盐也足够吃好一阵子。我们无须再外出买东西，迪蒙也不必冒险跑到很远的地方去。他最后得到的消息令人悲伤，我们再也不想听到这样的消息了。只是，我们很想知道修道院里发生的事，很想让我们的朋友放心，他们可能以为我们已经被抓住、被处死了。可离开这里，又实在太莽撞。埃米里昂发誓说，如果迪蒙和我要回修道院替他打听妹妹的消息的话，他就跟我们一起去。

“你们迫使我把你们置于人们所说的‘不受法律保护’的境地，也就是说，应该被送上断头台。”他说，“好吧，就这么说定了！要不我们一起得救，要不我们就一起完蛋。”

春天到来，新的一年如此美丽地开始了，希望再次在我们心中燃起，仿佛盛开在灌木丛中的鲜花一般。我们几乎没有农活要干，只管看着田里的麦苗和种在羊圈周围的蔬菜不停地生长。我重新缝制了罩衫，内衣还可以继续穿。每天日出而起、日落而眠，连灯也用不着点，我们生活在那里并没有感到困苦。

至于生活的不幸，我们不会时时惦记，埃米里昂和我还年轻，上了年纪的人才会相信永恒的苦难与破碎的生活，相信永远无法与命运抗争。迪蒙不是个爱思考的人，埃米里昂就是他的上帝，我也越来越被这个年轻人正直而坚定的心灵中具有的理性所打动。在日常生活中，他像孩子一样单纯，当人们促使他思考时，他就像成年人那样充满理智。有些看起来十分确切的事，我们自以为和他一起思考过，就不需要他考虑如何向我们解释了。有时，他能猜到法国和国外正在发生的事，当我们事后回想起他说的话，真以为魔鬼在梦中拜访过他。必须承认，在这种孤寂的生活中，我们的想象变得丰富起来，任何事物在我们看来都是某种征兆或预示。如果没有他冷静的判断，老迪蒙和我肯定会变得疯疯癫癫的。断头台那一幕让我时而会产生幻觉。埃米里昂当时就是很平静地目睹了那一切，于是他温柔地责备我，劝说我安下心来。

一天晚上，我告诉他，当独自一个人的时候，我总是听到铡刀落下的声音。

“好吧，”他对我说，“当你觉得听到那声音时，铡刀也许真的砍下了一个人的脑袋。那时候，你要把自己的心呈献在上帝面前，对他说：‘圣父，人世间又少了一个灵魂，如果这是个善良的灵魂，请您别让我们失去它。把它的正义和勇气赐给我们，让我们在这世界上完成它本该去做的善事吧。’你明白吗，娜奈特，多一颗或少一颗脑袋并不能改变命运的进程。屠杀根本毫无用处，命运的必然性变得更加沉重。断头台所带来的痛苦，被它饶恕之人承受的要比被它杀死之人更多。但愿被杀戮的只是肉体！可是，那些人抹杀了人的理性！他们力图让人民相信，必须把他们之中被认为坏的部分牺牲掉，才能拯救被视作好的那部分。你想想院长对我们说的话：人们就是这样又开始了宗教裁判所和圣·巴泰雷米教堂的所作所为，只要同态复仇法存在，所有的革命都必定如此。摩西曾说过：‘以眼还眼，以牙还牙’，基督则说：‘让脸去承受侮辱，把手臂伸向十字架’。若要让这两句话一致起来，还得有第三种启示。报复只能制造伤害，而委曲求全则是纵容。所以，必须找出一种办法：镇压而不用惩罚的手段，战斗而不用伤害人的武器。你笑了？好吧，这些武器已经找到，只要知道如何运用它们：自由的言论可以使思维明晰，舆论的力量能挫败骨肉相残的阴谋，良好的教育使人的心灵深处充满智慧和正义，而无知和欲望则将扼杀它们。因此，必须寻找一剂良药，建立一种希望。如今，我们只有野蛮的办法，并一直在使用它们。革命事业本身无可非议，它的目的正是要给予我们这些东西，也许罗伯斯庇尔、库东和圣·朱斯特还梦想着在牺牲了那么多人的性命之后，能迎来和平与博爱。在这一点上，他们错了，沾满血的手不可能让祭台变得纯洁，他们那一派将遭到咒骂，那些毫无保留地赞赏他们的人会由于无法理解他们的爱国主义而继续残暴行径。但他们无法说服大多数人，人民的内心永远会产生一种相互宽容、相互支持的需要，哪怕要付出一切代价。人民失去的是自由，而非仁慈，他们称之为对和平的渴望。现在，雅各宾派势力强大，你看见了，人们对他们在宗教上心血来潮的想法竟然有一种愚蠢的信仰。好吧,在这所谓的革新深处,没有任何真实、持久的东西。我确信,此刻,其他党派正在摧毁这帮人至高无上的权力,而人民,在饱受他们残酷统治的惊吓之后,已经准备好为他们的垮台而欢呼了。还会有一次血腥的反抗,不过,它将是以人类的名义。恶生恶,我们应该永远记住院长的话。然而,在这以后,人们需要和睦相处,需要用人性的声音来取代狂热的诡辩。也许,现在罗伯斯庇尔正在处死丹东,他毁了他的党派,不过,记住我对你说的话:今年,罗伯斯庇尔一定会被送上断头台。只有等待,就让我们等着吧!但愿他别把共和国带走!不过,倘若真的如此,我们也不必惊奇。为了共和国的新生,它必须首先是人道的,并且,杀戮在所有人眼中都必须成为一种罪恶。"

我问埃米里昂,他那么年轻,最近又一直忙于地里的农活,怎么能对这些他自己也只是隐约感觉到的事件有如此多的思考,他回答我说:

"在监狱里的那些日子,我思考了很久。一开始,我以为自己就要糊里糊涂地被处死,只能认命,就好像从屋顶上摔了下来,再也没有重新站起来的机会。然而我遇见了那位可怜的神父,我不知道他的名字,谁都不知道,就连被送上断头台处死时,也没人知道他的姓名,当我单独和他一起交谈时，我得到了很多启发。我们的想法并不相同，但他非常平静、彬彬有礼、知识渊博而又正直，我可以进入他思想的深处，也能向他直言我的观点，这丝毫不会影响我们彼此间的友情。他是保王派、天主教徒，他给我讲他的信仰中那些最深刻的道理，我只在一些严肃的事情上善意地和他辩论几句，我们的谈话让我豁然开朗。他丝毫没有幼稚的迷信想法，也没有出于个人利益的欲望，这让我也看清楚了自己。我找到了真正的思想，在我们共同经历的动荡中，这些思想在我心中越来越清晰。我变得和他一样平静，不怨恨任何人，对任何事都不会感到惊奇，甚至把自己看得无足轻重。我觉得自己是被大火烧尽的森林中一片干枯的小树叶。直到我从阁楼的老虎窗看到你，从歌声中认出你，我才找回了对自己的爱。那时，我终于想起，我曾经那么幸福，那么热爱生活，我偷偷地哭了，为我们在一起的美好岁月，为我曾经梦想的我们的未来。”

“我们不应该再有梦想了，您这么认为吗？”

“我永远期盼着，我的孩子。等我为祖国尽了自己的责任（总应该假设能从战场回来），我就再也不离开你。”

“永远不？”

“永远不。你是我的一切，我不在的时候，就把你托付给你自己。”

“这是什么意思呢?”

“这就是说,不管发生什么事情,你都要保持勇气和健康,保持信心和快乐,让我在回来以后,看到和我离开时一样的你。你希望怎么样,娜侬!你把我宠坏了,我永远不能没有你,你让我知道了什么是幸福,这可是非常重要的事。大人们抚养我长大,却教我无视自己的存在,教我对这世界心灰意冷,什么也不想要,什么也不盼望,你知道,这一切我都顺从了。然而,你小小的指责,你简练而正确的思考,你对学习的渴望,你积极的行动,你明确的愿望,还有你对我无限的、无可比拟的绝对忠诚,这一切让我重获新生,把我从可悲又可耻的沉睡中唤醒。知道吗,在那些最细微的事情中,你让我找回了每个人都应该具有的真正的天性,你教会我要关心自己的身体和灵魂。那时,我像牲畜一样木然地奔跑、吃饭,偶尔才会思考,心血来潮时才去学习。修道士们不爱整洁,日子过得杂乱无章,我也无动于衷。我对自己很严厉,但那是出于懒惰而并非美德。你让我的头脑中有了秩序、规律和恒心这样的想法。你告诉我,一旦开始做一件事,就一定要把它做到底,如果不能坚持下去,就根本不要开始。正因为如此,我懂得了,对于心中所爱,人们应该用整个一生去爱。现在,我们被困在这个荒凉的地方,你却让我们享有一种无比温馨的家庭生活，还为我们创造了几乎不可能实现的舒适与安逸，你付出的辛劳让我们觉得有责任去珍惜，甚至去享受这样的生活。有时候我笑话你总喜欢四处寻找小东西，可立刻我就感动了，为了不让我们感到物质的匮乏，你费尽了心思。我钦佩你，你不是只知道干活儿，你有敏捷的思维、非凡的头脑，而且你已经懂得了很多知识，能够理解所有的事。如果我经常表现得认为你对我的照顾是理所当然的，娜侬，千万别以为我体会不到你无限的真情实意。那就好似一湾永远深不见底的泉水，只有我心中的感激才能配得上它。这种情感也将是永不枯竭的清泉。既然我的幸福就是对你的回报，我要改变我的思想和性格，直到你满意为止。我希望像你一样坚忍不拔，希望把自己也变得那么充实、那么善良，如果想知道我在想些什么，想知道我是怎样的人，你只要在自己身上就能找到答案。”

埃米里昂一边说话，一边和我一起在栗树下散步，这些栗树已经全部又绿了，清晰的树影笼罩着地上一片缀满鲜花的新鲜绿草。他认识这里的很多种植物，他曾跟院长学过一点，我知道他很喜欢植物，就把他那本小小的植物学书从修道院带了出来。他一边学习辨认新的植物，一边也教我，法得魔岛的花草树木很丰富，我们可有得学呢。我们学着欣赏它们真正的美，任何东西只有在仔细观察和比较中才能发现它的美丽。这个起初带给我们更多的是惊奇而不是陶醉的奇特之地，此刻却随着春天的来临显出一派迷人的风光，谁知道呢？或许是我们相聚一处、一天比一天更相爱的欢乐感染了它。

第十九章

一天，我们感觉比平常更有信心，按捺不住想去探寻一番，我们爬上了一块高地，从溪水的流向来看，那应该是贝里一带地势最高的地方，而且毗邻我们的家乡。高地上几乎不再有与地面平齐的岩石，土地四周隆起的大块岩石形成了一个个硕大的小山丘，最高的一座山丘布满粗壮的树木，在那里我们终于看见，在我们的周围是一片非常开阔的地带。可令人吃惊的是，几乎处处都是一模一样的景致。远处的几间茅草屋隐秘地藏在树下或荆棘丛生的低洼处，让人看也看不清。甚至也看不出这片被分割的土地上有无数条溪流纵横交错，它们都被遮蔽在树叶下，难以分辨。地面凹陷部分形成了上千个小山谷，这些小山谷又连成一片大山谷，随后地面又重新抬高，变成一个个圆形的小山丘，就像我们所处的这一个。山丘高高地耸立，伸向天空，只是还不能被称作山或森林。无论远处还是中部，无论我们身后还是两边，景致非常相似，都是一片片美丽又开阔的绿色林地，巨大的树木、新鲜的青草、粉红的欧石楠、紫色的洋地黄、开花的染料木，还有远处的山毛榉和高处的栗树，一望无际的绿得发蓝、蓝得幽黑的景色直入眼帘。我们只听见鸟儿的歌声，却丝毫听不见人的声音，甚至看不见一户人家的炊烟。

埃米里昂对我说："你不觉得这是一个令人惊奇的地方吗？在我们贫穷的克勒兹，哪怕干旱得那么厉害，只要有一个稍微算得上肥沃的小山谷，有一处没有被岩石穿透地面的小角落，就准能看见一间茅草屋、一个家畜棚和一个小得可怜的果园，里面种着几棵被风刮得东倒西歪的树。这里的土地深厚、疏松、黝黑，并且肥力极好，它养育着大量的树木，这些栗树的根不断地新生，已经有三千年甚至更长的历史。你很清楚，老栗树的枝条是永远不会死的，除非发生意外灾难，比如遭到雷击。可是这里却如此荒凉，仿佛与世隔绝一般。在这个地方，我们可以生活半年以上而不跟任何人打交道。这还是一片完全没有被开发的土地，也没有开辟出道路通向远处看不见的地方。这说明什么呢，娜侬？你想过这一点吗？你在找你的那些山羊时，有没有发现我们这片荒凉的土地是这么大、这么美？"

“是的，”我对他说，“我也想过这个问题，我觉得这里的居民不像我们家乡的人，被苦日子逼得不得不既有胆量，又会干活儿。贝里人实在太幸福了，那些庞大的树木可以在每年的一半时间里给他们带来果实，那些四季绿草成荫的大牧场能给他们提供牛奶，偏远的环境还让他们周围能捕猎到大量野味。他们过的就像我们在法得魔岛的那种生活，只是这些人孤僻而没有思想。我可以肯定，他们害怕改变，哪怕是变得更好，就像那个人，看见你们在他的荒地里种麦子就吓坏了。”

“你让我明白了，”埃米里昂接着说，“真正的原因就是精神上的恐惧。我打赌，他们还生活在凯尔特人时代，自己却毫不知觉，直到今天，他们还忍不住在古老的高卢诸神面前虔诚地颤抖。你发现没有，自从高卢诸神统治以来，这个地区就没有改变过，仍然是同样的树木遮蔽着神秘的德洛伊教祭司的圣地，几百个世纪以来，那些野生的草地一年又一年地生长更新，却没有人敢在上面开荒种地。土地历来是大家共同的财富，不单独属于任何人。也许没人敢把它据为己有，归根结底，他们不敢享有土地可能带来的财富。他们不敢住在那里，即使壮着胆子住下了，也会害怕得发抖。好了，娜奈特，你知道我们在哪里吗？我们就在凯尔特人的高卢。一切都没有发生改变，我们现在看到的就是它当时的样子，只不过少了德洛伊教的祭司。想到这些，我倒觉得，这片古老的土地是我们见过的最威严、最美丽的地方。你不这么认为吗？”

“的确如此，”我对他说，“春天一到，这里就变得非常漂亮，真让我舍不得离开了。冬天，我也来过这里，那些光秃秃的树枝、粗壮的树干，还有树干上隆起的木节以及那些又长又密的常青藤和苔藓，都让我觉得害怕。不过，我想：‘我从没见过这么庞大的东西，在这里，自然要远远胜过人类’。”

这番话，即使不是我尽可能总结出的我们的谈话，至少也是那天我们在宁静中散步时所交流的想法。或许我现在表达得比当时更加清晰，不过坦率地说，在那种离群索居的孤独生活中，我感觉头脑中产生了各种各样的想法，革命风暴让所有身陷其中的人都变得成熟起来，无论他们原本多么单纯。那个年代，既然有二十岁的将军创造奇迹，就能有二十一岁的哲学家，比如埃米里昂，把所有事情思考得清清楚楚，也就有十八岁的女孩，比如我，能够理解她所听到的东西。

那天，我们穿过巴苏勒树林往回走，边走边欣赏周围的景致，不禁被这片树林里奇特的景色深深打动。一条美丽的溪流穿过林子，延伸至低洼的那边，形成一片沼泽，沼泽地长满了野生植物，泥土清新又肥沃，树木和花草都争先恐后地生长着。由于过度的潮湿，一些大树断了根，可即便歪倒在地上，它们依然活着，漂亮的蕨类植物爬到这些大树的躯干上，在那儿安了家，然后再伸向周围高大挺拔的树木，一直覆盖到树顶，并像棕榈叶一般伸展开去。在树林高处，一片开阔地自然形成，那些枯死的树既没有被挪走，也没有人来料理或把它们聚集起来。硕大的石块重新出现在这个地区。古老的栗树向周围延伸枝条时将一些石块从地面拔起，散落在粗大的树干与枝叶之间，仿佛硕大无比的蛋，栗树骄傲地展现这些巨大的石块，似乎为了显示它们仍然充满活力。

然而，最美的还是树林的中部，那里没有太多的岩石，也没有过多的水，高大挺拔的山毛榉顶端枝叶非常茂盛，以至于树荫下，日光被染成了绿色，好似一片幽幽的月光。这一刻，埃米里昂简直被惊呆了。

“现在是晚上吗？”他对我说，“我们好像是在一个充满魔力的森林里。或许，我听说过的原始森林就是这样的，如果我们长途跋涉去看原始森林，一定会很吃惊地发现，我们已经在法国的中心地带见过它的样品了。”

大革命后，这个美妙的树林仍然被保存了很长时间。现在，唉！只剩下一些矮小的树木了。不过，那个地区已经被种上庄稼，有人居住，并且也和弗罗芒塔尔地区一样，土地不仅昂贵，还很受欢迎。所幸几处山丘和宽阔的河谷被保存下来，在那里，无法估算年龄的树木展现出完整的原始高卢风光。采石工人们又开始开采德洛伊教祭司的石块，大帕莱尔巨石也被毁坏了，但仍有无数的石头堆积在溪流的河床上，很长时间都看不到尽头。大德洛伊兰祭台依然矗立在那里，法得魔岛整体上并没有太多改变，但它不再像以前那么有名，仙女飞走了，那些想追寻旧日时光的游客只能到邻近的小苹果树农场打听去大石头山的路。如今，生活中少了许多诗意，而要干的活儿越来越多，迷信也少了。

当我们结束散步，开心地返回时，眼前的一幕令我们大为吃惊，只见迪蒙被两个手持长矛的士兵一左一右夹在中间，站在法得魔岛的开阔地带，那两个士兵外衣上系着红腰带，羊毛帽上还别着硕大的帽徽。

“待在这儿别动，别让他们发现我们，”我把埃米里昂拽到灌木丛里，对他说，“他们要找的是您！”

“除了我，还有你和迪蒙，”他回答说，“你们把逃跑的人窝藏起来！我们看仔细些，如果他们想把迪蒙带走的话，我要去救他。二对二，在这荒无人烟的地方，不一定谁怕谁呢！”

“请说三对二，我要帮你们，哪怕向他们扔石块也好。记得小时候，我知道别人怎么用石块来打鸟，自己也试过，瞄得还很准呢。”

我们救人的准备完全是徒劳。那两个人不声不响地放了迪蒙，从我们身下的小路离去，却没有看见我们。

“我们真是侥幸脱险，”迪蒙一见到我们，就对我们说，“这些士兵正在搜查逃避兵役的青年，他们要找石场主的儿子，向我打听去他家的路。他们还把我们的屋子仔细搜了个遍，不过，他们可找不到一样农民不应该有的东西，除了那些书，我看见他们走过来时，就把书都藏了起来。他们见有三张床，就盘问我孩子的性别和年龄。我很恰当地回答了问题，他们就没再追问。看样子，他们并没有接到任何关于我们的命令，而且他们好像也不急于处置那些被人告发而受审查的逃避兵役犯。他们可没本事把这荒无人烟的地方跑个遍，再加上我给他们指的路是错的，他们肯定更要晕头转向了。无论如何，埃米里昂必须带上已经准备好的木腿，而且不能离开我们的屋子太远。”

“这谎话真让我觉得羞耻、可怕，”埃米里昂说，“不过，为了你们，我仍然会照办。迪蒙，你有没有从那两个士兵口中探听到什么消息？”

“他们说，大城市里所有的监狱都被清空，也就是说，所有囚犯都被推上了断头台。他们还说，现在只要下命令，就能处决犯人，根本不需要诉讼程序，也用不着任何证据。只要有一个控诉人，首席法官就能来宣判。不过，贝里和马尔什倒是风平浪静。那里的人心眼儿不坏，再也不会去做揭发别人的事儿。自从那个谁也不敢为他求情的可怜神甫被处死后，没有人再无辜受死。苦难那么深重，人们已经没有勇气彼此怨恨，恐惧也让他们停止了相互间的争吵。我打听到的就这些，他们也不太了解情况，再说，我不想显得过于好奇。”

当我单独和迪蒙在一起时，他告诉我，伊丽莎白夫人在断头台上被处决，王子被囚禁在监狱。

“我们别把这事告诉埃米里昂，”他对我说，“他始终不愿意相信连孩子也要成为迫害的牺牲品。他不愿意看见共和国如此恶毒。别让他想到他妹妹可能因为他而被捕。”

“我的上帝！迪蒙，难道我们没办法知道路易丝是不是一直都很安全吗？如果她有危险，我们能不能把她带到这里来？现在，夜又深又长，一夜的时间可以走十里路，大清早就能赶到修道院，在那儿休息一天，等到夜晚再往回走。比这更难走的路，我也走过。您认得路，只要您告诉我该怎么走……”

“噢,娜奈特,”迪蒙叫道,“我知道,你再也不信任我,觉得我什么都做不了,你看不起我,唉,我活该!”

“别这么说,我亲爱的叔叔。就算您做错了什么,我也想不起来了。如果您愿意的话,我们抽签来决定谁去吧。不过,我们必须瞒着埃米里昂,等夜晚他睡熟的时候出发,他醒来后,人已经走出去很远了,这样的话,我去比您更方便,您和他睡在一间屋里,还床对着床。”

“没关系,”迪蒙接着说,“他这个年纪正需要睡眠,我很容易就能走出房间而不吵醒他。我已经这样做过二十次了。天亮以后,你就对他说,你缺些东西,我到附近去看看能不能弄到。到晚上,你再把实情告诉他,向他保证我第二天一早就会回来,我向你发誓,我一定会回来的。我知道,为了等我回来,埃米里昂肯定一夜睡不好觉,不过,这总比让小姑娘身处险境要好,他会原谅我不辞而别的。好了,别再多说了。今天夜里我就出发。我必须做这件事,你看着吧,我一定能把它做好。我要弥补自己犯下的大错,只有证明我还是个男子汉,我才能原谅自己。”

我让步了。我很清楚,埃米里昂每晚都会梦见他的妹妹,如果他不是发誓不做任何让我们担心的事,他一定早就不顾一切危险地去打听,在所有贵族都遭到迫害的局势下,路易丝的安危如何。

我装出很累的样子，大家比平常睡得更早，不一会儿，我听见迪蒙出了门。我心里很难过，他可能是去送死，我无法闭上眼睛。如果埃米里昂发现他不辞而别，一定会去追赶他。可怜的迪蒙，埃米里昂是多么爱他！他一定会狠狠责怪我任由迪蒙离开的！

好运气是属于我们的：迪蒙没走多远就打听到了消息。为了抄近路，他在树林里迷了路，不得不等到天亮，认清了方向再走。他到了一个叫博纳的村子附近，觉得还是不要徒劳地暴露自己为好，于是他决定先返回我们的住处，免得因为外出时间太久而让我们担心。他打算准备得更充分些之后，再另找一个夜晚去修道院。

往回走的路上，他迎面遇见了弗兰克维尔的一个老守卫，那人名叫布舍罗，是迪蒙的老朋友，也是一个非常正直、可靠的人。他们真诚地拥抱在一起。布舍罗刚刚在这个村子里过了一夜，他有个姐姐就嫁到了此处，他把迪蒙想知道的事情都一五一十地告诉了他。

弗兰克维尔侯爵在妻子去世后不久也死于国外。他的长子杳无音讯。没收的财产已经被卖掉，甚至公园和城堡也被科斯特如先生以极低的价格买下了。他把自己的母亲和一位小姐安置在城堡里。那位小姐被称为他母亲的侄孙女，平时极少露面，不过，附近村里的很多人都说她就是弗兰克维尔的路易丝小姐，只是长高了，也变得更漂亮了。

布舍罗也仔细辨认过，肯定她就是路易丝小姐，但对那些曾经憎恨过小路易丝的人，他故意说那不是她。总之，如果她的确像上面说到的那样被称呼的话，她的处境并不太危险。自从科斯特如先生揭穿了佩麦尔的阴谋，又当众指控庞菲勒向犯人勒索赎金及盗用公款的罪行之后，他在村里已经很有权威了。他坚决揭穿了他们的卑劣行径，于是人们便把他们送上审判席，又推上了断头台。布舍罗补充说，如果埃米里昂还在监狱里的话，他很快就会被最公正、最宽厚的科斯特如先生释放的。

一开始，迪蒙觉得不能向他的朋友吐露我们的秘密。他问布舍罗是否听说埃米里昂已经从某个监狱逃出来了。谁也没有发现这事儿，各地的犯人都实在太多，在不得不进行的转移过程中，难免会“丢失”一些。庞菲勒曾下令把跑掉的人抓回来，但那些人已经不知所踪，只有犯人登记簿里还留着他们的名字。不过，科斯特如先生为家乡清除了这个恶毒的人，目前被通缉的只是那些公开声称反对共和国或者被证实有保王阴谋的人。对这帮人是严酷无情的，但在整个地区，一个正派人的作风已经取代了一个流氓的习气，人们不会再捏造出某些阴谋来公报私仇，也不会利用嫌疑犯的恐惧心理来为自己谋私利了。

迪蒙认为自己已经把情况了解清楚，觉得他的朋友完全值得信任，便把他带到了我们的住处。得知妹妹平安无事后，埃米里昂非常高兴，他让布舍罗回弗兰克维尔时顺便带了一封致谢的信给科斯特如先生，当然信是用一种不会牵连他的方式写的。他在信中还询问科斯特如先生，自己是否可以露面，是否能去服兵役，就像他过去和现在一直所盼望的那样。他还问到，和他一起隐藏在外的同伴们能否放心地回家。

一个星期以后，正直的布舍罗又回到我们这里并带来了科斯特如先生的回信，他已经把埃米里昂当成自己的家人来关心了。

“我亲爱的孩子，”科斯特如先生说，“请留在您现在待的地方，不久，您就可以自由地离开那里，去履行您的义务。我们必须继续保持警惕和忍耐，我们无法完全清除那帮受雇搜捕疑犯的家伙，也不能保证我们的人个个都正直、聪明。如此紧张的局势仍然可能导致无法避免的错误。对佩麦尔事件的调查充分证明，您没有任何应受到指控的企图或捏造，不过我们手头的事太多，我可不想还得再救您一次。我将是您家庭的合法保护人。我母亲对您妹妹全心全意的照顾足以证明这一点。继续谨慎行事吧，请相信，正义很快就会重新回到法国：只需再扫除几个障碍，罗伯斯庇尔和圣朱斯特就能使共和国清除她所有的敌人，成为应有的那个共和国，成为他们所希望的那个共和国，她就像慈爱的母亲，把所有的孩子都拥在怀里，给他们幸福和安宁。是的，我年轻的朋友，再等几个星期吧，您会看到叛徒受到惩罚，他们极端残酷，企图出卖和玷污我们的事业。我已经在能力所及的范围内开始行动了，我们民族中的阴谋家和无耻之徒，就像佩麦尔、庞菲勒之流，都应该被清除出去，我希望能为此贡献一份力量。那时，被拯救的法兰西将重新沐浴在神圣的博爱之中。”

在附言中，他写道：

“您的两位朋友没有被告发帮助您逃跑，那次逃脱可能无人知晓，或者至少是不确定的。因此他们俩完全可以回到瓦尔科，也丝毫不用为院长公民担心，他仍旧待在那里，不受任何困扰。共和国保护宣过誓的教士①，只严惩那些煽动内战的教士。”

看来，这位仁慈、聪明的科斯特如先生相信，罗伯斯庇尔和圣朱斯特能够在流尽了法兰西的热血之后使她重获

① 指法国大革命时期宣誓遵守《教士的公民组织法》的教士。——译注

新生。他指望能在堆积如山的仇恨之后，立刻看到一个和平的法国。我不这么认为，迪蒙也同样，我们希望这个恐怖的政党倒台。埃米里昂什么也没说，只是默默地思考着。终于，他从沉思中回过神来。

“你们是对的，”他对我们说，“是科斯特如搞错了。他是个满怀激情的人，渴望为祖国效力，他确实这么做了，却以如此多的暴力手段为代价，以至于祖国在这些狂热的操纵者手中奄奄一息。他们把国家分割为两个阵营，一个是战争派，他们在拯救了国家之后又去迫害她，另一个是政治派，他们还没有达到目的，仍将是仇恨与报复的策源地，或许要延续一百年都不止！可怜的法兰西！我们又多了一个理由来热爱她、为她尽责！”

第二十章

既然迪蒙和我已经自由了，我决定离开三天去探望院长先生，看看他有没有得到很好的照顾，科斯特如先生在信中丝毫没有提起他的身体状况，布舍罗也无法知道这一点。我们离开院长时，他的哮喘已经越来越厉害了，我担心拉玛里奥特不可能一直尽心尽力地照料他。埃米里昂赞成我的决定，于是我和布舍罗一起出发去修道院。他还答应护送我回来。其实，没人怨恨我，也没人追捕逃犯的帮凶，我根本没什么好害怕的。我牵着驴子一起去，打算顺便带些衣服和书回来。

我特意等到天完全黑下来以后才到达瓦尔科，免得被人认出我是女扮男装，我让布舍罗先去修道院，以便拉玛里奥特悄悄地来给我开门，不要因为吃惊而尖叫起来。一切都很顺利。我进到了我的房间，没有被人发觉，我又换回了女孩子的衣服，这样，当我出现在院长面前时，才没让他太吃惊。

虽然他还是那么胖，脸色也不错，可我看得出他很虚弱。他不能再外出走动，连偶尔的监督工作也没法进行。我的两个堂兄被送去参军了，大家只好雇了几个老人来种地，可他们压根儿什么也没种，花园荒芜了，草地任由牧群出入。放牧的孩子为了图省心，干脆把栅栏拆掉，把篱笆也破坏了。从他的房间，院长经常看见山羊在肆意毁坏花园，埃米里昂曾经那么精心地料理这个园子，让它变得那么美。可怜的院长先生非常气愤，徒然地在他的扶手椅上激动不已。他只能冲着拉玛里奥特发火，可她一个人精力再旺盛，也忙不过来所有的事。如此饱受蹂躏的修道院让人痛心，可我却无能为力，我几乎懊悔自己又回到这里。只能眼睁睁地看着科斯特如先生托付给我们的财产被毁坏，然而，他太正直了，总把毁坏归结于不可抗力，也知道我们离开修道院是迫于无奈。

我试图向院长说明情况，让他平静下来，可完全没有成功。

“你把我当成吝啬鬼了?”他说，“我从来都不是那样的人，我知道同情农民的困苦，可是这帮农民像强盗一样，疯狂地破坏一切来满足他们摧毁的乐趣，看了真让我痛心。我就快被气死，这我感觉到了，生气可不是什么好事。唉，娜奈特，我太孤独了，才会病得这么重！自从你们离开我之后，我没有一天快乐的日子。不，至少今天我很高兴，你又回到自己的家，你可以回来，完全没有危险！现在，你还不能把埃米里昂和迪蒙留在那个地方吗？你不是说，他们在那里很好，而且很快就可以离开吗？现在，好时机已经到来，他们再也不用东躲西藏，他们真的还少不了你吗？他们有什么可担心的？庞菲勒教士已经死了，上帝饶恕我，听到他的死讯，我心里真高兴！其他人只是疯了，只有他，是个恶毒的家伙！他一直记恨你们把我从黑牢里救出来。现在他去见上帝了，你们不会再有危险，可我呢，我可能会死在这里，没有朋友，没人帮我，哪怕最后想说一句'永别，我走了！'，都不知道对谁去说。这对我来说太悲惨了！"

"您就为这个抱怨拉玛里奥特吗？"

"当然不是，她是个正直的女人，可我没法跟她交谈，她对我简直虔诚得过了头。在我最后的时刻，她很可能只会对我说一堆蠢话。娜侬，你总是考虑自己的责任，现在，你想想看，谁是最需要你帮助的人，埃米里昂，还是我。"

院长的一番话深深震动了我，虽然赶路很辛苦，可我却无法入睡。一想到要离开埃米里昂，我的心简直要碎了。无法想象，如果没有他在身边随时需要我照料，我将如何生活下去。有一次，他叫我“妈妈”，确实，我把他看成我的孩子，同时他又是我生命的主人，照亮我灵魂的光辉。在那个荒无人烟的地方，他几乎不离开我的视线，我所做的一切都是为了他，我从未感到如此的幸福。当科斯特如先生在信中说“你们在那里再待几个星期吧”，我高兴极了，在心里对自己说：“我还有几个星期的幸福日子。”

可是，院长说的是事实。埃米里昂的生命不再有危险。只是出于谨慎，他才继续待在树林里，一切都安顿好了，迪蒙可以来往联络。他们手头的钱足够开销，我再给他们带些衣物，他们就什么都不缺了。

院长却孤独又绝望，还生着病，陪伴他的只有一个快要被活计压垮的女人，她也可能病倒、死去或者厌倦了自己的任务。我知道，尽管不想冤枉她，可院长还是忍不住责骂拉玛里奥特，拉玛里奥特为此很气恼。毫无疑问，他比埃米里昂更需要我，而选择照顾我更愿意照顾的那个人，我满足的是自己的情感而不是良心。

第二天一早，我去修道院的小教堂做祈祷。现在已经没人再去那里了。尽管罗伯斯庇尔废除了理性崇拜[①]，允

---

① 埃贝尔派（法国大革命时期雅各宾派的左翼）宣扬的一种信仰，用于排挤基督教。——译注

许其他教派的宗教仪式自由进行，但教堂还是全都关闭了。没人敢说自己是天主教徒。教堂的钟都被拿走，没有了钟，农民就不再属于任何教堂。院长的身体很糟糕，只能待在房间里做日课。

小教堂的门已经生锈变形，我费了好大的劲才把它打开。人们在祭坛上堆放了柴捆，以便遮掩祭台，保护它不遭受亵渎，不过，我们那里并没有任何人想去亵渎它。破旧不堪的拱顶因为潮湿全变黑了。冰雹把窗户玻璃打坏了。村里的孩子因为饥饿，常常扔石块打鸽子，吓得它们纷纷飞进来躲避。鸽子在这里筑巢安家，快乐又尽情地“咕咕”叫着，不过，一看见我，它们害怕起来，它们已经不认识我了。

我从柴堆中穿过，朝正祭台间走去。我看见耶稣像倒在角落里，脸对着墙。这个穷人的朋友，这个权贵的牺牲品，他没能博得那些所谓的捍卫平等者的好感，也没有受到仇恨专制的人的青睐。人们便把他藏了起来。

走出教堂，我心痛欲碎，但已经做出了决定。我直奔院长而去。

“我明天就出发，”我对他说，“我要去告知我的朋友们，跟他们告别。我要在那里待一天，因为路太远，不过第二天我就会赶回来。答应我，耐心等我回来，我已经决定留下来陪伴您，好好照顾您，因为您现在只有我了。”

“去吧，我的女儿，”他回答说，“上帝将祝福你，赞赏你为我做的一切。”

我遵守诺言，第二天就出发了。在离法得岛还有两里路的地方，我谢过布舍罗之后，就让他回去了。回去的路我能认得，我不愿意耽搁他太长时间，影响他给科斯特如先生做事。

我准备好去承受巨大的悲伤，去面对残酷的离别，但我知道，埃米里昂一定会赞成我的决定，还会因此更加敬重我，这又给了我力量。我万万没有想到，等着我的将是更为深切的痛苦。

穿越巴苏勒树林时，我看见迪蒙朝我走来，肩上扛了一根木棒，木棒顶端挑着一个包袱，好像要出门远行似的。我加快脚步迎上去。

“您是来接我的吗？”我问他，“您是不是为我担心了？可我还没超过我们说好的时间呢。”

“我是来找你的，可怜的娜侬，”他回答道，“我想告诉你，让你继续待在修道院。埃米里昂……哦，拿出点勇气来！……”

“他被抓走了！”我叫了起来，两腿发软，几乎要跌倒。

“不，不，”他接着说，“他没有被抓起来，他很好，感谢上帝！只是……他走了！”

“去参军了？”

“是的。他早就想去服兵役，他对我说：‘我又读了一遍科斯特如的信，完全明白了他的意思。他告诉我，没有人再跟我作对，我逃跑的事也没人知道，他叫我继续谨慎行事，是因为如果我接近他并请求他保护的话，就会连累他，但这并不意味着叫我躲藏起来。好吧，我就到别的省去，这样，他和我都不会遭受危险，我也不会再因为自己没用而羞愧了。一旦到了一个谁也不认识我的城市，我就带着科斯特如在夏托鲁给我的爱国公民证明去市政府，当然，证明上写的是假名，我会解释说，生病让我没能遵照法律服兵役，现在病好了，我要求参加军队。这么说既谨慎又不费难，总之，不管在哪里，我一定能顺利参军，等我返回的时候，我要把荣誉和自由一起带回来。’”

“我想陪他一起去，”迪蒙继续说道，“可他说，我去的话，只会给他添麻烦，他还得想出合适的说辞来解释。如果作为父亲和他一起去，就要再编一个没用而危险的谎言，而当他的侍从，又可能会暴露他的身份。他打算把自己扮成一个无依无靠的年轻农民。他讲了这么多正确的理由，又那么意志坚定，我只好服从他的想法。可我的心都碎了，急忙跑来找你，我的孩子，你会安慰我，免得我忧伤而死。”

“您以为我就能那么坚强吗?”说着,我任由自己跌坐在草地上,“您说您的心碎了,可是,我的心,已经碎成千万片了,我,我宁愿现在就死在这里!”

我简直崩溃了,可怜的迪蒙,自己已经够伤心的了,还第一次不得不来安慰我。我并不反对埃米里昂的决定,他早就有这个打算,我尊重他的性格,所以很支持他这么做。我知道他会走的,也知道我的幸福即将结束,我只能拥有它一小段时间。可是,他就这么走了,连告别的话也没跟我说,在这件事上,他怀疑我缺乏勇气,不愿服从他,对我来说,这才是最残酷的,最让人感到羞辱的,我想向迪蒙抱怨都难以启齿。

“来吧,”我站起来,对他说,“事情已经发生了,他一直都希望这么做!如果他看见我们这么难过,会责备我们的。回我们的家吧。我明天再出发去修道院,我很愿意去和可怜的法得岛道别,本来我们还可以在那里再待一段时间,比以前更加幸福,因为已经不用再担心会有危险。可埃米里昂不愿意享受这份剩余的幸福时光。他早就下定决心了!”

“回法得岛吧,”迪蒙说,“我们有不少东西要收拾呢,我们俩还要好好谈一谈,不过,一定要冷静。”

一回到我们的石屋，我就忙着把驴子牵回来拴好，接着点燃炉火，准备晚饭，好像什么事都没发生一样。深深的绝望反而令我平静下来。我强迫自己吃了点东西。迪蒙试图分散我的注意力，他告诉我，他把山羊和母鸡卖掉了，免得它们饿死，还说可能要租一辆小马车来运走我们的东西，再加上我这次带来的衣物。我整理了我们要带走和留下的物品，迪蒙发现驴子完全可以把所有的东西都驮走。房租已经预先付过了，第二天，我们只要把门闩上，再锁好，就可以走了，不需要跟任何人打招呼，就像我们来的时候一样。

晚饭后，我毫无睡意，独自来到小溪边。以前我们经常来这里散步，已经在岩石间走出了一条蜿蜒的小径，小径两旁有垂着常青藤般绿叶的美丽的风铃草，还有梅华草、睡菜、毛毡草和埃米里昂教我辨别过、我们都非常喜爱的各种小花草。溪水经常消失在石块底下，我们只能听见脚下沙沙的水流声，却看不见它。在这小岛的边缘地带，一片橡树林茂密成荫，这里，陡坡突然抬升，形成一个隐蔽的小山沟。埃米里昂不能走远，每当结束了一天的劳作，他总喜欢和我来这儿走走。我们四处探奇，发现德洛伊兰祭台下面有一个岩洞，石棚虽然比帕莱尔逊色不少，但小小支座上对称的硕大蘑菇状石块仍然十分引人注目。我们把岩洞打扫得干干净净，以便必要时能藏身。我走进去，把头埋在手中，放声大哭。谁也不会听见，我太需要痛痛快快哭一场了！

善良的迪蒙见我安安静静的，反倒担心起来，便出来找我，他听见我的哭声，对我叫道：

"回来吧，娜奈特，"他说，"别待在地窖里，我们到德洛伊兰祭台上去吧。夜色这么美，应该看星星，而不是深深的土地啊。我有很严肃的事要跟你说，或许它们会带给你必要的勇气。"

我跟着他，当我们一起坐在德洛伊教祭司的祭台上时，他对我说：

"我知道，最让你伤心的，是他不愿跟你说一声，也没见你最后一面就走了。"

"是的，"我说，"他这么做伤害了我，让我觉得他把我当成了一个没有感情、不懂道理的小孩子。"

"哦，娜奈特，你应该知道一切，我要像父亲对女儿那样跟你谈一谈。你知道的，埃米里昂把你当作他的姐妹、母亲和女儿来爱你。他谈到你的时候就是这么说的，可还有一件事，你知道吗？他爱上了你。他肯定你对此一无所知。"

我愣住了，脑中一片混乱。爱情！

埃米里昂从未对我说过这个词，我自己也根本没想过。我以为，他那么尊重我，那么处处保护我，以至于不愿把我当作他的情人。

“别说了，迪蒙，”我答道，“埃米里昂对我从来没有不好的念头，他一再发誓要尊重我，我怎么能相信他会爱上我呢？”

“你不懂，娜奈特，他尊重你，正因为他爱你，他要娶你。他从没对你说过吗？”

“从来没有！他好像跟我说过，他宁愿不结婚，也不愿意做一个令我难过或者让我离开他的选择，但娶我，我？一个农家女？他可是侯爵的儿子呀。不，这从来没有过，也不可能发生。别再说这样的事了，迪蒙。”

“再也没有侯爵了，娜奈特，”他接着说，“即便还有，即使有一天贵族和教士又重新出现，埃米里昂也不可能从他家族得到任何东西。他只能成为修士或农民。要么当一个修士，拿一笔小小的财产进修道院，要么就当一个担惊受怕、灾难深重的农民。你相信大革命会惩罚贵族吗？你又会建议你的朋友怎么做呢？”

“他已经当了好几年的农民，那就一直当下去吧。我想，您也会这么说。”

“确实如此。他早就做出了选择，你丝毫不用怀疑，不论发生什么变故，劳作和贫穷都是这个贵族家庭的次子命中注定的。在这世上，他只有一种幸福可以去期待，那就是娶一个心爱的女人，而他已经下定了决心。他要参加一两场战役，去经历一次他所说的荣誉的洗礼，一旦完成这个心愿，他就会对你说出我刚才替他所说的话。他以前还不能亲口对你说那番话，别问为什么，你以后会明白的。埃米里昂年轻又单纯，但他是个男人，和你这么亲近地生活在一起，你对他那么信任和忠诚，他要让你相信他和你一样平静，这对他来说并不容易。最终，他对我说：'我不能再这样生活下去。我的头快爆炸了，心里有太多的话要说。我可能再也没有勇气离开这里，那样我就不配得到幸福，我希望拥有这份幸福，把它当作对自己的奖励，而不是一时的冲动。'是的，娜侬，这就是他的原话。好好想想吧，你会更理解这番话的深意。我跟你说这些，是为了让你明白，你没有被轻视，相反，他深深地爱着你，也是为了让你鼓足勇气、坚定信心，他也希望带走这份勇气和信心，而不是对他的指责。"

至于我听完迪蒙的诉说后心里和头脑中的反应如何，我稍后再说。我少女时代充满诗意的故事到此结束。我流着泪离开了法得岛，然而这泪水已不像前一天那样苦涩。我回到修道院，去面对常常充满艰辛的现实生活，但从那时起，我心里就有了一个坚定的目标，并最终实现了这个目标。那将是我的故事的第三部分。

第二十一章

不用说，可怜的院长见我回来高兴极了。他几乎不敢指望我这么快就能返回。他无比的快乐让我稍稍忘记了心中的忧伤。

“您不用感谢我为您做的事。”我对他说，“埃米里昂已经走了，我并没有为了您而牺牲什么。”

“我曾经要你为我做出牺牲，现在我稍稍感到安慰了。”他说道，“你的功劳丝毫没有减少，我的女儿，明知要照顾我就得牺牲和你的朋友相处的幸福时光，你还是果断地听从了我的要求。”

听了院长的话，我的脸红了，他眼力很好，看出了我有些不好意思。

“你对他有很深的友情，这没什么好害羞的。”他又说道，“我并不像你们想象的那样总是睡得很沉，晚上，当你们一起读书或交谈时，我就知道了你们对彼此的情谊，它很美好，也很真诚。我听见你们一起探讨历史和哲学，我很清楚，你们出于真心和理性而相爱，也就是说，你们打算等心理完全成熟以后就结为夫妻。”

“啊！亲爱的院长，我可没这么打算过，我几乎没想过这事。您好好回想一下，我从来没有说过任何一个关于爱情和婚姻的字眼。”

“的确如此，他也没跟你谈论过，但他对我说了，因为我还没自私、粗心到丝毫不为你着想，我知道他的意愿很坚决，也知道除了你，他不会再有别的女人，而我赞成他的想法。”

我很高兴院长已经知道了这件事，这样我就可以向他打开心扉，让他帮我解开疑虑。

“您听我说，”我对他说，“两天前我也知道了他对我的美好愿望，可我不知道该如何去想。我脑子里一片混乱，连觉也睡不好。他的离开不再让我感到那么痛苦了，因为我要是对您说他的爱让我生气，那就是欺骗您。可我在想，如果我接受他的爱，会不会给他造成巨大的伤害呢？”

“你能给他带来什么伤害？他现在是个孤儿，而且被剥夺了继承权，即使他父亲不这么做，法律也是这样规定的。”

“您肯定吗？现在，人们制定了那么多的法律！一条法律中规定的，另一条法律又可以把它废除。如果流亡贵族又得胜回来呢？……”

“那么，长子继承权就会让埃米里昂再次陷入大革命时的境地。”

“要是他哥哥在他之前死去，而且没有结婚、没有孩子呢？……我把一切都想到了！”

“确实应该好好设想一下可能出现的情况，也许埃米里昂能够重新获得家族财产，我们好好想想吧，我赞成这么做。可我并不认为你们的婚姻会妨碍他得到国家的补偿，假如有一天国家判定有必要对他进行补偿的话。”

“这一点我也想到了。我想那些已经被拍卖掉的东西，国家恐怕很难收回了。不过，您说到补偿，那正是流亡贵族的子女应该得到的。他们不应该为父母的过错付出代价，这完全合理。如果革命被平息，埃米里昂会得到补偿。那时，他就有机会结上一门好亲事，变得富有起来，我不能让他因为和我结婚而失去这样的机会，我什么财产都没有，将来也不会有。我想，当我们快要结婚时，这样的机会就会出现，我知道他不会为此感到遗憾，也不会责怪我，可我，我不能原谅自己！而且他的家族中还有一些表兄弟、叔叔和侄儿，虽然他现在并不认识他们，可一旦那些人回到法国，他们就会互相认识。那时，整个家族的人都会鄙视我、责备他。是的！他认为有可能的事情恐怕并不一定如此，除非我能接受他遭受损失和痛苦，我要说服他改变对我的决定，这样才能让他避免损失和痛苦。”

看得出，我的这些理由使院长动摇了，这让我悲痛欲绝，我承认，我多么希望他用更好的理由来反驳我。自从迪蒙说出实情之后，我一直在梦想和理智之间徘徊，有时候快乐得发疯，有时候又害怕得发抖。我下决心把所有的顾虑都告诉院长，如果他也像迪蒙那样认为我的顾虑都不重要就好了，只有这样，我才能平静下来。显然，他被我的话震动了，因为我让他看到了未来可能出现的种种情况，而他对自己的未来本来早已心如止水了。他说我既有智慧，又有理智，可这根本无法让我得到安慰。谈话之后的那个晚上，我整整哭了一夜，第二天，我再也不敢提起这个话题，生怕院长也像我一样为这些事考虑得太多，也怕自己做出一个过于令人痛苦的决定。

回到修道院八天以后，我终于收到了埃米里昂的来信。他在奥尔良被招募，随军队出征了。又过了八天，我收到了他的第二封信。

“我现在是士兵了，”他信中写道，“我知道你赞成我这么做，我为自己而高兴。你不要有任何担心。目前，当兵确实是很艰苦的事，但士兵们谁都不在乎、不抱怨，也不觉得自己是在受苦。大家急切地投身战斗，一心想把敌人赶走。虽然我们什么都缺，但每个人都有一颗心，而这颗心可以充当一切。不仅如此，我的心里还充满着对你的回忆，我的娜侬，不管发生任何事情，只要有对你这个天使的爱，有对祖国的爱，我就一定能活下去。”

他写来的另外几封信也很短，差不多总是相同的内容。可以看出，写信的条件很恶劣，他什么东西都缺，也没有时间来仔细叙述。他不愿让我担心，疲惫、强行军、战斗，他总是等这些过去一段时间以后才跟我谈起，而且只有三言两语，仅仅说他很高兴现在的处境，可我知道，他正处于最危险、最艰难的境地。还是在他的信中，只有一次，却是很美妙的一次，他提到了“爱”这个字眼，并且告诉我，他从未改变主意：为国家战斗，然后回来娶我。可怜的埃米里昂！实际上，他遭受的苦难超过他愿意告诉我的千百倍，我们的部队正经受着人类从未遭受过的困苦，我们是从回到家乡的伤员或病员口中得知的。我心里难过极了，几乎透不过气来，有时我真怕自己和院长一样得哮喘病，不过，在能寄到埃米里昂手中的为数不多的几封信里，我也从未提起过自己的痛苦。

我告诉他，我和他一样充满信心，一样坚定不移。除了希望和友情之外，我什么都不说，也无法下决心去阻碍他的结婚计划。我似乎打消了阻止他的念头，我没有权利破坏这个想法，正是这个想法支撑着他在如此艰苦的考验中坚持下去。可我却不能下定决心在信中写下“爱”这个字眼。那应该是一种誓言，而我的理智令我备受折磨。

然而，我预见到此后发生的重大事件，因为后来我只收到埃米里昂的两封来信，果然，八月初，我们得知了一个重要消息。是院长告诉我的。

他刚刚收到了几封家里寄来的信。

“瞧，娜侬，”他对我说，“我早料到了，罗伯斯庇尔和他那帮朋友不可能把他们的事业干到底！他们那一套做法毫无用处，反而毁掉了原来的目标。现在，他们都倒台了，都被处死了！人们用他们主张的消除束缚的权力转过来反对他们。那些自称更爱国的人以过于温和为名给他们定了罪。事态会怎么发展呢？除了他们做过的那些事，人们无法再做其他任何事情，除非重新恢复酷刑或者在法兰西四处点燃战火。”

老市长也在，他很是高兴。九〇年，他是共和派，国王和王后被处死后，又成了保王派。只有在我们这些他完全信任的人面前，他才会说出自己的想法，还得压低了嗓门儿，那个年代没有人再高声说话了。乡村里，大伙儿既不争执，也不讨论，都害怕一句话不小心，就会被那些卑鄙的人告发。

"请相信我，"这个正直的人说道，"罗伯斯庇尔倒台，我们的不幸也快结束了，他是个为外国人卖命的人，把我们可怜的士兵的血都出卖了。"

"您错了，谢诺公民，"院长接着说，"他是个正直的人，也许正因为如此，那些比他坏的人才把他弄死了。"

"不可能有比他更坏的人了！人们都说他恶毒又狡诈，将要取代他的人也许没他那么精明，但是有理性的人才能最终把我们从困境中拯救出来。"

这是整个市镇一致的观点，不久，每个人都悄悄地互相传递着这样的想法。大家又开始五人或六人聚集在一起交谈。对于新体制，人们还一无所知，就算稍微知道一点，也几乎不能理解，但空气中总算有了一丝新鲜的气息。恐怖正在消失，恐怖时代即将结束。不管是否能被好好利用，自由总是一件有益的事。

八月底，我收到了埃米里昂的第三封信。我吃惊地发现，他好像很为罗伯斯庇尔和雅各宾派感到惋惜。他并非拥护他们，可他说法国正在成为保王党人的天下，连军队也害怕被出卖。埃米里昂一向温和，也很有耐心，这次也忍不住愤怒起来，谴责那些不关心如何保卫国家，而一心只想着争权夺利的人。他不再仅仅为自己的荣誉而战斗，似乎他去打仗是出于一种乐趣，和别人一样，他的心里已经充满了对战争的狂热。他告诉我，由于出色完成任务，他已经获得了一个小小的军衔。几个星期之后，他告诉我们，他当上了军官。

“看到了吧?”院长叫了起来，“他一定能当上将军回来。”

他的这个反应让我想了很多。埃米里昂不是没有可能像其他人那样拥有辉煌的军人生涯，这样的人我听说过很多。到那时，他就不必再为自己的利益和贵族命运而忧虑，也不会再遭受苦难或受人轻视。他将变得有钱又有势。那么，他就不应该娶一个农家女为妻！他善良的心会叫他不要改变主意，可是农家女却不能同意他做出如此的牺牲。

刚开始，我非常沮丧，后来，我习惯了这样一个想法：我要做出牺牲，把他对我伟大的尊重之情珍藏在心里，而我向他表明的将是一种更加高尚的爱慕。我不允许自己变得软弱，也不允许自己成为一个受苦、抱怨的恋人，那样的做法无法与我相配。我承认，自从知道自己拥有一份如此崇高的爱，我一直为自己感到骄傲。我决定，在我的生命中，能拥有这样一种幸福就知足了。能保存一种如此温柔的想法和一份如此美好的回忆，已经足够了。从今以后，我的生命将用来报答埃米里昂带给我的快乐，我要为他而活，不再考虑自己。

一天，迪蒙对我说："我要回法得岛看看。听说我们种的地收成相当不错。我们的朋友布舍罗在那边有几个亲戚，他自己也去了那里监督收割。他替我们把应交的那部分谷子交给了雇主，剩下的就堆在我们的石屋里。当地的人都很诚实，而且他们害怕砸坏布舍罗放置在打谷场上的扣锁而惹怒法得岛的仙女。不过，我们还要拿一部分谷子来交房租，再过几天，我们的房租就到期了。我们没办法把剩下的那一堆麦秆和稻谷运到这里来。我要去看看，也许在当地把谷子打好、卖掉更好些。"

"去吧，"我对他说，"你应该去一趟。那将是埃米里昂和您的一笔收入。我嘛，我没有干活，所以什么都不想要。"

"你没有干活？你哪一天不为我们的食宿操劳？没有你，我们根本种不好庄稼，娜侬，这收获应该由我们来分享，不过，我所有的一切都属于埃米里昂，再说我常常不知不觉就把钱花光了，所以我们三个人的钱都由你保管。"

"我按您的想法办。"我回答道，"快出发吧，我真羡慕您的这次旅行。现在，要是能再见一见那可怜的地方，我该多么开心啊，离开它的时候，我简直不知道自己在做什么，也没想着跟它道一声别。迪蒙老爹，您能为我做件事吗？请您给我带一大束花回来，就在小溪边，有一块又大又平、跟地面一样高的岩石，岩石边有很多花。埃米里昂很喜欢那些花，他就是在那块岩石上学习辨认它们的。”

迪蒙带回了卖谷子得来的钱和一大束花儿。尽管我们那里的收成很好，可谷子还是很贵，谁也不明白为什么。迪蒙把我们的谷子运到市场上去卖，得了三千法郎的指券，他立刻把这些指券换成了钱，大约三百法郎，纸币每天都在贬值，很快就不会再有人用它了。

我把这一小笔钱存了起来，把鲜花摆满了我的房间，这些花让我想起了过去的幸福。也许我再也见不到埃米里昂，也许就在我呼吸这些小小的野石竹和忍冬的芳香时，他被打死了，看着这些花，埃米里昂的样子仿佛出现在我的眼前。我一个人又哭又笑，然后把花抱在胸前，把它们做成新娘的花束。我任由自己想象着：我捧着鲜花，挽着埃米里昂的胳膊，我们一起散步，他带我来到修道院脚下的小河边，指给我看那棵老柳树，在这里他曾经对我说：“看看这棵树、这盛开着鸢尾的水面、这些我常常站在上面撒渔网的石头，记住我对你的誓言：我永远不会让你伤心。”我呢，就把晒干的柳叶给他看，这些叶子是我那天摘下来放在围裙口袋里带回来的，我一直精心收藏着它们，就像保存一块异常珍贵的圣骨。

这些梦想是我给自己的最后的快乐，从此我不再去想这件事，又重新忙碌起我的活计。修道院中一片杂乱，要做的事情可真不少，我必须树立一定的权威，可是以我的年纪，要让人接受我的权威并不容易。贫困越来越严重，所有人都以此为借口肆意到修道院来偷窃，我不得不机智地着手应对。我挑选了一些最穷的住户，允许他们在新法规制定以前进我们的牧场放牧，我让人重新修建了栅栏门，又用荆棘堵住了四周护栏的缺口，有人要拆掉栅栏时，我宣布，想进来的话就只能走栅栏门，其他任何地方都不行。自然有人想撵走我。我丝毫没有在争执面前退让，我让那些愿意听我说话的人明白：我分得清哪些是真正贫困的人，那些假装贫困的人根本不穷，只不过要来抢走我想给予前者的施舍。这使我很快得到了一部分人的支持，他们帮我一起威吓那些假装的穷人，并把他们赶走了。那帮假穷人夜里又回来把栅栏拆了，我耐心地让人把栅栏修好。大家纷纷指责他们做得不对，大多数人已经转而反对他们了，看到这一切，他们最终放弃了破坏行动。

我逐步挑选出一些确实很穷的人，这些人是因为懒惰才过不上好日子的。我说服他们去远一些的地方寻找牧场，虽然不那么容易，但那些地方的牧草肯定要比我们这里的好得多,修道院的草地由于放牧过多,已经被消耗尽了。终于,在冬天即将来临时,我做完了该做的事,让这份托付给我的财产得到了大家的尊重,守护修道院的任务差不多完成了。

我写信给科斯特如先生,告诉他我们年轻军官的消息,又对他说我会尽力维护他的利益。他回信说,埃米里昂能有这么好的发展,他感到很高兴,又说,至于他的财产,有我在修道院用心操持一切,他完全放心。

“无论什么地方的偷窃,”他对我说,“都比不上弗兰克维尔,那里到处都偷窃成风,我只能容忍,因为不可能总是守在那里。母亲上了年纪,被监护人又太年轻,根本无法阻止这种事。甚至她们想试一试都可能会招来危险,以前,农民们出于对贵族和有钱人的仇恨而偷窃,现在,他们变本加厉地抢劫,则是为了报复,正如他们所说,报复共和国所犯下的罪行。我不知道在瓦尔科大家是怎么想的,我也不想知道,我真害怕盲目的保王运动将盲目地四处蔓延,会在荣誉和祖国的废墟之上扼杀掉残存的最后一点自由。”

科斯特如先生让我转告埃米里昂,他妹妹身体很好,什么也不缺。他问我要了埃米里昂的地址,准备亲自给他写信。信末,他称我为“亲爱的女公民”,还请我原谅他一直把我当孩子看待。他说，从我的信中，也更从他曾经所见到的我的决心、聪颖和忠诚之中，他知道我是一个配得上他的尊敬和友情的人。

这封信让我很高兴，而且重新带给我些许接受埃米里昂的爱的愿望。我不是他偶然邂逅的人。我能给他带来荣誉。可是，身处我们这个动荡不安的年代，我能摆脱贫穷这个如此可怕的威胁吗？如果他回来时只是个没有前途的小军官，而他的妻子除了每天干活，其余的什么也帮不了他，那他怎么来养活一家人呢？

这时，我头脑中忽然出现了一个奇特的念头，也许是爱情的灵感吧。我为什么不能变得富有呢？即便不能如此，至少也有一小笔财产，那样的话，无论埃米里昂的前途好坏，我都不再有顾虑，也不会觉得耻辱了。

我曾听说有很多非常正直的人，他们一无所有，完全凭着自己的意志和恒心，最终成为了不起的人。我开始着手进行一番计算，我发现，以当时的价格买下一块地，不出几年就可能会有三倍的收益。只需要懂得管理土地、了解农业资源就行，在这方面，我从近几年周围人的成功和失败中得出了不少正确的想法。我向老市长征求意见，因为院长对这类事情总是目光短浅。谢诺老爹更内行，也更有远见。他缺少的只是胆量，君主制时，他慢慢地积累了些财富，在新形势面前，他本该有更好的生意可做。那些收益丰厚的好生意，他看得很明白，也说得很清楚，可他害怕，不敢为自己的利益做任何事情，政治已经让他连觉也睡不好了。他常常忧心忡忡地梦想着收归国有的财产能被退还，每当这时，他又变成了民主派，为罗伯斯庇尔感到惋惜。

我算了算自己有多少钱。除去科斯特如先生借给我的钱以及他理应得到的利润之外，我个人的现金主要来自克勒旺田地的收成、以前和现在给别人上课的收入、养牲口的一点收益以及堂兄们把我的房子空出来以后的租金收入，这些钱加在一起，总共是三百镑十四个半苏。这笔不小的数目让我又动了一个念头：我想买回修道院和它的附属建筑，然后再慢慢地添置物品充实它，我梦想着重建一片土地，丝毫不比修道士们拥有的土地逊色，而且收益更丰厚。

我没有把这个梦想告诉任何人。嘲笑总是会扼杀灵感，能做成的只有那些不容自己和别人怀疑的事。首先，我用三分之一的钱买了一块尚未耕种的土地，又用三分之一的钱雇人开垦田地、围起护栏，然后播种、施肥。大家都说我疯了，说我选择了一条“真正的好路”，非把钱都糟蹋光了不可。那时的农民只肯把时间和汗水投入土地，至于钱，却从来不舍得。没有肥料时，他们干脆不给土地施肥，土地的收成也就可想而知了。往往是时间花了不少，土地却没什么改善。然而，我知道，现在是该把藏起来的钱都拿出来购买田产的时候了，我希望既买下土地，又让它带给我丰厚的收益，这样的话，手头的钱很快就能翻一倍。我的计划成功了，九五年，有人出大约两百法郎想买下我的地。

“不卖，”我回答道，“这个价钱只够我把本钱收回来。我再等等！”

九五年，我把这一小块地卖了五百八十法郎。我买下的其他物产让我获利更多，不过那些枯燥乏味的细节我就不多说了。所有在那个年代做过生意的人都知道，若想成功，就必须对时事充满信心，在我们乡下，起初只是一小部分人如此。直到国民公会末期，大部分购买了地产的人都想把土地再卖掉，于是他们卖掉了土地，却亏了一笔钱。督政府统治时，他们开始重新买入土地，一开始赔得一干二净，但无论如何，他们后来还是获得了自己的利益，尤其是那些像我一样没有被各种党派的威胁和愤怒吓倒的人，在短短几年内得到了实实在在、正当合法的好处。

第二十二章

我在羊毛上也赚了不少钱。虽然养羊的人越来越多，可羊毛仍旧非常昂贵。一开始，那些被查封的土地上可以自由放牧，这使牧群得以大量繁殖。大家都两倍、三倍地增加饲养的牲口数量，不过这种没有节制的放养并没有持续多长时间。牧草很快被耗尽，绵羊眼看着越来越衰弱，于是大家都急忙压低价格把它们卖出去。我就赊账从不同的卖主手中一只接一只地买下了不少绵羊，我把这些羊送到克勒旺，交给一个老人照管，那是个不幸的人，然而我却发现他充满智慧和活力。我让他跟我合作，分享我的利益，他在法得岛附近租了一间小屋和一片牧场，就在那儿住了下来。放牧的花费十分有限。卖羊毛的收益足够我们支付所有的开销，余下的钱还能存下一笔整数。临近圣诞节时，数量可观的小羊羔出世，这又给我们带来了其他收益。

我一边经营自己的生意，一边接替院长来管理修道院，科斯特如先生对此大为吃惊，他在信中称我“亲爱的管家”。可以肯定，如果没有我，他在这份产业中将一无所获。

对我来说，我很清楚这是一处极好的田产，但必须舍得投入资金，我极力劝说科斯特如先生，让他亲自来看看应该如何打理这块土地。他终于决定到这里来，那时正值隆冬，一个真正酷寒的冬天，还伴随着一种可耻的粮食匮乏。我之所以说“可耻的”，是因为这次的粮荒完全是投机商们的“杰作”。科斯特如先生见到我们的收成这么好，立刻明白是投机商在捣鬼，并把事情的原委告诉了我。

我们谈了很多埃米里昂的事，科斯特如先生说埃米里昂给他写过好几封充满爱国激情的信，他还告诉我，路易丝一天比一天更漂亮，简直成了他家里人人宠爱的孩子。看得出，科斯特如先生在任何方面都对我很真诚，于是我决定向他打开心扉，告诉他我的宏伟计划。不过，我并没有告诉他我已经打定了主意。我没有向他透露修道院是我的这份雄心壮志中的主要目标，只是总体上向他咨询了一番，问他，面对国有财产被拍卖的时机以及当前总的商业形势，有没有白手起家的可能。

他一边认真地听我说，一边用一种锐利的目光看着我，还问了我几个细节问题，最后，他回答我说：

“亲爱的朋友，您的想法非常好，应该去实现它。您应当买下修道院和它的附属建筑。我并不想靠这份财产赚钱，当时买下它们只是出于纯粹的爱国之情，如果有您这样一位勤劳而正直的人愿意以修道院为家的话，我的目的也就达到了。您一定要嫁给年轻的弗兰克维尔，给他带去这笔嫁妆。”

“太好了！可是，您如果不给我时间的话，我怎么能实现这个目标呢？”

“我给您二十年的付款期，够了吗？”

“每年付一千法郎，再加上利息，时间足够了。”

“我不要利息。”

“噢，那我们就做不成这笔交易了。埃米里昂自尊心那么强，他会把这当作一种施舍的。”

“那好，我同意接受利息，但只能是百分之二，在我们家乡，出租土地的收入就这么多。”

“对不起，百分之二点五！”

“百分之二的利息我已经很满意了，要知道，我在弗兰克维尔的产业压根就没有收益。为了不让我白白地投资买下修道院，您花费了那么多精力，我感到非常吃惊。有好几年，我已经想放弃它了，多亏了您，我才能得到您给我的这一笔收入，这笔钱就算作您购买修道院的预付款吧。从今天开始，这份产业就属于您了。您还未成年，我们没办法签合同，不过，有我们俩的口头协议就足够了，另外我还会采取一些措施，万一我在您成年之前死去，这些财产将通过必要的遗赠方式转到您的名下。如果需要的话，迪蒙可以暂时充当财产接管人。我来处理这些事，您不必为此担心。现在，我要告诉您，您丝毫不用感谢我。我认为，是您在帮我。我希望把投资集中在弗兰克维尔的田产上，我要让它重新带来收益。您让我看到，而我也清楚地看到了，在这里，如果没有艰辛的付出，什么事都做不成。因此，我在好几年中肯定一无所获，是您为我减轻了负担，还要付给我利息。我甚至担心，这么一来，这笔生意对您来说是白费钱财，好处只给我一个人得了。在担起这重负之前，您可得好好想想。”

“我早就想清楚了，也做好了一切打算。”我答道，“一块土地，对于根本不住在那里的有钱人来说，只不过是一次消遣性的投资，但对于农民来说，可是一笔真正的财富啊。他生活在土地上，也依靠土地生存。他丝毫没有您的那些需求、那些热情待客的义务，也没有您那些过舒服日子和大笔花钱的习惯。您说过，要想住在这里，就得花大力气翻修老房子，还要再建几幢新房子。您的开销会很大，这个地方连您的饮食也满足不了。我们这些人不一样，我们穿宽大的粗毛呢和布衣服，料子是镇上织的，而缝制的活都是自己来干；我们夏天光着脚，冬天穿木鞋；我们吃的是萝卜、荞麦面和栗子，认为这已经足够了；我们喝的是劣等的黑刺梨酒，觉得味道也不错；我们凡事自己动手，这不仅省去了雇佣仆人的开销，还让我们保持健康；我们白天里辛勤劳作，每时每刻都不敢掉以轻心，您夜晚的工作是不能代替这些的；还有，我们会在每一个微小的方面都精打细算，有些地方您连想都想不到，这样，我们就会让土地带来它所能产生的一切效益。所以，除去付给您的百分之二的利息，我还会有节余来偿还您的本金。对我们俩来说，这都是一笔好买卖，就这么定了。”

“我们还要照顾院长，”科斯特如先生又说，“这个可怜人什么事也做不了，除了他的修道院之外，其他任何地方都没法住。我想，您肯定愿意让他继续留在修道院，可谁来照顾他呢？”

“噢，我会照顾他的！您根本不用担心！”

“亲爱的娜奈特，这对您来说又是一笔开支。是不是就用您打算付给我的利息来支付这笔开销呢？”

“没有必要。”

“但是，这对您会有帮助的。您现在一无所有，却要干一番大事业。”

“一开始我就很清楚有一位虚弱的老爹需要我照顾，我必须把他算进我的开支里，而且，如果必要的话，我可以从我的口粮中匀出一部分来养活他，这对我来说很简单，对其他人也同样如此。”

“可是，我也有权把院长当作我的亲人啊，他年迈体弱，我有义务照顾他。好了，善良的娜奈特，让我们分享照顾院长的快乐吧。在他的有生之年，您只需按百分之一付给我利息，我希望能这样，就这么决定了。”

我们还约定为这笔交易保守秘密。我甚至不愿让院长知道，这说不定会刺伤他的自尊心，他一直还把自己当成修道院的大管家，这也是因为我常常找些抄抄写写的活儿让他干，其实那些事情我比他做得更快、更好。我只把这件事告诉了迪蒙，他别提多高兴了，立刻要帮我把好几年的利息先付给科斯特如先生。他有一笔三千法郎的存款，存在我们朋友的兄弟、一位银行家那里。只要互相签几个字，他就能拿到钱，我同意了，我没有权力阻止这位可敬的朋友为保障埃米里昂的未来出一份力，我们所做的一切正是为了他。我本来想以他的名义买下修道院，并把收益记在他的名下，但科斯特如先生根本不同意。

“谁也不知道会发生什么事，”他说，“弗兰克维尔是最正直的人，我知道他还很勤劳，但我不知道他是否有您的智慧和恒心。我觉得这笔生意只有交在您的手中才有保障，也只有跟您，我才能谈定一个最适中的利息。”

我尽我所能给科斯特如先生做了一顿最丰盛的晚餐，等院长和迪蒙吃完饭离开后，我们又进行了另外一次交谈，这一番谈话给我的震动很大。当时，我无意间问他路易丝的脾气是不是变得好一些了。

“我亲爱的朋友，”他回答道，“她的性格始终很古怪，我真同情她未来的丈夫，不得不忍受她的怪脾气，除非这位丈夫比她更有理智，比一个坚韧不拔的女人更加坚强。您是个不同寻常的姑娘，一个既特别又非常杰出的女孩。您不是女人，也不是男人，同时您既是女人也是男人，您身上集中了这两种性别中所有的优秀品质。路易丝·德·弗兰克维尔是个女人，一个真正的女人，魅力十足，脆弱而任性。柔弱总是惹人怜爱。正因为如此，我们才那么喜爱孩子，常常出于乐趣而纵容孩子们的专横，之后又不得不忍受他们的蛮不讲理。我还有更多的话要对您说，这两年，我的生活中充满着狂热的争斗，充满着必需的又往往是严酷的权威，而且我天生仁慈，可政治义务却迫使我心存怀疑，这两者之间的强烈冲突令我十分痛苦。我心里有一种无法抗拒的需要，想在舒适的家庭生活中放弃权力、忘掉自己是个恐怖主义者，宁愿反过来接受他们的恐怖专制，哪怕是小孩子的几句尖刻的讽刺话。可在我家里，仆人们对我唯命是从，我的好母亲也是一味顺从我的看法，她连每次换什么帽子戴或换什么围裙系都要问我的意见。我的生活太严肃了，雅各宾派应该用他们的德行来抵抗那帮金色青年①的放荡和吉伦特派那种应受谴责的宽容。在时事的动荡和喧闹的争论之后，我陷入了孤独，我需要有一个专横的人把他的意志强加给我，让我的头脑能得到放松，路易丝正好扮演了这个角色。她天生娇蛮，常常惹恼我，迫使我忘记一切，只关注她一个人。她总跟我唱反调，还嘲笑我、粗暴地对待我，有时甚至侮辱我、伤害我。我耐着性子，非让她对自己的忘恩负义感到后悔，来请求我原谅她的错误不可，在我和她之间这种重复不断的决斗中，我总是胜利的一方。这种胜利带来的激动对我来说既好也不好。不过无论好与不好，都和政治上的激动情绪是两回事儿，而我需要忘掉所有的争权夺利，在我看来，那些争斗都是严重的伤害，甚至毫无希望。"

"您给我讲讲这事吧，科斯特如先生，我们待会儿再谈路易丝。我想先弄明白，您怎么会又为什么会觉得一切都

① 指法国大革命时期的反革命青年匪帮。——译注

毫无希望呢？在我眼里，您是那么满怀信心，您不是在信中说：‘只要再坚持、再努力几个星期，我们就会拥有公正和博爱。’胆怯的人受够了你们的恐吓，保王派因为你们遭受了那么多折磨，您真的相信你们可以与他们和解吗？我觉得，人们永远无法原谅别人给他们带来的恐惧。”

“我知道，”他激动地接着说，“我现在知道得太清楚了！那帮温和主义者比保王派更对我们恨之入骨，因为那些保王分子并不卑怯。相反，他们表现出一种人们以为已经遏制住的胆大妄为。为了和我们不同，他们衣着滑稽可笑，举止矫揉造作，还自称‘花花公子’[①]和‘金色青年’。现在，他们正在巴黎，假装有气无力地拄着粗大的拐杖，还每天拿着他们的拐杖和爱国者血腥地斗殴。他们很残忍，比我们更残忍！他们在大街小巷搞谋杀，在监狱里进行屠杀。他们邪恶放荡、荒淫无度，还公然持枪抢劫，他们的罪恶行径把国家搅得一片混乱。他们希望毁掉共和国，重建君主专制，还毫不掩饰地企图扼杀法国并不惜一切代价迫使国家受他们的控制。”

“唉！科斯特如先生，我知道，您不赞成这样的行为，可您又能做些什么呢？暴力纵容了暴力的发生。您不喜

---

① 指法国 1794 年热月政变后的年轻保王派。——译注

欢如此，但您的朋友们喜欢，这一点您也很清楚，现在大家都知道南特、里昂和其他城市发生的事了。真的，您把实施暴力的权力交给了魔鬼，您的眼睛睁开得太迟了，您为此而痛苦不堪。人民痛恨雅各宾派，因为他们压制所有的人，对眼前的保王派却很少过问，现在，这些保王派把矛头直指向您了。不错，他们正在犯下您的政党也犯过的罪行，他们杀害无辜者、屠杀囚犯，可我听我们这里的人说，他们这么做是吸取了教训，是不想让恐怖时代再继续下去，为了这个目标，一切手段都是好的。这不正是您和您的人说过的吗？你们是不是没有想到，要净化共和国，竟不得不用战争、处决、流放和贫困来打倒四分之三的法国人，而贫困已经夺去了更多人的生命？您别生我的气，如果我说错了，您给我指出来，我只是把我听到却无法找出答案的事情告诉您。"

我发现我的话令他很难过，有好一会儿，他一言不发，然后他突然又说话了，语调里充满愤怒，就像恐怖时代中我在利摩日曾见过的他生气的样子。

"对！"他说道，"我们命中注定要受到这样的对待！我们承受了大革命所有的指责、诅咒和羞辱。我知道，我知道！我们一心想拯救法国，却成了无耻之徒，成了猛兽，成了暴君。对我们的惩罚开始了！人民，为了他们，我们牺牲了一切；为了他们，我们压抑本性，变得毫无顾忌，变得不知怜悯。为了这个崇高的事业，我们宁愿牺牲个人的情感、名誉，甚至牺牲我们的法律意识，可这些却变成了我们的罪状，是人民把我们出卖给那帮不可饶恕的敌人，也正是他们，会在将来我们死后还要败坏我们的名声，还要因为我们而憎恨'共和国'这个神圣的名称。我们想给大家带来一个建立在平等与博爱之上的社会，一种以理性为基础的信仰，可我们最终将得到的却是这样的下场。"

"怎么，这让您觉得惊奇吗，科斯特如先生？您是个高尚的人，您没有其他的想法。可是，因为有三四个人这么想，就已经有三四千或更多的人一心只想发泄他们对贵族由来已久的仇恨和嫉恨。哦！请让我说下去，我并不是攻击您敬重的人，您了解他们、为他们担保。您的政党的目标不是仇恨和报复，希望如此，我不知道！不过，有一点我可以肯定，如果人们发起革命而不互相仇恨，那么革命就会成功。我们理解革命、拥护革命，刚开始还为革命出力。您本该让这种情形延续下去，而不是容许迫害行径的发生，让各种事件搅乱了老百姓们纯朴的思想。你们认为必须那么做。可是，你们错了，现在，你们意识到了自己的错误，于是就安慰自己说宽容一定会导致失败。其实，你们也弄不清楚，因为你们根本就没有尝试过。失败正是你们的愤怒的结果，而你们又不甘心成为我们这样的人：善良的老百姓，既不愿仇恨也不想折磨任何人。”

他想反驳，可已经气得嘴唇发抖，说不出话来，就像那些好心又容易激动的人。我要把自己的想法都告诉他，倘若他觉得我的话伤害了他，想取消我们的生意还来得及。

“您想告诉我，”我接着说，“正是人民的狂热促使你们采取报复行动，让他们遭受长久的困苦。我们那里的人都对此感到很惋惜，我知道，推动和指引您的是巴黎和其他大城市的人民，因为你们那些有头脑、有学问的人总是待在城里。你们以为了解市镇和郊区的工人就等于了解农民了，而在这些一半是农民、一半是手艺人的工人中，你们又只关注那帮会叫会闹的。这对你们来说足够了，看到他们在街头群情激奋时，你们就以为能把他们算作自己人。可你们没看到，那些人回到家里后，却说对他们干过的事压根就弄不明白。您只和几个跟随您左右的人交谈，他们跟着您是想从您这里捞取好处：职位、奖赏或者某种他们更喜欢的东西，这些人都爱慕虚荣，一心想凌驾于他人之上。我看到过这样的事，在夏托鲁，我亲眼看见人们如何把巴黎派来的代表团团围住，迪蒙也亲耳听到人们如何在街头和屋前评价那帮求权者。您瞧瞧这一切，那些人讨好、追随共和国的领导者，为的就是从他们那里得到自己想要的东西，就算当权的是一个大主教或一位王子，也会得到同样的欢呼和奉承。您比我们更有头脑得多，可还是上了那帮阴谋家的当，您在家里款待他们，尽管心里不情愿，却一味容忍，因为他们总对您说：我为我的街区、我的市镇、我的行会负责。他们欺骗您完全是为了抬高自己的地位，为了让您觉得少不了他们。事实上，他们什么责任也承担不了，这您已经看得很清楚了。他们心肠恶毒、四处掠夺，您对此非常气愤，为了伸张您心中的正义，也为了替愤怒的人民讨回公道，您不得不惩罚他们。这就是您的不幸，也是您的朋友们的不幸，科斯特如先生，您自以为很了解人民，因为您坚决地投身到最糟糕、最恐怖的那群人中，只结交了一帮渣滓，结果您就认为人民都是冷酷的、都一心只想着复仇。于是，您做的事情只让最坏的人称了心，对好人的指责，您反倒无动于衷。您认为这些好人畏畏缩缩，不是好的爱国者，就因为他们没有头戴红帽子，跑去和您以'你'相称、拥抱握手。依我看，这些受尽鄙夷的温和派是比其他人更好的爱国者，为了不损害对国家的保卫，他们容忍了你们的所作所为。您看到了吗，真正应该去了解、去倾听的，是那些低声说出的东西，可这您永远无法知道，因为您只生活在满是宣言或怒吼的世界里。等您意识到这一切时，已经太迟了。如今，敌对党派的叫嚣者和作恶者正在霸占你们的位子，伤心绝望、忍气吞声的人民最终也愤恨地抛弃了你们。于是你们不得不清点人数，发现大多数人都反对你们，这让你们非常震惊！于是，您把人民都当成了忘恩负义的胆小鬼。那好，我就是这可怜的人民中的一员，我爱您，感激您救了埃米里昂的命，他的生命比我的更重要，让我来跟您说吧：您迷失在一片森林里，在那里，黑夜突然来临，在那里，您把荆棘小路错当成宽阔大道。为了走出这片森林，您必须和狼群进行搏斗，天亮了，您吃惊地发现，您根本没有前进，而是一直在后退，还发现您与一群野兽为伍，而人们都远远地站在了另一边。现在，保王派正准备玩一副好牌，我不想否认，他们比你们更心狠手辣，但他们却不会比你们干得更糟。他们身边也会有奉承者，有阴谋家，有可怕的杀手，还有可耻的骗子，就像欺骗你们一样欺骗他们，最终，就会轮到他们输掉这局牌。谁才是赢家呢？那将是最先到来的人，只要他能让内战结束，让每个人安心生活，不必害怕第二天会被告发、被抓进监狱或者被送上断头台。这跟究竟是保王派还是吉伦特派、是利己主义者还是胆小鬼毫无关系。也不是因为人们需要安宁，和平就会到来。军队里并不缺好士兵，为着崇高的事业，士兵们会全力以赴地履行职责。人们无法忍受的，是被迫相互猜疑、彼此仇恨，是被迫眼睁睁地看着无辜的人去送死。整天无所事事也让人难以忍受。对农民来说，这样的懒散是最要命的事，您的救济、怜悯和施舍根本不能安慰他们，无法补偿他们失去的时间。他们勇敢而善良，您却不懂得如何利用这一点。单独来看，农民身上有很多缺点，但我还是要像他们说的那样对您说，如果您能将他们每个人心中或多或少的美德聚合在一起，您就会看见一座让您害怕的大山，您根本不愿意看见它，也无法翻越这座大山。”

我激动地说着，在房间里不停地走来走去，一会儿拨拨火，一会儿拿起又丢开手上的活儿。我说了许多连自己也没想到会说出来的话，我不愿意看科斯特如先生一眼，生怕看到他就再没勇气把我的想法全说出来。我觉得还有话要说，但他已经忍无可忍，他站起身，抓起我的胳膊，紧紧捏住不放，直到把我弄疼了，只听他说："别再说了，乡下女人！你不知道你这么说会把我害死吗?"

第二十三章

“我可不想把您害死,”我对他说,“我那么爱您、敬重您,怎么可能做这样的事,但我要揭穿那些让您受骗的谎言。”

“难道这谎言就是祖国、自由和公正吗?”

“不! 只要目的是好的,就可以不择手段,这是您那个有名的观点。”

他走到房间顶头,又坐了下来,丝毫不承认被我说服。

他静静地思考着什么,然后对我说:

“你是不是热烈地爱着弗兰克维尔?”

“我不太明白您说的‘热烈’是什么意思。我只知道,我爱他胜过爱自己。”

“你不能爱上另一个人吗? 比如我?”

我吃惊得不知如何回答是好。

“别这么惊讶,”他接着说,“我想结婚,然后离开法国,再也不谈政治。我不欠路易丝任何东西，除了她父辈留下的城堡。她可以和埃米里昂共享这份剩余财产。他们又会成为农民们的主人，而那些农民一心只想着重新成为农奴……我们不要再争论了！我讨厌他们，讨厌城里人，讨厌所有的东西。我憎恨贵族，你也应该恨他们，假如君主制复辟的话，埃米里昂就不可能也不愿意娶你了。我出身并不比你高贵，现在所拥有的财富完全要归功于父亲和我的辛劳。别怕我，娜奈特，我并没有爱上你。如果我听从自己的心意，我会爱上路易丝。但我很清楚，她是个懦弱的女人，而在你身上，我却看到了一种高尚的精神、一种可爱的性格。你也算得上漂亮了，足以让人动心，要是你鼓励我的话，我很容易就会忘记除你之外的一切。不要现在回答我。考虑一下。黑夜会帮人出主意的。你做我的妻子，会比想着成为埃米里昂的妻子对他更有利。你知道我很喜欢他，我们两人共同为他创造一个新生活，我允许你把他当作兄弟看待。我不会嫉妒，人们不应该去嫉妒一个如此正直的人。你知道吗，将来谁娶了路易丝，谁就要为她牵肠挂肚，而得到你允诺的那个人却能像依靠上帝一样依赖你。我这么说是想告诉你，你会得到应得的赞赏。别出声！有话明天再说！越争论，不同意见就越多。你和我的命运就等着你决定了。”

他拿起蜡烛，没看我一眼就很快离开了。我吃惊地愣在那儿，心里却很清楚自己该怎么做。就算我能爱上他，我也看得出他疯狂地爱着路易丝，他要娶我只是为了排遣心中对她的爱。假如他无法忘记路易丝，那我将多么不幸！科斯特如先生是一个狂热的人，一旦有什么念头就会马上去做，也很容易从一个极端走向另一个极端。当然，他是值得姑娘们倾心爱恋的，可这份爱又会给双方都带来痛苦。所以，他的想法并没有让我陶醉。我觉得，他受过的教育和他的才干确实高于我，可他生性优柔寡断，在性格上并不如我。他的那些暴力行为并没有让我害怕，然而他内心的躁动总让我觉得自己也心绪不宁，我不喜欢不安，那是一种犹豫和不确定。而弗兰克维尔，他心地单纯、意愿明确，他才更值得我的关心和爱慕。他的一切在我面前都是那么清晰，他的每一句话都仿佛天空中的一道光芒，直射进我的灵魂。的确，他可能永远也不会像科斯特如先生那样精明能干地赚钱发财，这世界上的一点点东西就能让他满足。那些挣钱的事应该由我来替他考虑，而他，将会把我引向更高贵的事物。我只爱他一个人，一直深深地爱着他，连试图去爱上另一个人都不可能，哪怕只是用比这少一半的爱也做不到。

第二天早上，科斯特如先生准备出发，我为他准备午饭，他见我和平时一样平静，丝毫不想找机会与他单独相处，就明白了我没有改变主意，于是，他显得很后悔昨晚说了那番话。

“我当时太激动了，”他对我说，“您的想法让我心绪不宁，您说的也是实情，不过，那些想法的基础是错误的，因为您以为如今的局面是我们造成的，是我们选择的，其实我们也是迫不得已。在争论时，我内心深处的一个小秘密不知不觉溜了出来，它让我气恼，在那些撕裂我灵魂的种种创伤之上又添了一道小伤口。不知怎么的，这道小伤口让我对您说出了一些疯狂的话，如果您不是个既宽容又聪慧的人，您一定会嘲笑我。您能保证那些话只有您一个人知道，甚至埃米里昂，不，尤其是埃米里昂，也不会知道吗？”

“我根本没想到会让您说出那番话，您自己也是一时冲动才那么说，我明白，不会告诉埃米里昂的。并且，请您相信，我自己也会很快把那些话忘掉，就像您昨晚说出来时那么快。”

“谢谢，娜奈特，我相信您的话。我会找机会请求弗兰克维尔把他妹妹嫁给我。如果您告诉他我还没有拿定主意的话，他就可能拒绝我的请求。他那么单纯，比我更严肃，他不会理解我的。”

“说得对！别再犹豫不决了，科斯特如先生。如果您真心爱路易丝，就帮助她改掉那些小怪僻，您自己也说过，那都是您的纵容造成的。让她爱上您吧，女人总认为自己的爱人是有道理、有权威的。现在，亲爱的先生，考虑一下我们的生意吧。如果它不能让您完全满意的话……”

“我很满意，这事就这么定了，我不会反悔。相信我，娜奈特，我比任何时候都更加是您的朋友，并为此而感到骄傲。”

他真诚地握了握我的手，这时院长走进来，在桌边坐下，他谈起了巴黎发生的事情，一副既嘲弄又屈从的口吻，而在我们其他人看来，那些事情都非常令人吃惊。他告诉我们，当我们还在因为昨天的激动、眼前的贫困和苦难以及对未来的担忧而备受震动和打击时，那些有钱有势的人却快活得快要发疯了。他给我们描述了塔利安夫人和博阿尔内夫人举办的庆祝活动：贵妇们的希腊式晚礼服以及专为遇害者举办的舞会，舞会上，大家做着被砍头的手势互相打招呼，都穿着白色礼服、系着丧服腰带跳舞，还梳着短短的被称为断头台式的发型，而被允许参加舞会的人，家里至少有一个人是被送上断头台处决的。我觉得这实在太残酷、太令人悲伤了，我很害怕，夜里做梦还梦见了这些事。那些保王派曾聚会搞模拟葬礼，要么一起痛哭，要么发誓要复仇，对这事我还能够理解，可是，在亲人和朋友的坟墓上跳舞，这简直是疯狂，欢庆中的巴黎比断头台周围躁动的巴黎更让我感到不寒而栗。

当上流社会沉浸在这些可耻的欢庆中时，我们可怜而可敬的军队正在占领荷兰。九五年二月初，我收到了埃米里昂的一封来信，信中写道：

“今天是一月二十日，我们的部队开进了阿姆斯特丹，我们没有鞋子，也没有衣服，只能用草编的带子裹住赤裸的身体，可队伍仍然很有秩序，并有乐队在前面为我们开道。人们没想到我们会来得这么早，任何接待准备都没做。我们在雪中等了六个小时，才吃到了送来的面包并安顿下来。我们英雄的战士没有一丝怨言，战败者也满怀钦佩地注视着他们。啊，我的朋友，我真自豪，能率领这样的人，能成为这支军队的一员，在这里，那个曾经迷失、饱受伤害的法兰西庇护着她纯洁而高尚的灵魂，在这里，没有任何私心杂念，所有的人都陶醉在对共和国、对祖国的热爱之中！我是多么幸福啊，因为我心中充满着对你的爱，因为我觉得，在经历了这些闻所未闻却被愉快接受的磨难之后，自己现在能配得上你了。不要责怪你的朋友，像我一样幸福吧，请相信，和平一旦来临，他就会回到你的怀抱，那是他梦寐以求的奖赏。请告诉迪蒙老爹，我爱他，告诉拉玛里奥特，我拥抱她。请告诉我们亲爱的院长，每当面对考验时，我就会想起他的话。遭受寒冷、疲倦和饥饿时，我就对自己说：人们作恶，才招来了一切的恶果。而我们必须让善重新出现。为此，就要忍受痛苦，战士们的牺牲就是为了赎回人们的罪过，为了让上帝宽恕法兰西。”

附言里，他又写道：

“差点儿忘记告诉你们，我已经被任命为上尉，就在迪朗战役的战场上。”

院长、迪蒙、拉玛里奥特和我，我们四个人一起读完了这封珍贵的来信，心里既高兴，又难过，都忍不住哭了起来。埃米里昂没说他什么时候回来，也不知道他是否还会遭受新的磨难和危险，可他希望我们为他的苦难感到高兴、感到骄傲，于是，我们竭力忘记忧伤而只感受快乐。

在我们的细心照料下，院长平安地度过了这个严寒的冬季，然而春天即将来临时，他的病情突然加重了。我几乎寸步不离地守在他身旁，这大大影响了我料理修道院的日常事务，不过我下定决心，宁可失去一切，也不能不管院长。他的病是因为缺少勇气而导致的。他并不觉得哪里疼，吃饭也挺香，要是呼吸能顺畅的话，他就会有气力。可是，透不过气来的感觉让他生出莫名的怒火，继而又引起了深深的沮丧。只有我能够安慰他。

一天，他感觉好了一些，便叫我出去散散步，于是我利用这段时间去看望了另一个病人，一个我同样很关心的可怜女人，她住得相当远。我匆匆赶去，又很快返回，因为白天还是比较短。我中午出发，走到一片树林时已经是深夜了，树林里时常有狼出没，所以当我听到不远处有人说话和走路时，心里很是高兴，那些人正沿着横穿树林中部的一条路往前走，而我走的是斜插向树林边缘的小路。我忽然有一个念头，不抄近路，而是跟着那些人，这样的话，他们可以保护我免遭野兽的袭击。然而，他们并不是我们家乡的人，因为他们朝另一个方向走去，再说我已经是大姑娘了，不方便和陌生人同路，于是我悄悄跟在他们后面，没有发出一点儿声响。

我离他们足够近，能听见他们说话的声音，甚至还听出了其中几个字，他们好像提到了“院长”、“瓦尔科修道院”、“半夜”！

我不禁担心起来，轻轻地加快了脚步，悄然向他们靠近，近得能听见他们说的每句话。

他们停了下来，夜晚一片漆黑，又隔着树枝，我无法看清他们，但从听到的声音来判断，他们只有三个人。我还听出，他们正在等人，不一会儿，他们等的人来了，后来又来了几个人。他们压低声音，秘密清点人数，互相报出的名字我一个也不熟悉，他们之间似乎有约好的暗语：“大难不死的人”、“弹药筒”、“自由警探”等等。他们说的话也像是某种行话。

不过，我还是明白了，或者更确切地说，我猜出来了。这是一帮不认识的坏蛋，常常打着保王主义的旗号，趁夜袭击城堡或农庄，折磨那里的人，再把钱财洗劫一空。家乡的人时常谈论他们，对他们十分害怕。大伙儿纷纷传说他们的暴行如何恐怖，偷起东西来又如何胆大妄为。人们早就不断提醒我们小心，可一年又一年，强盗始终没有在我们那里出现，于是我也就不再相信有这回事儿。此刻，我不得不正视危险并感觉到了它的存在。

他们总共七个人，自认为人还不够多，不能去袭击博利厄修道院，那里已经变成了一个有人居住且守卫森严的农场。“在瓦尔科，”他们说道，“只有一个老院长，两个上了年纪的工人和两个妇女。”他们的消息很灵通，不过他们没把迪蒙算进去，这说明他们中间没有任何人是我们镇上的。这让我很高兴。

占领修道院并不难，可那里面有什么值得拿的东西呢？谁都知道，院长根本没有积蓄，而修道士的钱财已经被共和国收缴一空了。他们唯一可以期待的快意就是破坏雅各宾党人科斯特如的产业。

他们之中的一个人坚持认为院长应该有钱。他说这些人比共和国更加狡猾,说他们总能找到办法从共和国骗取钱财。他好像把教会的人和雅各宾党人都不放在眼里。

最后一种意见似乎占了上风,他们讨论起进攻修道院的办法。他们计划等天黑以后,让他们中的两个人扮成乞丐到修道院去,恳求在谷仓里过夜。到了半夜,这两个人就打开大门让另外两个人进去。听起来,他们似乎知道护栏的缺口已经被堵了起来,也知道从墙头爬进修道院并不是件容易的事儿。时间还早,这帮强盗决定先去守林人家里吃晚饭,那人是他们的同伙,也是窝主。

我想,不能再浪费时间了,必须尽快阻止他们的"好"计划。我急于离开,黑暗中不小心撞上了树桩,跌倒在地上,弄出了一点儿响声。他们立刻安静下来,我听见子弹上膛的声音。我趴在地上,一动也不敢动。他们在我周围搜查,我想我最后的时刻到了,他们对发现自己秘密的人向来是毫不留情的。他们没有发现我,以为只是一截枯树枝从树上掉下来发出的声响。他们往刚刚所在的交叉路口走去,趁着他们自己走路也发出声音的机会,我逃身而去。但是我不得不钻进树丛中,因为所有能走的路都通向那个交叉路口,只要经过那里就一定会被他们发现。我迷路了,足足半小时,我不知道自己在什么地方,害怕得直发抖，生怕走回原路，又走到那帮坏蛋那里去。

终于，在撞了数不清的树，又被所有的荆棘划过之后，我走到树林边缘，逃也似的穿过荒野，一直跑到了通向瓦尔科的路。尽管天气很冷，可我到瓦尔科时已经浑身是汗，气喘吁吁，几乎说不出话来。我要做的最紧要的事就是跑到老市长家，两天前他又被重新选为市长，向他讲述我的奇遇。他知道我不是胆小鬼，也不是爱幻想的人，于是他立即命令乡村警察把所有人都集合起来，并通知大家修道院正面临的危险。我们这里已经没有强壮的男子了，所有年轻人都参军了，不过老人们可不缺乏勇气，当大伙儿得知这帮强盗只有七个人时，都下决心要把他们抓住。人们怀疑本地几个声名狼藉的人都加入了强盗团伙，比起外地人来，这些家伙更令人憎恨。

大家尽可能地武装起来。我们还有几把藏着的旧枪，征收时没被发现，还有一些八九年从修道院拿出来的梭镖和铁戟，镇上的国民卫队基本上就靠这些家伙武装的。人们叫我好好接待那两个假乞丐，就让他们半夜打开大门。我们布置了二十个人藏在圣泉周围的小土堆后面，另外还有十二个人事先藏在修道院的小教堂里，到时候给强盗们来个前后夹攻。

我跑去告知院长，说服他安心待在自己的房间里，我让迪蒙和拉玛里奥特一起守着房间。拉玛里奥特笑着把一根铁棒放在门后，决定需要时就用它来当武器。两个工人在厨房里守卫，我回到大门口，准备接待假乞丐。他们准时到了，我把他们请进修道院，丝毫没有对他们表现出怀疑。

我问他们是否饿了，他们回答说不饿，只是走了很多路，希望有个角落能躺下睡上一觉。我把他们带到给他们准备的地方，他们倒在蕨草堆上，好像真的疲惫不堪似的。我试图让我们的人多加小心，一个接一个悄悄地进入小教堂，别发出任何声响。可我是白费力气、白费口舌了，他们还是忍不住要窃窃私语。不一会儿，我发现那两个强盗根本没睡，他们起了疑心，溜到院子里四处察看。当一切防御准备工作结束时，已是深夜十一点了，这时，我们惊奇地听见城堡主塔上的猫头鹰比平时多叫了许多声。我对此十分警觉，突然，我对我们的人说：

“这不是真的鸟叫。如果猫头鹰发现了动静，它们是不会发出叫声的。这是在我们这里的那两个强盗爬到谷仓顶上，学鸟叫来警告同伙们不要靠近，因为修道院已处于戒备状态。过不了一会儿，他们就会想办法离开修道院，去和同伙会合，不这样才怪呢。”

“既然这样，”我们的人答道，“那就得盯住他们，把他们从屋顶上赶下来、抓起来。”

我们没费多大劲儿就把他们逮住了，他们根本没有抵抗就乖乖投降了，还装出一副无辜的样子，好像不明白为什么无缘无故被抓起来。他们被关进修道院的牢房，在那里，谁也听不见他们的声音，他们也不再试图给同伙通风报信，那样他们就彻底暴露了。

这一番折腾花了大约一个小时，当每个人都回到自己的位置时，子夜的钟声敲响了。我们把大门半开着，足足十分钟，大家努力做到一动也不动，也没说一句话。我待在过去的守门修士住的塔楼里，在那里可以向进攻者扔石块，我想一场战斗肯定在所难免，我可不愿意只把朋友们置于危险之中，自己却袖手旁观。

突然，我闻到一股焦味，通过塔楼上朝向院子的枪眼，我看见一股烟从谷仓里冒出来。那两个强盗，要么是不小心，要么是故意的，在离开时点了火。我只来得及通知藏在小教堂里的人。他们很快扑灭了刚刚燃起的火苗，这么一来，想出奇制胜地抓住那伙强盗是不可能了，于是埋伏在圣泉旁边的人纷纷靠近，包围了修道院的大门。看到这种情形，强盗团伙不敢来了，但我们看见两个骑着马的“侦察兵”正朝这边靠近，当我们冲向他们时，他们飞快地逃走，消失在夜色中。他们骑着好马，我们却只能靠脚力。

我们只好放弃了抓住他们的念头，也没能辨认出他们到底是什么人。大家又守卫了好几晚，都一无所获，强盗们很谨慎，再没有出现在我们这里和周围地区。我们把那两个囚犯押到尚邦接受审问，其中一个矢口否认，还发誓说，是否抽烟斗时在我们的谷仓里点了火，他对此绝对一无所知，他既无法为自己辩护，也不能认罪。另一个则一个劲儿地装傻，不回答任何问题。人们从他们身上搜出了几把像大匕首似的刀子，此外没有任何东西可以揭露他们的险恶企图。他们在监狱里待了很长时间，人们想探问他们的身份，可最终什么也没发现，只好判处他们为无业游民，在利摩日关押了几个月。

第二十四章

我很久以后才得知这些事情，因为这次的危险虽然被我们幸运地逃脱，却带来了另一种严重后果。

尽管我们想办法让院长安心，可他还是非常恐惧，第二天竟发起高烧，还常常胡思乱想。我一连三个晚上都守着他，其实我自己也感觉很不好，说不清哪里不舒服，也不知道为什么会生病，因为我只是在树林中听到强盗们的密谋时受了惊吓，还有就是担心不能及时赶回修道院揭穿他们的阴谋，除此之外，我没有其他什么好害怕的。后来，很多事情等着我去考虑，我想不起来当时是如何惊恐、如何疲劳了。强盗们逃走后，我竭力给好心来帮助我们的人准备吃的、喝的东西。他们美美地享用了我们所有的奶酪，又喝了好多酒，然后大伙儿在修道院的大膳堂里唱歌，一直唱到天亮，战斗的准备和守候最终以一场欢庆告终，在农民们之间总是如此。我希望这悦耳、纯朴的歌声也能感染院长，打消他所有的焦虑。可他一点儿也不开心，顽固地认为是一帮强盗在我们这里大吃大喝，而且还会来折磨他、抢他的钱。

"上帝!"真不知道说什么才能让他相信，我只好对他说，"就算他们在这里，想抢走我们的东西，我们也没什么好担心的。家里只有那么一丁点财物，被他们拿去也算不了什么，我们连好话都不用说一句。我不明白，您怎么会为了可怜的一点积蓄这样痛苦不安，那几个钱根本不值得您遭受他们的折磨。"

"我的钱!"他在床上激动地叫着，"不！不！我的东西，我的财产！我把它们看得比我的命更重要。不！绝不！我宁可在痛苦中死去，也不会泄露一个字。让他们准备好柴火，我就在这里！来烧我、把我砍成碎块，来吧，混蛋，我准备好了，我什么也不会说!"

直到早晨他才安静下来，可到了晚上，他又开始幻想、尖叫、恐惧和抗议。医生说他病得很厉害，第二天晚上，情况更加糟糕。我竭力让他安静下来，可他不听我的话，甚至认不出我来了。医生劝我去休息一会儿，说我的脸色很难看，恐怕也病得不轻。

"我根本没病，"我回答说，"请您专心照顾这个受尽折磨的可怜人吧!"

刚说完这句话，我突然像死了一般倒在地上，人们把我送进了我的房间。我什么也不知道，没有一丝力气，没有知觉、没有记忆，也不再为任何事担忧。我只有一个需要：睡觉，再睡觉，一直睡下去。我唯一的痛苦是有人来给我做检查、询问我的病情，对我来说这种打扰实在太残酷，我根本支撑不住了。我整整昏睡了七天。我得的是一种胸部炎症。我只得了这一种病，但它非常严重，大家对我已经不抱希望了，就在这时，我一下子清醒过来，就像几天前失去知觉时那么突然。

我难以重新理清自己的记忆。高烧中，我梦见院长死了。我看见他被埋葬，然后是埃米里昂，再后来是我自己。终于，我认出了床边的迪蒙，问了他一连串的问题。

“您总算醒过来了。”他对我说。

“其他人呢？”

“大家都很好。”

“埃米里昂呢？”

“有好消息，他们那里已经停战了。”

“院长呢？”

“他也好了，好了！好多了！”

“拉玛里奥特呢？”

“她就在这儿。”

“噢！那谁去照顾……？”

“院长，是吧？他很好。我马上去看他。睡吧，什么也不用担心。”

我又睡着了，从这一刻开始，我慢慢地恢复起来。这场病持续的时间并不长，我的身体没有因为生病而被拖垮。不久，我就能坐在扶手椅上了，我想去看看院长，可大伙儿不让我去。

“他既然身体很好，”我问迪蒙，“为什么不来看我呢？”

“医生不让我们跟您多说话，再耐心等两三天吧。您的朋友们都很为您担心，为了他们，您要好好休息。”

我只好顺从了，第二天，我感觉自己有力气在房间里转转，于是我走到窗前，向院长的房间望去，只见窗户紧闭，这完全和一个哮喘病人的习惯相反，他房间的窗户只有在隆冬的夜晚才会关上。

“迪蒙，”我叫了起来，“您骗我！院长……”

“噢，您太激动了，小心又要病倒！这可不好，您答应过要耐心等待的。”

我重新坐下，掩藏起我的焦虑，迪蒙为了让我相信他是去院长那儿，就把我和拉玛里奥特留在房间里，对她，我不想提任何问题。到了该给我吃饭的时间，她出去为我准备汤羹。于是屋里只剩下我一个人，我无法再忍耐了，必须弄清院长的状况，于是我蹑手蹑脚地走出房间，扶着墙来到了走廊另一头院长的房间。房门开着，床帏没有挂，床垫翻转过来，叠成两层，房间里打扫得干干净净，东西也收拾得很整齐，皮质的大扶手椅对墙放着，衣服都塞进了衣橱，还有一股残留的祭奠的香火味，这一切都向我揭示了令人伤心的事实。我忽然想起，从埃米里昂房间的窗户能看见墓地，而他的房间就在隔壁。我走进去，向窗外望去。我看见在靠近墓地入口处有一座新坟，坟前插着一个白色木头做成的十字架，上面什么也没写，一只非常大的树叶花圈套在十字架上，叶子刚刚枯萎不久。

我一再和死神争夺这个亲爱的病人，而现在，他就只剩下这些了！当我自己跟死神搏斗时，死神却夺走了他的生命。对此我一无所知，只是在发烧时做过的梦里隐约看见了当时实际发生的事情。

我悲痛欲绝地回到自己的房间，我还在发烧，不过热度不高。我忍不住哭了起来，眼泪减轻了身体上的痛苦，可我的心却仿佛碎了一般，我那可怜的亲爱的朋友啊，我竟没能够聆听他最后的道别与祝福。

等我身体完全复原以后，人们决定告诉我院长去世的详细情形。在病情表面上好转了一阵子之后，他很平静地离开了人世。

这个不幸发生在我病得最重的时候。当时，他一直要见我，大家隐瞒了我的病情，但还是不得不告诉他我有些身体不适。于是他把迪蒙叫过去，把自己最后的愿望告诉了他。

“现在，”迪蒙接着说，“如果您感觉挺好，能够经受一次新的激动，我知道它一定会增加您的惋惜，那么就请听我说吧。您一直以为院长先生只有一点点财产，您也知道他很看重自己的钱，所以您拼命干活来维持他的生计，不要他花一分钱，实际上，院长先生很富有，他有两万五千法郎。四年前，他派我去他的家乡盖雷，把这笔遗产取了回来。我答应保守秘密，并替他保管这些钱。我很清楚他的用意，我也知道他那么害怕强盗并不是因为自己，他竭力维护那份财产完全是为了您，娜奈特，为您呀，他的遗产继承人。因为得到院长的馈赠，您现在有钱了，对埃米里昂来说，您可以算是非常富有，您嫁给他，心里就不会再有顾虑了。院长他对我说：‘这些孩子救过我的命，他们把我从黑牢中救出来，那个鬼地方毁了我的健康，要是没有他们，我恐怕就得把命丢在那儿了。现在，生命一样要离开我，别让神父们来打扰我，我知道的和他们一样多。我要直接向上帝忏悔，我信仰上帝，现在的大多数神父其实根本不信。我希望在上帝身边平静地死去，如果我这一生中做过什么错事的话，我要通过行动来弥补。我要让两个孩子变得富有，他们爱我、照顾我、安慰我、竭尽全力想让我多活些日子，特别是娜奈特，她是我的天使，真正的守护天使！她为我做出了最大的牺牲，完全值得我为她做点事情。她是我唯一的遗产继承人，我知道她爱的是谁，将来会嫁给谁。她头脑很聪明，会好好利用我的这笔钱。您合上我的双眼后，就从枕头底下把我的钱包拿出来，里面有一张见票即付的汇票，数目我曾告诉过您，钱存在利摩日，科斯特如的银行家兄弟那里。您四年前把这笔钱交给我时，我就立下了遗嘱，遗嘱由科斯特如亲手保管，但他并不知道遗嘱的内容。您带着娜奈特去他家，他会把娜奈特应得的遗产交给她。'"

"我不同意院长的做法，"迪蒙继续说道，"他是有家的，他也许没有权力独占这笔遗产。但他告诉我说，这么做完全合乎情理，他在修道院度过的这四十年里，他的兄弟姐妹们分享了他的收入，在把他应得的那份遗产给他的同时，他们还非常真诚地要把那些钱也补偿给他，他拒绝了，但希望家人放弃在他死后继承他的遗产的权力，他们同意了。这件事他做得完全合乎法律规定，而他亲戚们的品德则是另一个保证。最后，我要做的就是找出钱包和文件，果然，我在钱包里找到了所有文件。我没等您痊愈就写信给科斯特如先生，他给我回信说，他负责办理所有的手续，并且今晚就会到这里来，把属于您的权利交给您。他会问您打算如何使用这笔钱，这就得您自己考虑了。”

“我可怜的迪蒙，”我回答道，“我实在没办法去想这件事，你瞧，除了哭，我什么事也做不了。我一心想着，这可怜的亲人永远不在了，我甚至没能感谢他给予我的友情！”

“你可以在做祈祷时感谢他。”迪蒙说，他已经把我看作埃米里昂的妻子，不愿再对我以“你”相称，但时不时也会变回来，这让我挺高兴。“我从来不是一个笃信宗教的人，”他又补充说，“但我相信，灵魂在倾听我们说话，夜晚，我想象着自己仍然在和亲爱的院长交谈，他还回答我的话呢。”

“我也一样，迪蒙，我总是看见他、听见他说话，而我唯一的慰藉就是希望他也能看见我、听见我说话。我希望他知道，我没有在他最后的时刻守在他身旁，那并不是我的错，希望他看见我为他伤心流泪，我是多么的爱他，如果他还能留在我们身边，我该多高兴啊，比成为有钱人不知要高兴多少倍！”

“我，”迪蒙说，“我敢肯定，他让亲爱的孩子们的未来有了保证，他的灵魂一定会为此感到很欣慰。您相信吗，就在他即将永远长睡不醒的前一个小时，他拥抱了我，对我说:这是我给娜奈特和埃米里昂的祝福!”

迪蒙的每一句话都让我落泪,他怕我再病倒,就把我带到了花园里。天气开始晴朗了。不一会儿,我们看见科斯特如先生来了,他扶着我回到房间,一路上对我表示了很多的关心。他给我带来了遗嘱以及让我获得两万五千法郎的所有文件。

当我能够谈论我们的生意时,我回答了他的问题,说我希望立刻付清他卖给我的地产的钱款。

“您错了,”他对我说,“您把钱存在我兄弟那里,能得到百分之六的利息,您最好还是付给我百分之二利息,用剩下的钱再去购买其他东西。”

“我会按照您的建议去做,”我答道,“我没有别的愿望了。”

“会有的,”他说,“您会发现我给了您一个很好的建议。您生活节俭,又精力充沛,不知不觉中就会还清欠我的钱,而且您将一点点地不断扩充自己的产业,二十年后您的财产就会增加两倍,甚至三倍。别忘了,债务金额不断下降,您要付给我的利息也就越来越少。我们明天再谈这件事。现在,我们来谈谈埃米里昂吧。您打算把自己的新情况告诉他吗?”

“不,不,科斯特如先生!我想让他娶一个贫穷的我,那样他会感觉更好。谁知道会不会轮到他顾虑重重呢?”

“不!他不会有顾虑的!我很了解他。他的灵魂生活在一个比现实利益更高的地方。钱对他来说毫无意义。他是个新教时代的圣徒,幸好您很实际,为了你们两人,您必须继续如此。您嫁给他、管理好生意,这样,他才会幸福。”

我坚持不让埃米里昂知道,想等他回来时给他一个惊喜,我知道,就算他对钱不关心,可他对修道院的感情很深,能看见修道院永远存在,他也一定会很高兴。所以,我还是只告诉了他院长逝世的消息,以及院长在最后时刻对他的亲切祝福。

科斯特如先生见我被病痛和悲伤折磨得太厉害,建议我去弗兰克维尔看看路易丝。

他对我说:“只有几个小时的路程,乘乘车、换换空气,这对您有好处。再说,为了您的朋友,您也该亲眼去看看他妹妹才放心,看我们对她的精心照料,看她现在身体有多棒。直到今天您都没去看过她,这应该是您恢复自由以后第一件要做的事情。”

我答应去弗兰克维尔待一整天。我带上迪蒙一起去,免得又要麻烦科斯特如先生送我回来。第二天,我们和科斯特如先生一起出发了。

一路上，科斯特如先生给我讲了许多路易丝的事情，他几乎一直在讲她。我发现他越来越爱她了，还希望能让她接受自己的平民姓氏，尽管她对此有点不太情愿。我问他，路易丝是否知道埃米里昂关于我的打算。

“不，”他答道，“她甚至连想都没想到过。要不要让她对肯定会发生的事有个思想准备，您看着办吧。”

我向科斯特如先生承认，我很担心路易丝会瞧不起我，甚至鄙视我。

“不会的！”他说，“她不再是您认识的那个病态又讨厌的孩子了。她明白发生的所有事都不是闹着玩儿的，她变得乖巧多了。她对大革命的仇恨只是一种为了戏弄人的游戏，我甚至敢说，只是为了在我面前撒娇！”

“您说给我听听，如果真是这样的话。”

“好吧，的确如此！路易丝希望我爱她，而且好像对我说过，如果我想得到被她所爱的快乐，就得付出代价，忍受她的戏弄。再说我们已经有一段时间没谈论政治了。不论她如何对待您和她哥哥的婚事，我都不会生气，当然，假如您不愿说出实情的话，我们就什么也别说。”

“让我看看有没有合适的机会吧，”我回答道，“先要看她怎么接待我。”

弗兰克维尔就快到了，我非常激动，这是我第一次见到亲爱的埃米里昂童年生活的地方。我倚着车门向外看，不愿错过任何的人与物。这个地方有不少丘陵和沟壑，和我们那里很像，不过，比起修道院的山谷来，城堡所在的山谷更为开阔，也没那么荒凉。这里的乡村显得更加富裕，生活宽裕的农民们看起来很是骄傲，自然就少了几分友善。

“他们不太容易相处，”科斯特如先生对我说，“他们比你们那里的人更热衷于政治，但懂的却不多。他们中有一半人不够通情达理，而且大多数人也不具备诚实的美德。不过这些并不是他们的过错，他们靠近那个大城堡，又常常接触城堡里的人，自然受了不少坏影响。死去的公爵对他领地里的农民不闻不问，对树林里的狼和野猪倒了解得更多。对他来说，农民们并不比他的狗重要。他只有在打了野味邀一帮朋友聚餐时才会在家里露面，大伙儿虽然恨主人，但总是很高兴能见到他，因为总能从他的盛宴和消遣中赚到几个钱。为了捞些好处，对自己不尊敬的人也一味顺从，再没有比这更让农民们道德败坏的了。啊，我们到了。不要从外观来判断城堡。除了几处小塔楼和用徽章装饰的风信标被我们推倒了之外，这座城堡从外面看起来还是挺漂亮的，不过，里面从八九年开始就被那些好农民抢劫、破坏了，如今，他们倒指责我们摘掉了徽章、毁掉了城堡顶部的塔楼。”

事实上，门厅的样子看起来很凄惨。我们必须穿过一片名副其实的废墟才能进入大客厅，那里没有被毁坏，还算保存完好，只是没有门，窗户上也没有玻璃。窗框也全都裂开，垂在一边。原本挂在墙上的漂亮壁毯被扯下、撕成条状扔在地上。巨大的壁炉上堆着一堆雕塑的碎片。还有天花板上的描金线脚、残缺不全的柜子、玻璃的碎片，各种各样的残留物都表明，人们把所有没法带走的东西都破坏掉了。

“他们还抱怨大革命呢!”我心想，“看来他们丝毫没忘记趁机捞点儿好处。”

科斯特如先生带着我走过窄窄的小楼梯，来到一座城楼，这座城楼比其他地方保存得好一些，在这里，科斯特如先生想办法为他母亲和路易丝收拾出了一间漂亮、舒适的小套房。科斯特如太太在小套间里优雅而亲切地接待了我们。她知道我和迪蒙的所有故事，她对迪蒙表示欢迎，称呼他“公民”，并请他坐下。而迪蒙把我的小包袱放在角落里，又送上一篮我挑选出送给主人的、我们家乡最好的水果，然后就悄悄退了出去。

“我希望您和我们一起吃晚饭。”他离开之前，老太太对他说。

他感动地再三道谢，但他记得很清楚，在这座某种程度上来说属于弗兰克维尔小姐的城堡里，自己只是个仆人，并不是什么重要人物，虽然在修道院里他曾和路易丝同桌吃饭了很长时间，可他认为路易丝不会习惯在弗兰克维尔还继续保持这种平等的。于是他借口说村里有些老朋友得去看看，之后就再也没露面。

我不安地等待着路易丝的出现。

“她请你们原谅，”科斯特如太太对我们说，“她不能立刻过来。她一整天都穿着睡衣，这并不是她的习惯，只是，今天她情绪很激动，她得知了一个消息，我应该马上告诉你们：她的大哥，那个反对法兰西的弗兰克维尔侯爵在一次决斗中死了。我们还不知道其他详情，但他的死讯确实无误。路易丝虽然几乎不认识她这位罪孽深重的哥哥，但还是大大地震惊了，这也很自然。”

“那么，”科斯特如先生一边看着我，一边大声说，“现在埃米里昂成了一家之长，而且绝对是自己行动的主人了！他可以做所有自己喜欢做的事情，不必害怕任何人的反对和指责。他只剩下一些远房亲戚，他们永远不会管他，也根本没有资格来管他的事。”

“他还有路易丝。”我垂下眼睛，心里说道，“也许，她一个人，会比整整一家人更加反对他的事情。”

第二十五章

她终于来了，穿着一身丧服，却美得像天使。她首先把手伸给科斯特如先生，对他说：

“让我震惊的不幸消息，您知道了吗？”

他吻了吻她的手，回答道：

“我们一定会更加尽心尽力地关心您，代替您失去的所有亲人。”

她露出一个忧伤而迷人的微笑，向他表示感谢，然后朝我走过来，优雅，却少了一份亲切和真诚。

“我的好娜奈特，”她一边说着，一边把她美丽的前额伸向我，“请亲吻我吧。你来看我，真让我高兴，你为我哥哥所做的一切，我万分感谢！我知道，你不止一次地救了他的命，还冒着随时被牵连的危险把他隐藏起来。啊！我们这些受害者都感到很欣慰，法国总算还有几个忠诚的人！迪蒙呢？看起来，他做的事好像和你一样多。”

“确实如此,”我回答说,“首先是科斯特如先生,然后是迪蒙,如果没有他们,我可能什么事也做不成。”

“他身体怎么样,这可怜的人?我们见不到他吗?”

“不,肯定能见到,”科斯特如先生回答说,“不过晚饭已经准备好了,我们的朋友也该饿了吧。”

他伸出胳膊让路易丝挽着,我们走进楼下的餐厅。尽管用了两个仆人,可菜上得并不快,不过,科斯特如先生在家时,总喜欢和家人一起在饭桌前待很长时间,他说,他平时吃饭总是一个人站着吃,要不就是边工作边吃。

整个晚餐沉浸在某种典雅的气氛中,这深深触动了我,这是我第一次在有产者家里吃饭,而科斯特如先生又是那么有钱,即使在这个临时住处,他的富有也时时显露出来。他的母亲是位灵巧的家庭主妇,她小心仔细、不紧不慢地照管着一切,最关心的就是让她的儿子和她监护的未成年人不缺任何东西,想要什么都有。科斯特如先生似乎对自己毫不在意,却很是欢喜地看着路易丝在对客人的殷勤接待中得到满足。他表面上没在看她,可目光却捕捉着她的一举一动,立刻就能猜出她想要什么,并马上满足她的愿望,甚至不需要她说出来。他在她身边,就像当初我在埃里米昂身边一样,我服侍他,知道他所有的需求,那时的我多么幸福。尽管我十分乖巧地不让自己显出目瞪口呆的傻样，可不得不承认，在这里所见到的一切令我非常吃惊。而最使我震动的，就是看到路易丝的变化如此之大。我离开她时，她还是个身体虚弱、皮肤黝黑、发育不良的孩子，因为贫困和悲伤的生活而显得智力迟钝，可现在站在我面前的却是一位在舒适而安逸的生活里容光焕发的美丽小姐。她变得很有头脑，身材修长而苗条，并不像她曾担心的那样又矮又胖。她还是面色苍白，但皮肤白净，又十分晶莹细腻，我恍若见到了一朵百合花。她的双手如象牙般光滑，简直不像是真的。似乎这样的手只能被用来欣赏和亲吻，不能做其他任何事。我清楚地记得，我曾用心地保养过这双手，她坚持自己的手要保持干净、健康，可我却没有手套给她戴，我永远也无法想象她的手可以被养护得如此完美。

她发觉我在欣赏她，便转向我，非常亲热地用双臂搂住我的脖子，把脸颊贴在我的脸上，但她并没有吻我，这一点我非常清楚地注意到。我记起，她从来不肯让我荣幸地得到她的亲吻，即使在她最得意的日子里、在她最温存地对待我的时候。科斯特如先生没有注意到这一点，以为路易丝跟我很亲热，便对我说："她真的变了吧？"

"她越来越漂亮了。"我回答说。

"那你呢？"她看着我说，好像刚刚才看见我似的，"你知道吗，你已经变得让人认不出来了，娜依。你真是个非常漂亮的姑娘。生病让你看起来很优雅，如果你细心保养的话，你的手会比我的手更美。”

“保养我的手？”我笑着说，“我？……”

我停住了，害怕比较的时候会无意中责备她，可她已经猜到了，十分忧郁地对我说：

“是的，你悉心照料着除自己之外的其他人，而我呢，我一直被别人好心地宠爱着，以至于认为那是我应该得到的，不过，我丝毫没忘记自己是什么人。”

“那您是什么人呢？”科斯特如先生对她说道，语气既温柔也透露出一丝担心，“来吧，说说您的心里话，今天对您来说是一个悲伤的日子，您失去了一位亲人。把您的痛苦告诉我们吧，这样，您就会得到我们的关爱。”

“您要我说心里话吗？”她接着说道，“我很愿意，‘姑母’（她这样称呼科斯特如夫人）会像母亲一样宽恕我，这我毫不怀疑，至于您，再没有比您更宽容的‘爸爸’了。娜依是天底下最傻的小姑娘。我知道一些事情。以前，我冲她发脾气，又任性不讲理，惹得她很生气。我让人讨厌，娜依，我很可恶，而你，却像天使一样耐心，你总是说：‘这不是她的错，她受的苦太多了，这很快会过去的！’你不让埃米里昂骂我，还让可怜的院长相信我的调皮是为了逗他开心。可那些恶作剧并没有带给他快乐，反而让他病得更重。我害得所有人都痛苦，如果说我童年的其他记忆都是噩梦的话，那么，修道院留给我的回忆里却充满了悔恨。”

“请别这么说，”我对她说，“您让我难过了。为了您，我宁愿吃更多的苦，只要心里有爱，人们就不会后悔付出辛劳。”

“我知道，爱是你的信仰。可我为什么没有这样的仁爱之心呢？如果我也像你一样，那该多幸福啊，那我就能报答所有无微不至关心过我的人了。这就是我的悲伤和羞愧，你明白了吧！我就像一株折断了的植物，无论在多么肥沃的土壤中，也无法重新扎根生长了。我的头脑和心灵都在承受煎熬。我无法理解自己的命运。我常常想，我的家族被诅咒、被消灭，可人们为什么要同情我、费尽心思让我重新生活呢？为什么他们不任由我憔悴而死？许许多多的受害者就是这样死去的，他们比我更值得关心。”

她说这些伤心的事情时，脸上露出一种古怪的微笑，目光游离不定，好像并不是在跟任何人说话。科斯特如先生侧过身子，看着壁炉里烧得正旺的火焰，仿佛正在沉思一个既令人痛苦又让人快乐的问题。他的母亲不无焦虑地看着路易丝。显然，她生怕路易丝会对科斯特如先生宣布自己永远也不会爱他。

他根本不愿相信这一点，凡事他总是朝好的方面想。

“这么说，”他对路易丝说，“您感到难过是因为别人爱您，而您却不爱他们？这的确是很大的痛苦，不过，这难以理解，因为如果您根本不爱任何人，那么您就不会为伤害别人而感到丝毫悔恨。”

她认真地看了看他，然后却转向我，好像压根儿没听见他的话。

“你太多情了，你，”她对我说，“你的痛苦和我恰恰相反。当然，我哥哥应该感谢你，或许还会爱上你，可你的未来会怎样呢？”

我脸色苍白，尴尬极了，科斯特如先生再也无法忍受，他无法忍受这样无理的话，以至于忘记了曾答应过我的话，激动地替我答道：

“她的未来就是，她将得到她丈夫的疼爱，不是所有人都没有感情、不懂道理的。”

路易丝气得脸通红。

她说：“也许我哥哥曾打算好心地娶救过他性命的姑娘为妻，可现在，他是侯爵，科斯特如先生，他成了家里的长子……”

“这就是说，弗兰克维尔小姐，他是决定自己未来的主人了！如果他不和自己最心爱的朋友结婚，那他就是个最懦弱的绅士。”

科斯特如先生生气了，路易丝不敢再反驳。科斯特如夫人努力想恢复交谈，但没有成功，所有人都觉得受到了伤害。

晚餐结束后，科斯特如夫人挽着我的胳膊，带我来到她的房间，这间房被布置当作了客厅。她不无得意地指给我看房间里的摆设，一切都井井有条，路易丝的卧室就在隔壁，那里有豪华的镜子、盥洗室，还有一些摆放衣服的小家具，简直就是一家店铺。

“我们的房子不够宽敞，”她对我说，“不过，您不用担心，我们会让您住得舒舒服服的。我让人在我的房间里给您铺了张床，您就靠着我睡吧。我的睡眠很安稳，不过，要是您想聊天的话，我们就聊一会儿，我怎么样都行。只要我亲爱的儿子高兴，任何事都不会妨碍我，也不会让我生气。我故意让他和路易丝单独待一会儿。他们在一起的时候，他更加能说会道，他的口才那么好，路易丝也对他着迷！”

“我知道，”我回答道，“所有他说的和他想的都很美、很好！可您真的认为这么做能给他带来幸福吗？”

“啊，我明白，我明白！”她接着说，语气很激动，一改她平时缓慢、克制的说话习惯，“她有不少偏见，很严重的偏见，还会因此有一些小缺点。但是，只要心中有爱，人就会改变许多！这难道不是您的观点吗？”

“我，我不知道，”我回答说，“我不需要改变想法。”

“我儿子跟我说了，您一直爱着年轻的弗兰克维尔。他，跟他妹妹不一样！他从不骄傲。或许他会劝她嫁给我儿子，您认为呢？”

“我想他会的。”

“他能替路易丝做主吗？”

“根本不能。”

“那您呢？”

“我的话更不管用。”

“这太糟了，太糟了！”她边拿起毛线边说道，语气里充满忧伤。

她把毛线针插在卷曲的花白头发上，头上戴着镶花边的软帽，式样跟我那顶打褶的条纹细平布帽子有点像，她接着又说：“您也许对她有偏见。刚刚她惹您生气了？”

“不，夫人。我早料到她会那么说的。我不怪她，那就是她的想法。再说，现在您比我更了解她，一定是您改变了她的性格，您是这么善良。”

“我只是有耐心罢了。我知道您也是如此，我儿子经常跟我说起您。您知道……是的，他都对您说了，他也把一切都告诉了我。如果您不是已经心有所属的话，他会爱上您。他就会忘掉那个迷人的路易丝，那样他将更加幸福，我也因此会更快乐。路易丝将给我们带来痛苦，这是我能料想到的。说到底，一切由上帝决定！但愿她别让我离开儿子！那我可活不下去了。有什么办法呢？我的七个孩子中只剩下他一个人，他们都像他一样英俊、善良，可惜，不是生重病就是遭车祸，都不在了。为什么偏偏让一个家庭遭受这么多不幸！人们说得有道理：上帝是伟大的，而我们无法理解他。”

她一边算着毛衣的针数，一边幽幽地低声说着，眼泪从玳瑁眼镜后面涌出，顺着她丰腴而苍白的脸颊流了下来。可以看出，她曾经很漂亮，也很注意保养，但并不卖弄风情，她是一个这样的人：只为自己所爱的人而活，无论遭受怎样的痛苦都不会放弃这份爱。

我轻轻吻了吻她的双手，她像母亲一样拥抱我。我试图给她一点希望，可我知道她心底里和我想的一样，她不会把个人的希望作为自己全心奉献的条件。

路易丝和科斯特如先生一起笑着走了进来。老夫人的额头顿时舒展开了。

“亲爱的姑妈，”路易丝说，“我们刚刚争论得非常激烈，关于贵族，跟往常一样！也跟往常一样，您的儿子比我更有思想，口才也更好，不过，跟往常一样，我总是比他更有道理。我很现实，他却很浪漫。他相信我们正在进入一个‘崭新世界’！这是他一贯的说法。他认为，革命带来了许多改变，很多东西不可能重新恢复。而我，我认为，随着时间的推移，一切都会变得和以前一样，贵族和宗教一样，都是不可摧毁的东西。父亲和大哥死后，哥哥成为侯爵，不出意外的话，他会永远保持侯爵身份。在这点上，大律师为情感、义务和您希望的一切而辩护。他告诉我，在财产方面，娜侬对埃米里昂来说是个富有的结婚对象。我嘛，我不关心这个。我和埃米里昂唯一相像的地方，就是我们从不考虑任何关于钱的事情。您肯定会说，对所有钱能带来的东西，我都迫不及待想要。也许吧，在这一点上，我的要求有些不合理，但埃米里昂却很有分寸。他从来不为任何事烦恼，也不渴望任何东西。他变成了农民，和娜侬在一起，他会很幸福。哦！这我可以肯定，娜侬是个心灵手巧的天使。什么也别说，娜奈特，我知道，尽管你疯狂地爱着他，但你对跟他结婚还是心存顾虑的。我也知道，倘若他想到自己是侯爵并因此有哪怕一点点的犹豫，你就会放弃。所以，还要看看再说，一切都将由他来做决定。如果他决定娶你为妻，我也做出自己的决定：我会接受你成为我的嫂子，永远不会再羞辱你。现在，我能独立生活，我不会轻视你，相反，我尊重你，甚至还会对你心存友情，我没有忘记你对我的照顾。但是，这一切并不会意味着我所说的话是错的。”

“那么，您说的是什么？”我回答说，因为必须下结论了，“您哥哥忘记自己是侯爵而降低了身份吗？”

“我没说他会降低身份，我说的是，他心甘情愿放弃他的地位，而上流社会根本不会满意他这么做。”

“傻瓜的社会。”科斯特如先生大声说。

“我就是那个社会的一员。”她又说。

“那就应该脱离它！”

他继续用十分严厉的语气跟她说话，就像一位父亲在教训他深爱着的孩子。我想，科斯特如先生没有猜错，她喜欢这样被爱着，因为只要她从话语中感觉能看穿他的感情，她就放任自己说一些冷酷的话。他们的争吵以和解告终，虽然少不了一些讽刺和挖苦，但她好像让步了。

他走后，她就开始责备我，不过语气并不尖刻，最后她还主动拥抱了我，对我说：

“来吧，永远爱我吧，你永远是我的娜侬，宠爱我的娜侬，我不想惹她生气的娜侬。如果你嫁给我哥哥，我会责怪你们两个人，但不会为此而减少对你的爱，就这么说定了。”

第二天，我起得很早，轻轻地穿上衣服走出房间，没有吵醒好心的科斯特如夫人。我想看看花园，在那里，我碰见了布舍罗，他仔细地给我介绍了花园。

路易丝跑来找我，布舍罗便悄悄离开了。

“娜侬，”她对我说，“从昨天开始，我一直在思考。既然你现在很有钱，而且还会更加有钱（这是科斯特如先生说的），你应该为我哥哥向科斯特如先生把弗兰克维尔买回来。这样，你就可以真正成为侯爵夫人了。”

“我们说说您吧，别说我了，”我笑着回答，没想到，她这么快就妥协了，“只要您愿意，难道弗兰克维尔不是您的吗？”

“不，”她激动地说道，“我才不愿意被称为科斯特如夫人呢。我宁愿待在哥哥和你的身边，我不想结婚，我要和你们一样做个农民，照料你们的母鸡、看管你们的奶牛。这可不是丢脸的事！”

“如果您已经打定主意拒绝科斯特如先生的话，那么您应该告诉他，我亲爱的孩子，这才是真诚的、合乎您身份的做法。”

“我每次见到他都跟他说。”

“不，您错了，您虽然跟他说了，可您说话的方式总是给他留有希望。”

“你想说我喜欢卖弄风情?”

“非常喜欢。”

“你想怎么样！我不能否认,我喜欢他,什么都不瞒你了,我相信我爱他!”

“那么,然后呢？……”

“那么,然后,我不想顺从自己头脑中的这个疯狂念头。我能嫁给一个雅各宾派吗？如果我父母正好落在他手上,他就会把他们送上断头台,这样的男人,我能和他在一起吗？他救过埃米里昂的命,又把我从苦难中解救出来,可是他痛恨我的父亲和大哥。”

“不,他只是痛恨流亡贵族。”

“但我,我赞成贵族流亡！我对父母亲的唯一不满就是他们没有把我也带走。那样我的处境可能并不太好,却更配得上我。说不定他们还会在国外把我嫁给一个门当户对的人,我就不用像现在这样,落到接受施舍的地步。”

“别这么说,路易丝,这非常不好。您很清楚,科斯特如先生永远不会因为娶你而提任何条件的。”

“好吧,我想说的就是这些。我不会嫁给他,要么接受他的馈赠,要么就贫困而死。嫁给我哥哥吧,娜奈特,你应该这么做。你能保证他的生活,我发誓,我要和你们一起干活儿,不会白吃你们给的面包。我要重新穿上木鞋、戴上包发帽，模样也不会太难看。我宁愿牺牲洁白的双手，也不想放弃我的身份和想法，那是我的骄傲。”

“不管您的想法如何，我亲爱的路易丝，您可以放心，如果我和埃米里昂结婚的话，您的愿望一定会得到满足，而您也不必劳作来养活自己。只要您能适应我们农民的习惯就行，我们也会尽量迁就您，这您是知道的。可是，那样的生活，您丝毫不会觉得幸福。”

“不，恰恰相反，你还认为我是懒惰的公主吗?”

“问题不在这儿，我相信您对我说的话，您爱科斯特如先生，您会后悔为了满足自己的骄傲而让你们两人都遭受痛苦……”

我停住了，我看到她哭了，这真让我吃惊，可是她的忧伤很快变成了恼怒。

“我不知不觉爱上了他，”她说道，“可是，对我们来说，结婚会比天天争吵更加不幸。再说，我也不知道自己对他的感情到底是不是爱情。在我这样的年纪，谁能懂得爱情呢？我还是个孩子，我喜欢疼我、宠我的人。科斯特如，他很有头脑，口才那么好，懂的又那么多，只要听他说话就能一下子学到好多东西，根本用不着去读一大堆书。他的确让我改变了许多，有时候我似乎觉得他是对的，我是错的。可是，我后悔自己会这样想，为自己对他的迷恋而脸红。

住在这里，我觉得厌烦极了。科斯特如的妈妈非常好，可是她太温和、太刻板，做任何事都慢条斯理的，真让我没耐心忍受。我们见不到任何其他人，形势不允许，我必须继续躲藏在这里，就像一个会连累主人的客人。雅各宾派不肯承认自己被打倒，可能还会再坚持一段时间。这种寂寞简直快让我发疯了。他们太溺爱我，连厨房里的锅或者花园里的耙都不让我碰一下，我已经懒惰得连自己也无法忍受了。而且，我没有接受过最起码的教育，不懂得照顾自己，也不会理性地思考自己的想法。在修道院时，我不愿和你一起学习，我的灵魂很空虚，仅仅生活在梦幻和胡言乱语之中。总而言之，我告诉你，我厌烦得要死，直到科斯特如来看我们，我才清醒过来，我和他争论，我思考，那时候我才觉得自己活着。我以为这就是爱的力量，可谁能知道，在当时的精神状态下，是不是其他任何一个人都可以唤醒我呢？"

"假如您想听听我的建议，路易丝，我觉得您应该听从自己的心，放下您的骄傲，这就是我的想法。科斯特如先生完全值得您爱，他是个了不起的人。"

"你什么也不知道！你对社会和男人的了解还没我多呢。"

"但我对他们的推测要比您准。我能感觉出，科斯特如先生有着伟大的心灵和崇高的精神。所有和我谈到他的人都证实了我的想法。”

“大家都认为他是个优秀的人，这我知道。但愿我能确信他真的如此！……哦不，即使这样，我也无法原谅自己，我不能嫁给自己家族的敌人。答应我吧，给我一个栖身之地，你和我哥哥结婚的第二天，我就离开这里，去你们的家。”

“我不能答应您任何事情。如果埃米里昂成为我丈夫，那他就是我的主人，我会心甘情愿地服从他。您很清楚，他一定会高兴见到您和他在一起。这些事，您就放心吧，现在您已经确定将来是自由的，那么，请您不带成见地想一想现在吧。您看，您多么被爱着、被宠着，如果能意识到这点，您该有多么幸福啊。”

“你说的也许有道理，”她答道，“我再想想。不过，娜依，你得答应我，别告诉科斯特如我爱他。”

“我答应您，不过，请您马上收回您的要求，让我把这个幸福带给他吧，他完全配得上拥有这幸福，而且这会让他有更好的口才来说服您。”

“不，不！我不愿意！和我在一起时，他已经够自命不凡的了。你就对他说，我没有给你明确答复，事实上也确实如此。”

我应该满意这个结果了，而且，这还不止是一个结果。

第二十六章

午饭时，路易丝对我更加友好，那份真诚是我从未在她那里感受过的，她还一次又一次地对我说，我的出身虽然没有她高贵，但我却比她聪明得多，也比她更有学识。可惜，科斯特如先生一直没能让她认识到或者承认：通过劳动和意志获得的东西要比靠机遇得来的东西有价值得多。

他们坚持不让我走，我只好在那里又待了一天。他们都非常友好，路易丝又那么可爱，和他们在一起，我觉得很愉快。但我习惯了干活和忙碌，只是闲聊而不做事，这让我觉得时间长得难熬，所以，尽管向主人们道别时心里有些不舍，我却是高高兴兴地登上马车，返回我们的家。

在路上，当我把这些讲给迪蒙听时，他回答说："您为什么不说回'我家'呢？您是房屋的女主人、所有者，您就是位贵夫人。"

“不，我的朋友，”我想了一会儿，答道，“我想继续做个农家女。我也为自己的出身感到骄傲！是路易丝让我有了这个发现，以前我从来都没想过。如果真像她所说，埃米里昂想起自己是侯爵，认为我低他一等的话，那么出于友情，我会继续照顾他，但我不会嫁给一个看不起我的出身的男子。我觉得自己的出身很好！我的父母都是非常正直的人。母亲充满爱心和勇气，大家都这么对我说，而我的舅公更是个循规蹈矩的人。从父亲到儿子、从母亲到女儿，我们祖祖辈辈辛勤劳动，没有伤害过任何人。这没有什么好脸红的。”

这种想法留在我的头脑中，给了我某种从未感受过的精神力量。这是弗兰克维尔之行带给我的好处。路易丝给我来信了，字写得很潦草，而且没有一个拼写正确的词，她告诉我，我的探望对她大有益处，有了我的承诺，她感觉自己是自由的，对目前的处境和那些“可爱的主人们”的照顾也越来越满意了。

巴黎发生的事件以及四月一日、五月二十日的暴乱照例很迟才在我们家乡引起反应。直到六月，人们还不明白这些激烈的争斗意味着什么。最终，大家知道了，那是雅各宾派和巴黎人民政权掀起的斗争。农民们对此感到很高兴，在我们家乡，没有一个人同情那些流放犯，除了我，因为我知道他们中间应该有像科斯特如先生那样正直的人，这些人相信只有他们的主张才能拯救法兰西，并把他们善良的本性奉献给了自己心目中的责任。我不禁为科斯特如先生担心起来，为了不引人注意，他离开家乡已经好几个星期了。这倒对他的爱情颇有好处，因为路易丝写信告诉我，见不到他，她觉得很沮丧，还为他落泪了，又说，她真的对他“非常依恋”。

这份感情虽然没有人们常见的那种火热，却是十分真诚的。路易丝整天闷闷不乐，反动势力的复仇也丝毫不能让她高兴起来。为了让她从孤独中摆脱出来，科斯特如夫人建议她来回访我，我也热烈地鼓励她们，于是，九五年夏季一个天气晴好的日子里，她们来到了修道院。

路易丝衣着十分简单，而且似乎已经摆脱了原先那些空幻的、错误的想法。尽管生活很艰苦，我还是费尽心思把修道院收拾得洁净、整齐和舒适，她对此赞不绝口。修道院内部远远算不上豪华，但我懂得如何利用一切可以利用的东西。我让村里一帮身手灵巧的工人把那些断裂的、被弃置在谷仓里的旧家具重新打制成一套新家具，虽然式样很不合潮流，却比那些庸俗的现代玩意漂亮多了。我把修道士集会的大厅改造成一间大会客室，大厅内雕花的祷告席在革命者来查封时曾被轻视为不值钱的老古董，然而，那些木质的装饰品被精心修整过后挂在墙上，覆盖了墙壁的一部分，显得既美丽又圣洁。而保持它们的洁净和光泽根本花不了多少钱。黑色大理石的地面没有遭到破坏，我让拉玛里奥特负责看管，不能把鸡放进来，也不能让它们跑到底层的套房里去，其实，牲畜并非一定要养在家里，只是农民们往往任由它们在家中四处走动，我记得舅公就无法忍受牲口待在他可怜的茅草屋里，而这并没有妨碍我在屋外把我的那些牲畜养得壮壮实实的。

路易丝来的时候，修道院已全部修整完毕，焕然一新，看到如今的修道院比她记忆中的保养得更好、更壮观，路易丝大为惊奇。

我为她准备了埃米里昂的房间，房里布置得非常温馨，我也仔仔细细地整理了我的房间给科斯特如夫人，她满意极了。虽然我和迪蒙，还有拉玛里奥特，我们的日常伙食非常简单，但我曾在相当长的时间里照顾院长，而他一向喜欢过舒适日子，所以我知道如何准备并亲手烹制一顿好饭菜。在家乡，我很受喜爱，只要说一声，猎户和渔民们就会准备好最鲜美的野味和鱼带给我，我从不滥用他们的好意，因此这难得几天的奢侈生活，我只要对他们说声"谢谢"就足够了。他们甚至还非说应该要感谢的人是我呢。

对这一切，路易丝想了很多，她好像醒悟了，变得很懂道理，还愿意帮我料理家务，她说，要让我看看，大家把她当作弗兰克维尔的娇小姐完全是错的。不过，我看得很清楚，她生来就不是那种能照顾自己的人。她动作笨拙、心不在焉，总是一会儿就累了。她无法理解我怎么有时间做那么多事情，而且还有精力读书，每天都比前一天多学到一点东西。

“你是个优秀的人，”她常对我说，“我发现，以前我并不了解你，科斯特如先生对你的评价才是正确的。我真想知道你的秘密，弄清楚你为什么总觉得白天太短。而我，我却不知道如何才能把每天的时间填满。当我和别人交谈时，我和他们一样有思想，可我却没法独自学习，只有从我听到的和我回答别人的那些话里，我才能发现自己的想法。”

“那么，”我总是对她说，“您应该找位律师做丈夫，您不会再有比这更好的运气了。”

她对迪蒙很亲切，毫不迟疑地和他同桌吃饭，对拉玛里奥特也很亲热，还请她原谅自己常常惹她生气。只要她愿意，她总是那么可爱，人人都宠着她，根本不去想她能否能对这份爱做出回报。她属于这样的人：只要用几个美丽的辞藻和一个温柔的微笑就足以显示所有的忠心。她跑遍了整个村子，每一个以前曾被她激怒的人都开始喜欢她了。我和其他人一样，把整颗心都交给了她，几乎没有要求任何回报。她的脾气和举止都有了令人高兴的变化，我很欣慰。一个感情淡漠的人能如此讨人喜欢，真是一种莫大的幸福。

对荷兰的战争结束，和平到来了。我盼望能立刻见到埃米里昂，可他却没有像他让我希望的那样很快回来。迪蒙不止一次地对我说，事情不会这么简单，桑布尔-默兹的军队即将被派往别处，甚至已经在出征途中了。以前，尽管邮政和所有事情一样处于一片混乱之中，邮件经常被耽搁、出差错，我们还是幸运地收到了埃米里昂所有的来信，而我不愿意去设想收不到信的可能情况。接下来的三个月令人难以忍受，我连他的一封信也没收到，心中无比担忧、痛苦万分。迪蒙把他能想象到的各种情况都说给我听，想让我放下心来，可我看得出他也和我一样担心。如果我们能知道埃米里昂的军团在哪里，我们一定会去看他，哪怕只能在枪炮声中拥抱他一下也好。

日子一天天过去，埃米里昂杳无音信，这对我来说简直无法忍受。每天清晨醒来时，心中始终满怀希望，可这希望随即又化为乌有，于是每过一天，焦虑就增加一分。我试图用干活来缓解自己的心情，但毫无用处。我觉得，一旦失去了生活的目标，我就再也不会热爱劳动、热爱生活了，于是我来到我让人替院长竖起的墓碑前沉思。我在内心深处和这个希望给予我幸福的好心人交谈。我用低沉的声音对他说："我亲爱的院长，如果埃米里昂不在了，那我要做的就是尽快去和您见面。"

一天晚上，我坐在院长的墓旁，头靠着十字架，十字架最初是木头做的，现在已经换成了石头的。我觉得比平时更加虚弱无力，直到那时，我才有勇气强打精神，对自己说，如果埃米里昂不在了，那么不久我也会伤心而死。对此我深信不疑，可一想到我曾盼望着能带给埃米里昂的所有幸福，我忍不住像个孩子似的哭了起来，现实中的东西与精神上的痛苦掺杂在一起，过去一切的努力和对未来全部的梦想都在眼前闪过。多少的关心，多少的思考、预测、付出、盘算、预见和耐心，到头来只能付诸东流吗？这一切有何意义？辛苦劳作和满怀期望有什么用？爱又有什么用？敌人的一颗子弹转眼间就能把一切都摧毁，甚至让我来不及想象自己的苦难。

我试图去想象另一种情景，和所爱的人相聚一处，过着美好、甜蜜又安定的生活，可是我天生不是个爱幻想的人。虽然我笃信上帝，所受的教育也令我对宗教怀有相当的虔诚，但我对未知的事情并没有太大的热情。我想象不出人们曾向我描绘的天堂里的极乐。我承认，对于那种至福，我甚至是恐惧多于渴望，因为我始终不能理解，人怎么可以永远地活着却不做任何事情。在悲痛中我发现，我热爱生命、热爱这世界上的一切事物，但这并不是为了我自己，而是为了我所爱的人，而且，在完成人间的使命之前，我无法满足于对天堂的期盼。

为了完成这个神圣的使命，必须付出许多可贵而艰苦的努力，我在头脑中把这些都仔细想了一遍。

我想：希望和未来就在眼前，如果一开始就放弃一切，那就太可惜了！他的花园比以前更加美丽，他的小房间里重新添置了家具，他的老迪蒙仍旧那么健壮，还改掉了危险的习惯，他可怜的拉玛里奥特总是那么开心，他的牲口被喂养得很好，他的那只狗也有人精心照顾，还有他的那些书，全都一本本放得整整齐齐，如果能看到这些，他该多开心啊！

然而，我又想到，倘若他再也不能回来了，那么这一切就将重新陷入无人过问、杂乱无章的境地。我还想到所有将随我们一起消亡的东西，包括我的那些母鸡，甚至那些在花园里再也找不到鲜花的蝴蝶，我为这些生灵哭泣，仿佛它们已经是我生命的一部分。

那时，我就像一个在生与死之间焦急等待的人，竖起耳朵捕捉着哪怕最细小的声音。我默默地流着泪，这时我似乎听见修道院的院子里有不寻常的动静。我飞快地跑过去，心突突直跳，如果是坏消息，我就准备去死。忽然，埃米里昂的声音响了起来，很微弱，好像是在集会厅里小心翼翼地说着话。

这是他的声音。我不会弄错。他在那里，却不来找我，他正在和迪蒙说话，向他讲述某件我无法听懂的事情。我只听到这几个字："去找她，先什么也别告诉她。我真怕，不知该怎么面对她。"

为什么要害怕呢？难道他有可怕的事要告诉我吗？我想跨过门槛，可双腿却根本不听使唤。我只好斜靠在尖拱形的门框上。我看见他，是他，他站在那里，迪蒙正替他把大衣披在肩上。正是盛夏，他为什么要披上大衣？为什么要这样安排？为什么不跑来找我？难道是为了遮掩他那身破烂的军官服吗？迪蒙在他耳边悄悄说了些什么？我真想大叫一声"埃米里昂！"，然而他的名字在我的喉咙里却变成了一声长长的啜泣。听到我的声音，他立刻张开双臂向我跑过来，噢，不，是一只胳膊！他用一只胳膊紧紧地把我抱在怀里！另一只，右臂，从肘处被切除了，这就是他们一开始要对我隐瞒的。

一想到他曾经遭受痛苦，现在也许还要忍受病痛，我伤心欲绝，仿佛别人把他折磨得半死才归还给我。我再也顾不上害羞，任凭自己抚摸他，将泪水洒在他身上，还发疯一般地大声叫道：

“受够了这战争！受够了这些不幸！您再也别走了！我不让您走！”

“你看到了，我再也不能去打仗了。”他对我说，“如果你认为我还能够爱你的话，我就再也不离开你。”

当大家平静下来，能听清彼此说话时，他又对我说：“我亲爱的娜奈特，你不会讨厌、轻视一个可怜的残废士兵吧？我已经康复了。我等伤完全养好之后才回来，停战后的三个月里，我一直在接受治疗，我是在第一场战役中负伤的，当时我没重视伤口，吊着绷带就投入了战斗，后来荷兰乡村的严寒使伤口感染了。真的，那种痛苦真是太可怕了！我想保住手臂，为了以后好好干活，可是不行！我只得同意切除小臂，手术很成功，我曾用左手写了一封信给迪蒙，让他慢慢地告诉你我恢复的情况和回家的时间。不过你们好像没有收到我的信，我让你经受了意想不到的痛苦。这是我生命中又一次值得铭记的苦难，因为你的眼泪比我失去胳膊更重要。”

“都过去了！”我对他说，“原谅我，这美妙的一刻被我的软弱破坏了，它应该是我们一生中最美好的时刻。只要您不再遭受病痛的折磨，我就再也没有忧伤了，假如您可以毫无痛苦地失去这只胳膊，那我就要为能比过去更多地照顾您而感到高兴了。”

“这我相信，娜侬！手术时我就是这么想的：她一定会乐意照顾我！不过，别以为我会任凭你一个人为我们俩劳作。我会找到一份在家里干的活儿，做些抄抄写写的事情，左手也会变得很灵活，过些日子，等局势稳定了，我也许还能拿到一笔抚恤金呢！”

“您没有必要干那些活儿，”迪蒙眨着眼睛对他说，“您要做的是掌管您的生意的账目、监督您的田地里的农活、计算您的麦捆的数目……和您的收入！”

“如果我用不了铲子或铁叉的话，你就帮我把袋子和其他重东西放在我的肩上，我现在很能吃苦，比以前强十倍呢。噢，现在这里的状况怎么样？修道院看上去很舒适。科斯特如先生一定花了不少钱。他打算在这里定居吗？”

“不，”我对他说，“为了您，我才细心照料修道院和这些地产，因为它们都属于您。”

“属于我？”他笑着说，“这怎么可能？”

迪蒙把实情都告诉了他，除了对院长的美好回忆，他并没有像迪蒙希望的那样激动，因为迪蒙兴高采烈地把我们拥有的财富一一讲给埃米里昂听，那股高兴劲儿比埃米里昂得知这一切时更有甚之。我很清楚，他对钱财一向不感兴趣，而且几乎已经到了把美德变成缺点的地步，但我喜欢他如此，我也知道他以后会慢慢重视安定生活的好处。

一开始，他十分吃惊，尤其是听说我在不知道能否付清钱款时就买下修道院，而且有了余钱之后又整天操心着买其他东西时。不过他的头脑聪明又灵活，很快就明白了我的打算，并且信心十足。

“你总爱操心。”他对我说，“而我，生来就喜欢少想一点将来的事。不过，我知道，尽管现在局势不太好，你对未来的设想也一定会创造奇迹，我始终相信，你要做的事情就是我应该想做的事。让我当你的管事吧，你来指挥我，我的幸福就是听从你的命令。”

我们一起谈了很长时间他妹妹的事，直到第二天才把他们长兄的死讯告诉他，他竟然毫不知情。我不再害怕他获得长子继承权和侯爵称号后会变成另外一个人，只是，告诉他这个消息之后，我们的快乐就要被泪水搅乱，尽管他几乎没见过他的哥哥，我们还是不想让这充满幸福的第一天变得太过悲伤。

晚饭时，我坐在他对面，尽情地在灯光中注视他。在经历的这么多磨难中，他变得成熟了，他的脸显得瘦长，眼睛深陷进去。他已经丝毫没有了孩子的模样，除了嘴角纯真的微笑，这微笑让他的嘴总是显得很好看，还有眼中自信的目光，这目光令他那轮廓稍欠匀称的脸庞变得很英俊。看到他如此消瘦、如此苍白，我心里难受极了，我还发觉他不吃东西，心里很清楚这不仅仅是因为情绪激动。

“如果你为我担忧的话，”他对我说道，“我可要伤心了。想一想，娜侬，对于一个士兵来说，在光荣的战场上失去一只胳膊是多么值得骄傲的事，我的不幸让很多人妒忌呢。那些和我一样勇敢战斗的战士都觉得我运气太好，我甚至不得不请他们原谅我这么快受了伤，又这么快得到了军衔。假如我或多或少有点野心的话，我就会有美好的晋升前景，但我不是那样的人，你是知道的。我只想尽自己的责任，作为一个男人和一个爱国者，接受战争的洗礼。我不知道法国的未来究竟如何。我离开一支充满激情的共和国军队，刚刚穿过了这个已经对共和国感到厌恶的国家。不管发生什么事，我都不会放弃自己的政治信仰，但我也不会仇恨我的同胞，无论他们做什么。我心安理得。我把自己的一只胳膊献给了祖国，但这不仅仅是为了祖国，同样也是为了全世界的自由事业。我不会再去打仗了，我已经为公民、农民和一家之长的权利付出了代价。

我断绝了一切与家族有关的利益关系，这个家族竟然让我逃亡或谋反。我已经为自己的贵族出身受了罪、吃了苦，也在普遍的公民平等中赢得了自己的位置，即便法国拒绝这种平等，我也要保存精神平等的权利。现在，娜奈特，”说着，他从桌边站起身，并非常灵巧地折好了餐巾，为了向我显示他用一只手也样样能行，“夜色这么美、这么温柔，带我去院长的墓地吧。我要去吻一吻他长眠的土地。”

第二十七章

离开墓地后，他要我陪他去河边，还保证说一点儿也不累。他想和我一起再看看那棵老柳树。他说，在那些受尽磨难的日子里，这个念头始终深藏在他心中。这也是我的心愿，于是我请他等我一会儿。我跑去把一直珍藏着的那些干枯的柳叶找出来，当我们站在树下时，我让他轻轻地抚摸这些叶子。这一刻，空气温暖，夜空中布满星辰，浅浅的河水静静流淌着，几乎听不见水声。他把我的手放在他的心口，对我说：

“你看，娜侬，今天，一切都和从前一样。我曾经在这里对你许下誓言，现在，我还要再说一遍：我永远不会让你伤心，在这颗心里，永远不会有任何人能取代你的位置。”

我告诉他，我总是想起那个时刻，想起他对我许下的这最初的誓言，当时我并没有理解它，以至于后来，我甚至以为那不过是一个梦，在我生病期间，我仿佛看见自己忽而戴着这棵老柳树的白色小花编成的花冠走向婚礼圣殿，忽而已经死去，和这个纯洁的花冠一起被埋进土里。

他不知道我曾经病重，差点死去。我不愿写信告诉他这事。当我告诉他我是如何发现院长已经去世时，他忍不住哭了。接着，我又跟他谈起路易丝，他很想知道她对我的看法，他已经成为侯爵，而路易斯希望他记住自己的身份，对此，我有所顾虑，觉得不应该继续向他隐瞒。他那么坦诚、那么公正，并不认为自己要为哥哥的死而遗憾，从这位兄长那里，他得到的从来只是轻视和冷漠，而对他的侯爵称号，他只是耸耸肩而已。

“我的朋友，”他对我说，“我不知道在今天的法国，人们如何看待那些旧头衔。在我生活的阶层中，它们的价值早就大不如前了，在军队里，如果有人把我当作侯爵的话，那我肯定要抗议，可不能让这个可笑的东西和我的名字联系在一起。”

“您妹妹认为，”我对他说，“这些称号丝毫没有失去价值，而且总有一天，也许过不了多久，人们又会狂热地追求它们。她甚至相信现在的那些共和派都很得意自己的有产者身份，科斯特如先生便是打头阵的一个，他们将会买下领主的姓氏和头衔并以此为荣呢。”

“一切都有可能！”我的朋友答道，“法国人的虚荣心很强，最严肃的人也会有幼稚的时候。也许他们会忘记我们为了赶走敌人而流过的鲜血，那帮敌人想复辟旧体制，让我们再次回到君主专制时期，让领主们重新拥有特权，让人们重新沦为修道院的牺牲品。当男人们如此缺乏理智时，你完全可以原谅我妹妹，她就像孩子一样不懂事。至于我，倘若我愚蠢而疯狂地想把自己好不容易得来的公民称号牺牲在某个潮流上，那我是不会原谅自己的。任何人都永远不可能说服我接受另一种身份，因为在我心目中，没有比公民更光荣的称号了。让我们忘记这些苦难吧，娜依！我现在完完全全自由了，我希望你彻底抛开以前的那些顾虑和惊奇，别总以为贵族不可能娶农家女为妻。相反，比起贵族和有产者的联姻，这样的婚姻更容易，甚至更合乎情理。贵族阶层和有产阶层之间的仇恨太深重，而在这个人民并不像大家想象的那样感兴趣的个人问题上，农民是中立的。他们所希望的是从过去的沉重负担中解脱，不再受苦，不再被剥削。他们已经永远挣脱了桎梏！农民才是大多数，人们再也不能为了一个社会等级而去牺牲大多数人。你对好生意很有眼光，对土地的前景充满信心，并把你的计划建立在这种信心之上，你做得非常对。我也是，我热爱土地，爱土地本身，如果一定要获得所有权才能把它变得肥沃、变得令人欣喜，那就去争取它的所有权吧！

我会把剩下的这只手臂，连同我的思考、我的智慧，还有我能学会的本领都奉献给它，这样就能减少大家的辛劳，也能减轻你繁重的工作，所有的劳累都会有人和你一起承担。来吧，我的娜奈特，我们来挑个时间，把结婚的日期定下来吧。你看，我没有带给你任何财产，还缺了一只手臂，可我并不因为这些就顾虑重重。我知道，在农村，人们都很害怕身体残缺。在军队里，受伤残废是种极大的荣誉，可在农民的观念里，这几乎是一种不幸，至少是一种劣势，尽管大家会尊重身体残废的人，但总是对他充满怜悯。没有人会羡慕你，你反而会听到别人说你只是接受了一个沉重的负担，而不是得到一个能给你带来荣誉和利益的好工人，你会为此感到羞耻吗？”

“这里的人比您想象的好，”我回答他说，“他们什么也不会说。他们爱您、尊敬您，因为他们了解您。他们明白，一副好头脑比一百只胳膊更有用，如果一定要有人嫉妒才能算得上幸福的话，尽管我不这么认为，我会让最骄傲的人都羡慕我，这您不用怀疑。我爱您，并不在于您是不是一个勤劳的工人，而是因为您的伟大心灵和崇高精神，因为您的善良和理智，因为您的那份像真理一样确定和忠诚的友情……我曾犹豫过，现在，可以告诉您我的心里话。离开法得魔岛时，我就像疯了一样，心里几乎是恐惧多于喜悦，而您那时可是双臂齐全的！必须承认，当时我头脑里还有刚刚从农奴身份中解放出来的农民的某些思想。我怕因为我，让您在别人的评价中被降低了身份，或许有一天，您自己也会这么认为。我曾经很痛苦，整整几个月里，我都觉得应该放弃您。”

“你希望我受苦吗?”

“等一等！我可不是想让您受苦而离开您，我会用其他方式来为您的幸福竭尽全力！请让我忘记这致命的悲伤吧，我凭着自己的意志才一点点从悲伤中恢复。我制定了赚钱的计划，科斯特如先生让我明白我能够变得富有，他给我提供了很多便利，院长的慷慨让我有机会试验一下自己的能力，也让我看到我能做到对您有用，而不会成为您的负担，最后，我还意识到路易丝的看法是微不足道的，听见了科斯特如先生用来驳斥她的那些十分有道理的话，这给了我很大信心，他就是为了促使我有某种自豪感，现在，我觉得自己再不会为出身而脸红了。如果说在为了国家和它的自由而经受的磨难中，您得到了心灵的安宁、对自己有了正确的评价，那么，在为了您和您个人的自由而竭尽全力时，我也得到了同样的内心的快乐。”

“你说得对，和通常一样。”他大声说着，跪在了我的面前，“我承认，如果没有一些储蓄，就无法思考、无法发挥聪明才智,仅有简朴、劳作和忠诚并不足以保证一个人的独立。你很清楚,娜侬,你是我的恩人,你拯救了我的灵魂。一个充满爱的灵魂,如果说物质保证并非绝对必不可少,那么它一定要具有伟大的价值,还要充满无限柔情。我会拥有这些,多亏了你,不要担心,我将永远牢记:我的一切都是因为有了你。”

我们边走边谈,来到了牧场的栅栏边,他说:

“你还记得吗?这是七年前我们第一次见面的地方。那时,你有一只绵羊,你的财富可以说就是从那只羊开始的吧。而我呢,我一无所有,而且永远也什么都不会有。如果没有你,我肯定会变成白痴或流浪汉,在这场让我无家可归的革命中,对生活和社会毫无概念,要不就是生出一些疯狂甚至致命的念头来。你把我从卑劣的境地中拯救出来,就像后来,你又把我从断头台上、从流放中解救出来,所以,我是属于你的,我唯一的长处就是明白这一点。”

我们离墓地很近,回去之前,埃米里昂还想在黑暗中抚摸院长的坟墓。

“我的朋友,”他对院长说,“您能听见我说话吗?如果您能听见我说的话,我想告诉您,我永远爱您,感谢您对您的两个孩子的祝福,我向您发誓,您赐给我做妻子的那个人,我一定会让她幸福。”

他又一次要我定下婚礼的日期。我回答说，我们应该去找科斯特如先生，我知道他已经回到了弗兰克维尔，请他选定一个最近的日子。埃米里昂也承认，我们应该尊重这位无比忠诚的朋友。况且他非常想让科斯特如先生成为他的妹夫，他很自信能促使路易丝下定决心。第二天一早，我们就出发了。

我们刚走进弗兰克维尔的花园，就看见科斯特如先生张开双臂，面带开心的微笑向我们走来。但几乎是立刻，他就再也掩饰不住了，脸色一下子变得苍白，盈盈的泪光在眼中闪烁。

“我的朋友，我亲爱的朋友，”和我一样，埃米里昂以为主人的激动是因为看到了他伤残的身体，于是说道，“您不要为我痛惜，娜侬爱我，她接受了我，我们来是想得到兄弟般的祝福。”

科斯特如先生的面色越发苍白。

“对，对，”他答道，“就是这样！就因为看到了战争的这个可怕结果！我已经知道了，迪蒙告诉我的，可看到您这个样子回来……好了，不说这些了，我们来谈谈你们即将到来的幸福吧：婚礼什么时候举行？”

“这由您来决定，”我对他说，“我们要不要再等一等，到时候一起庆祝我们的婚礼和你们的……”

他摇摇头，打断了我的话：

“我曾经有过一些计划，但我必须放弃它们，现在我已经放弃了，毫无怨恨。我们别谈这个了。我觉得很累，昨晚工作到很晚，今天早上又走了这么远的路……”

“您身体不舒服，还是有什么伤心的事？”埃米里昂抓着他的双手问道，“您母亲……”

“她很好，我的好母亲！你们一会儿就能见到她。”

“那路易丝呢？”

“您的妹妹……她也很好，不过，您在这里见不着她了。她……走了。”

“走了！去哪里？怎么走的？”

“和她的一个老亲戚，蒙蒂福夫人一起走的，那人住在旺代，是个顽固的朱安党人！她受您的父母之托监护路易丝，但她一直忙于履行‘令人钦佩’的责任，策动内战、拖延内战，眼下她终于可以离开‘巢穴’了，于是，她昨晚来找路易丝，路易丝就跟她走了。”

“她一点儿不反抗？”

“而且丝毫不后悔！所以，您倒是要感到遗憾了，遗憾今天无法拥抱她，也许也不能很快见到她。”

“我去找她！无论她在哪里，我都要找到她，把她带回来。我是成年人，是她的监护人，她只能依靠我。我不能让我的妹妹去和强盗一起生活。”

“和平已经到来，我的朋友，应该结束这一切的仇恨。至于我，我已经厌倦了，我劝您让您的妹妹自己决定她的行动和想法吧。几个月后她就二十岁了，再过一年，她就有住在自己喜欢的地方的合法权利，就像她在精神上已经有权利思考她喜欢的事情，按照自己的意愿来仇恨和拒绝。我的孩子，我们每个人都力所能及地为自由而忍受磨难、不断斗争。就让我们尊重意识的自由吧，也要承认，关于信仰的一切正在离我们远去。”

“您说得对，”埃米里昂接着说，“如果我妹妹离开您家时很清楚自己做了什么，我就由她去按自己的偏见行事。但她的偏见或许不像您想的那么根深蒂固。说不定，她以为必须服从父母最后的意愿，心底里倒并不是忘恩负义的，而且她很快就到可以自主的年龄了，她也许正等着那一时刻，等着我的同意……”

“不！永远不会！”科斯特如先生一边站起身，一边接着说道，“她不爱我，而我，也不再爱她！她的固执耗尽了我的耐心，她的冷漠冰冻了我的灵魂！我承认，这让我非常痛苦，我经历了可怕的一夜，不过，我没有失去理智，我理清思绪，又恢复了清醒。我是男人，本以为女人也有了不起的地方，可我错了。请原谅，娜奈特，您是个例外。在您面前，我可以谈我对其他女人的看法。”

“那您母亲呢！”我大声说。

“我母亲！她也是个例外！只有你们两个人，除了你们，我不认识其他能够例外的女人。我们去见她吧，这位亲爱的母亲，她正在为路易丝流泪，一直在哭！对她来说，这是减轻痛苦的好办法。你们帮我一起让她散散心吧，劝她别再忧虑了，她最不放心的是我，而我，只有一件事能让我心里好受，那就是路易丝不可能让她幸福，因为她不爱她。路易斯谁也不爱，永远都不会爱任何人。”

“我相信，我的妹妹不会这么糟糕！”埃米里昂带着怒火回答道，“我去找她，立刻就出发。娜奈特托付给您了。明天我就能回来，我妹妹昨晚才走，不会走远的。请告诉我，她走的是哪条路。”

“没用的！事已至此……”

“不，可以挽回！”

“埃米里昂，让我自己慢慢恢复吧。我宁愿不再见到她。”

“如果她果真忘恩负义，您就不会再为她伤心了，因为，对于您和我，对于我们这些忠诚的人来说，忘恩负义是不可原谅的，简直令人憎恨。您是个男人，您刚刚已经说了，我知道这意味着什么。别表现得像个软弱的人。请您宽宏大量到底吧。如果她后悔了，就请接受她的悔过吧，如果您不再爱她，请您至少温柔而有尊严地原谅她，这样做才适合您的身份。而我，我不能容忍她没有得到您的谅解就离开您，对我来说，这是个荣誉问题。再见吧，请给我提供些线索，让我能找到她，我请求您！”

尽管埃米里昂性情温和、富有耐心，但面对责任，他表现得十分坚定，科斯特如先生只得让步，给他指了路易丝和蒙蒂福夫人去旺代的路。

他拥抱了我，然后就登上送我们来的马车出发了，根本没有走进他父辈的家宅，甚至连看都没看一眼。

我终于让科斯特如夫人安下心来，不再为儿子的精神状态担忧。晚饭时，他自己也告诉母亲，他虽然很疲惫，感觉精疲力竭，但内心非常平静，还说，如果路易丝回来的话，他会平静而淡然地与她见面。

他那么克制自己，于是我也相信了他真是如此。他很早就离开我们，说是困了，又说，睡着了就不会再伤心和气恼。

科斯特如夫人请求我睡在她的房间里。她需要有人可以倾诉，她和我谈论路易丝，抱怨那个旺代老太婆的极端冷酷，抱怨她的傲慢语气、她的不屑一顾、她的无礼，还告诉我，对于这些，路易丝显得不安又麻木，丝毫不知道反抗。

“可是，”我对她说，“路易丝爱您的儿子，她私下告诉过我，现在，我不希望你们误会她，只得泄露她的秘密了。”

“她以前的确爱他，”她接着说道，“是的，我相信。可现在，这让她感到脸红，她不久将被带到那个到处是神甫的地方，在那里她会像承认一桩罪过似的坦白她的感情。她还会用忏悔来洗去这个耻辱。这就是她心里对我们的谢意，她就用这样的方式来感谢我们的恩情，感谢我们对她的温情、敬意和照顾。啊！我可怜的儿子！但愿他能蔑视这样的做法，赶快好起来！”

她呻吟着睡着了，我却无法合上眼睛。我思忖着：蔑视真的能减轻感情带来的痛苦吗？我不知道！我没有经历过。真的一定要残酷地蔑视一个自己所爱的人吗，我从未想象过。一个像科斯特如先生这样充满激情的男人，他的心对我来说是个谜。在他身上，我看到的是强烈的矛盾！他那些严厉甚至是严酷的政治行动，我还清楚地记得，可同时，他对无辜的受害者又满怀宽容和怜悯。他憎恨贵族，却对路易丝一往情深，我简直无法理解这样的矛盾。

第二十八章

将近凌晨两点，我刚有些朦胧的睡意，就听见科斯特如夫人在睡梦中高声叫喊儿子的名字，语调里充满了忧伤。我觉得应该把她从这噩梦中唤醒。

“哦，是的，”她坐起身，说道，“真是一场可怕的梦！我梦见他从海边高耸的悬崖上摔了下去。唉，还不如不睡觉的好！”

不过，由于前一晚和儿子彻夜长谈他们共同的忧虑，她很快又倒在枕头上睡着了。不一会儿，她又说起了梦话，在那些含糊不清的话语中，我听到一句充满悲伤的恳求：

“救救他，别抛弃他！”

一种莫名的恐惧占据了我的意识。

“谁知道，”我思忖着，“这位可怜的母亲是不是受到了她儿子经历的巨大危险的间接影响呢。而他，是不是已经心灰意冷？说不定，就在此刻，我们以为他睡了，而他正在跟自杀的念头做斗争呢。”

楼下房间的一扇窗户打开了。我看了看科斯特如夫人，她微微动了一下，但没醒。我屏住呼吸，侧耳细听，科斯特如先生的房间里有人在走动。难道他没在睡觉？他习惯这么早就起床吗？我突然感到一种无法言明却难以抑制的担忧，我快速穿好衣服，悄悄地下了楼。我把耳朵贴在他的门上。一切又恢复了寂静。正准备上楼时，我听见一楼有脚步声。于是我又下楼，径直走到花园的门前，有人刚刚打开了这扇门。我朝园子里望去，看见科斯特如先生正往里走去。我决定跟在他身后，观察他、守护他。

他一边大步往前走，一边像正在演讲似的做出各种手势，却什么话也没说。我接近他，他丝毫没有发觉。他的样子让我觉得非常可怕，他神志不清，凹陷的眼睛里放出光彩，仿佛看见了某些我看不见的人或东西。这是他思考事业问题的习惯，还是接近狂乱的边缘状态？他一直走到花园深处，园子的尽头是一个被截断的露台，笔直地耸立在小河上，河的两边都是悬崖峭壁。在如此危险的地方，他仍不停地做着手势，一直走到断崖的边缘，好像并不知道自己身处何方。我不得不冒险打断了他聚精会神的、也许是有益的思考，快速走到他面前，一把抓住他的胳膊，强迫他转身往回走。

“发生什么事了?”他大吃一惊,好像被吓住了,他叫道,“您是谁? 想干什么?”

“您一边睡觉一边走路吗?”我对他说,“您不知道自己在哪里吗?”

“是的,”他说道,“有时候我的确会这样。这不完全是梦游症,不过,挺像……这是家族的遗传,当我父亲要成就一项艰难的事业时,他也会这样。”

“那么,您现在要完成的事业……”

“这是一项失败的事业! 我想象着和一群朱安党人交涉,向他们要回路易丝,他们却想把我弄死。瞧,我得救了,您在悬崖边叫醒了我,可他们是不会把路易丝还给我的。我刚刚正在岩石前和他们争辩!”

“您梦见了这些? 是真的吗? 您没有不好的念头吗?”

“您想说什么?”

我不敢说出自己的想法,于是他费力地猜测。不一会儿,他就全明白了,一把抓住我的手,说道:

“好娜依,您把我看成疯子还是胆小鬼了? 您怎么会在这里? 工人们还没起床,天刚蒙蒙亮。”

“正因为这样,我听见您出门才觉得不放心。”

“您没睡觉吗? 我母亲也在担心吗?”

“不，她睡着了。”

“可怜的妈妈，她这个年纪，应该好好休息才是！她已经没有精力多操心了。”

“您可别这么以为！她睡得很不好，刚刚还梦见您从海边的悬崖上摔了下来。她的梦让我害怕，也提醒了我。刚才，您差点丢了性命。”

“对我来说，也许那样才幸福。”

“可对您的母亲呢？您认为伤心而死是件美妙的事儿吗？”

“娜侬，我不想自杀！不！为了我母亲，我会忍受生活中的恐怖和折磨。这个可怜又可爱的女人，我很清楚，我杀了自己也就杀了她！您瞧，在我灵魂的激动不安和她的梦境之间有一种神秘的联系！啊！如果我抵制不了自杀的诱惑，那我就是个可怜虫，不过，这个念头，它吸引我、迷惑我、让我变得麻木，它在不知不觉中召唤我！我自己的梦怎么会把我带到了这悬崖边呢？我们赶快离开这该死的地方。昨天早上我来过这里。我睡不着，看着脚下流淌的蓝色河水，我对自己说：那就是苦难的尽头。可一想到母亲，我就害怕得赶紧离开了。我再也不到这里来了，我向您发誓，娜侬，我可以忍受一切。”

我把他带到了花园的一个地方，他母亲醒来以后打开窗户就能看见我们。我和他坐在一张长凳上，我想听听他心中的想法，于是对他说：

“任凭一种如此强烈的情绪控制您，让它扰乱您的精神，这样可能吗？”

“不仅如此，”他回答道，“而且，只剩下这些了，这就是全部！我身边和我心目中的共和国正在消逝。是的，我感觉到它正在我心中死去，我的心已经冷了，信仰也离我而去！”

“为什么呢？”我问他，“我们不是仍然身处共和国之中，您梦想的、预言的那个和平而宽容的时代不是已经到来了吗？我们处处打胜仗，国外的敌人向我们求和，国内的敌人也都老实了。自由来临，舒适的生活也正在恢复。”

“的确，看起来，似乎报复行为已经足够了，我们将进入一个崭新的世界，在这个新世界里，第三等级将与贵族和解，国内和国外都将是一片和平。可是这种宁静不过是假象而已，只能持续一天。君主制的欧洲不会接受我们的独立，反动政党都在策划阴谋，第三等级默不出声，对他们获得的地位心满意足了。他们已经开始堕落，他们原谅了高级教士，向他们伸出了手，他们笨拙地模仿贵族，经常出入其中，出身贵族的女人征服了我们，从我开始，我就爱上了一位弗兰克维尔小姐，尽管我痛恨、鄙视她的父亲。您也看得很清楚，一切正在消散，革命的冲动已经不复存在！我曾非常热爱革命，就像爱一位情人那样。为了她，要我掏心掏肺也在所不惜，为了她，我骄傲地忍受敌人的仇恨。我甚至不顾人民愚蠢的恐惧。可现在，这样的热情正弃我而去，当我看见所有人都微不足道又无比恶毒时，当我对自己说我们不配去完成我们的任务，远远没有实现我们的目标时，我心里充满了厌恶。说到底，这是一个夭折的愿望，仅此而已！法国人不希望获得自由，平等会让他们感到脸红。他们将重新拾起被我们打破的锁链，而我们这些想挣脱锁链的人却要遭受轻视和诅咒，除非我们为失败而惩罚自己、诅咒自己，然后从世界的舞台消失！”

我看得很清楚，雅各宾派的失败给这个炽热的心灵带来了无比的沮丧和痛苦，他无法想象把祖国的命运交到别人手上将是怎样的结果，也无法再抓住一丝一毫的希望。对他来说，忍耐就是一种妥协。当目标没有立即实现时，这位受本能支配的活动家不知道如何保留他的理想。只好由我这个一无所知的可怜女孩来告诉他，他的政党付出的所有重大努力并没有白费，总有一天，也许很快，人们会想明白，会分清哪些是该指责的，哪些是该感激的。为了尽我所能向他解释这些，我一再跟他讲人民确实取得了很大进步，革命把人们从巨大的苦难中拯救出来。我没有再提起以前我对恐怖时代的那些责难，他比我更清楚恐怖所造成的不幸。我只是告诉他那些好的方面：它让人们心里充满爱国激情，它还挫败了多次阴谋。我之所以能如此滔滔不绝地竭力说服他，是因为我把埃米里昂带给我的热情和信心都融入了自己的话语中。在我的未婚夫对祖国那份无比的忠诚面前，我已经不完全是一个乡下姑娘，而更是一个法国人。

科斯特如先生非常认真地听我说，我的真诚打动了他，他不由得开始觉得我所说的很有道理。这时，他又想起了路易丝带给他的苦恼，毫无保留地说了出来。我几乎跪在他的膝下，请求他答应我在身体和心灵上都尽快恢复过来，因为我发现他病得不轻。我刚才无意中看到的那副奇怪模样根本不是他的正常状态，也不是一个健康人的正常状态。我说服他有规律地吃饭、睡觉，这样他才能适应紧张忙碌的工作。他紧紧握住我的手，向我发誓说，他一定远离自杀的念头，那样的做法配不上一个好儿子，也配不上一个正直的人。最后，我把他带回他母亲那里，他非常感动，已经一半接受了他的命运。

可怜的科斯特如！路易丝并不幸福。面对埃米里昂的指责，她哭了又哭。她本想写信解释她内心的挣扎，表明她的愧疚和感激。可她几乎不会写字，于是她想亲口说出来，可又不敢再回来，也无法克服心里的偏见。她请求哥哥把她说的话复述一遍。科斯特如根本不指望她能回来。他克制心中的忧伤，藏起所有的不快，当埃米里昂和我在修道院举行婚礼时，他表现得既开心又充满魅力，对所有人都充满了善意。

他已经痊愈，或者说似乎痊愈了。可是，路易丝生活在她寻求庇护的那些人中，已经厌倦了贫穷和暴力，或许也厌倦了毫无意义的生活。

一个晴朗的日子，她回到弗兰克维尔，跪倒在科斯特如夫人脚下。几个星期之后，她嫁给了我们的朋友。

他们的生活表面上很和谐，相互之间没有激烈的指责。然而，只有时间才能让他们的心真正相知、相容。他们各自有不同的信仰，她信奉教士和国王，而他却敬重共和国和让-雅克·卢梭。他对她的爱慕一如既往，她的美貌和猫一般的优雅令他着迷，然而他却无法认真对待她，有时候，他言辞生硬而尖刻，这表明他的内心深处并没有感受到真正的幸福与温情。母亲的去世更增加了他精神上的痛楚。从那时起，他开始拼命赚钱来满足妻子那些无聊的爱好，现在他已经是当地的首富之一。妻子去世时还很年轻，给他留下了两个可爱的女儿，其中一个嫁给了她的表兄皮埃尔·弗兰克维尔，我的大儿子。

至于埃米里昂和我，我们的生活很富足，五个孩子都受到了良好的教育。如今他们都已经成家立业，当我们和他们，还有他们的妻子、孩子幸福地欢聚在一起时，一家人总共得准备二十五副刀叉。科斯特如常常为他可怜的路易丝哭泣，他完全为了两个可爱的女儿而活着，晚年的生活倒平静了许多。然而，他的政治信仰却从未动摇。在这点上，他和我的丈夫一样，还保留一颗年轻的心。他们没有受七月革命的蒙骗，也不满足于二月革命。长久以来，我没有时间再过问政治，我从来不反对他们的想法，即使确信自己有理由反驳他们，我也没有勇气说出来，因为我无比钦佩过去的那些刚毅的性格，他们俩一个满怀激情、容易冲动，另一个平静温和、不可动摇，直到现在，他们依然如此，在我看来，他们永远充满勇气，永远富有想象力，是今天的男子根本无法比拟的。

去年，我失去了年轻时代的朋友、终身的伴侣、我所见过的最纯洁又最公正的人。我一直乞求上天让我和他一起离去，可我仍然活着，因为我觉得身边亲爱的儿孙们还需要我。我已经七十五岁了，不用再等多久就可以和我心爱的人见面了。

“不要难过，”他临终前对我说，“我们不会分开很久的，在这世上我们太相爱了，谁也无法离开对方重新开始另一种生活。”

一八六四年，弗兰克维尔侯爵夫人由于照料村里染上流行病的病人，劳累而死。去世前，她一直身体硬朗，仍旧那么积极、温和、充满善意，家人、朋友和她的“教民们”——那些上了年纪的农民们至今还这么说——都非常喜欢她。凭借她和丈夫以及孩子们的出色经营，她积攒了一笔相当可观的财产，他们总是把那些钱用在最有意义的地方，而她，常常自豪地说自己是从一只羊起家的。

我知道，由于她的智慧和善良，她渐渐消除了人们心中残留的对埃米里昂父母的反感。她帮助所有陷入困境的人，也非常善于让其他人充满信心，大家都很尊敬她，有些人甚至十分敬重她。蒙蒂福夫人始终不愿见她，不过，最终有一天还是说：

“人们都说，这个娜侬气质高雅、举止端庄，不比任何人逊色。的确，她细心地关心着所有人，也许甚至连我也在不知不觉中得到过她的帮助，我曾得到了一些救助，却不知道来自何方。其实我宁愿不知道。等波旁家族的人重新掌权，等我能脱身的时候，我会把事情搞清楚的。我可不想受娜侬和她那个雅各宾派丈夫的恩惠。”

并非所有那个年代被惩罚的贵族都如此不可饶恕，即使很多贵族指望波旁家族重新掌权后进行报复，但也有一些人，他们心存感激，更加明白事理。每逢重大的日子，修道院的会客厅里总是聚满了不同身份的来访者和朋友，包括科斯特如先生女儿们的贵族亲戚，她们因为母亲的缘故成为弗兰克维尔家族的后裔，还有娜侬的舅公让·勒比克的曾孙们。这些事是皮埃尔·勒比克和雅克·勒比克兄弟俩告诉我的，侯爵夫人的这两位堂兄曾陪伴她度过了童年的时光。哥哥雅克，娜侬曾教他识过字，已经成了军官，可是，当他回来度假时，娜侬却不得不让他在自己举行婚礼时回避一下。他曾想取代埃米里昂陪伴在她身边，声称自己不仅和“情敌”一样也获得了军衔，而且还比他多一只胳膊。后来他死心了，搬到了别处定居。至于弟弟皮埃尔，他一直是弗兰克维尔家族的朋友，他的一个儿子娶了一位弗兰克维尔小姐，虽然他受过良好教育，但并没有放弃当农民。

我有机会在布尔日见过侯爵夫人一面，她在那里有生意。她优雅的举止深深打动了我，她仍旧戴着乡村妇女的圆锥形帽不肯换掉，让人想起了中世纪王室的帽子，我们的乡村女子还保留着那种充满传奇色彩的头饰。我也见过侯爵，他头发花白，一只空袖管钉在上衣胸前的纽扣上。他也总是穿着农民的服装。他举止单纯，话语朴实、谦虚，眼神里透出一种奇特的魅力，这些无一不让人感到他是一个非常值得敬重的男子。他，为了幸福，宁可不要辉煌的前程，为了爱情，选择了放弃荣耀。

图书在版编目(CIP)数据

娜侬 / (法)乔治·桑著;刘云虹译. —南京:
南京大学出版社, 2017.1(2021.10 重印)
(法国文学经典译丛/许钧主编)
ISBN 978-7-305-17734-7

Ⅰ. ①娜…　Ⅱ. ①乔… ②刘…　Ⅲ. ①长篇小说—法
国—近代　Ⅳ. ①I565.44

中国版本图书馆 CIP 数据核字(2016)第 254559 号

出版发行　南京大学出版社
社　　址　南京市汉口路 22 号　　邮　编　210093
出 版 人　金鑫荣

丛 书 名　法国文学经典译丛
书　　名　娜侬
著　　者　[法] 乔治·桑
译　　者　刘云虹
责任编辑　沈清清
照　　排　南京紫藤制版印务中心
印　　刷　南京爱德印刷有限公司
开　　本　787×1092　1/32　印张 13　字数 203 千
版　　次　2017 年 1 月第 1 版　2021 年 10 月第 2 次印刷
ISBN 978-7-305-17734-7
定　　价　65.00 元

网址:http://www.njupco.com
官方微博:http://weibo.com/njupco
官方微信:njupress
销售咨询热线:(025)83594756